I0646810

Contraste insuffisant

NF Z 43-120-14

Domène (Rouge)

Base

Conserver cette couverture

2371

LES AVENTURES

DE

MISS HARRISSON

PREMIÈRE SÉRIE. — FORMAT GRAND IN-8°.

POITIERS. — TYPOGRAPHIE OUDIN ET Cie.

La police ne put en saisir que quelques-uns.

LES AVENTURES

DE

MISS HARRISSON

PAR

ROGER DOMBRE

ILLUSTRATIONS DE LIÉGER

PARIS

SOCIÉTÉ FRANÇAISE D'IMPRIMERIE ET DE LIBRAIRIE

LECÈNE, OUDIN ET Cie, ÉDITEURS

15, RUE DE CLUNY, 15

LES AVENTURES

DE

MISS HARRISSON

I

LA FIN D'UN RÈGNE.

— Mon Dieu ! qu'on s'amuse donc chez toi ! On s'amuse plus que partout ailleurs.

— Oui, oui, on s'y amuse assez, répondit la petite Marguerite Harrisson d'un air à la fois satisfait et un peu dédaigneux.

Un grand goûter réunissait ses amies dans le beau salon de sa tante Mᵐᵉ de Millerey. L'appartement était, ce jour-là, livré entièrement à la jeunesse.

Ainsi qu'une petite reine, la fillette faisait les honneurs de la fête à ses compagnes ; fort jolie dans sa robe de crépon blanc, un étroit collier d'or fin au cou, deux bracelets semblables cliquetant à ses poignets menus par-dessus le long gant de peau souple, elle agitait parfois ses lourds cheveux blonds retenus en grappe dorée par un ruban de satin ; son petit pied finement chaussé battait doucement le parquet.

Le bal rendait Marguerite un peu nerveuse ; mais elle était satisfaite, et ses onze ans resplendissaient dans l'élégante demeure où elle commandait en souveraine.

Tous ses amis réunis là, petits garçons ou petites filles, étaient bien élevés, bien mis ; gentils, au moins en apparence ; nous ne répondons pas des bouderies ou des caprices qui pouvaient avoir lieu, une fois les bambins rentrés au logis.

Pour le moment, tous gardaient un décorum qui faisait plaisir à voir : pas de grimaces, presque pas de pose ; mais des petites mines souriantes, de la grâce, des manières affables: çà et là, je ne vous dirais pas qu'il n'y eût quelque petit bonhomme pleurant à grosses larmes parce qu'il ne savait pas danser, ou une fillette attristée d'avoir taché sa robe ; ici, une bonne emmenait un bébé qui s'était mis de la crème jusqu'au front en mangeant un gâteau ; un autre avait bu un doigt de champagne de trop ; mais c'étaient là des exceptions, et le petit monde se comportait bien en général.

La valse chantait doucement, sur un rythme suave, et les couples mignons tournoyaient, et les petits pieds glissaient — plus ou moins en mesure — sur le parquet. Entre toutes, on remarquait Marguerite Harrisson, la fille de la maison : elle dansait déjà à ravir, et son cavalier, un beau garçonnet de treize ans, lui en faisait naïvement compliment :

— C'est-il votre maman qui vous a appris à valser si bien ?

Marguerite secoua ses boucles blondes.

— Je n'ai plus de maman depuis bien des années.

Le collégien ouvrit une grande bouche.

— Comment ! Mme de Millerey n'est pas votre maman ?

— Eh ! non.

— Je croyais...

— Elle est trop vieille pour être ma mère, fit la fillette avec un peu d'impatience ; elle n'est que ma grand'tante ; ma mère était sa nièce.

— Mais vous vous appelez bien Marguerite de Millerey ?

— Pas du tout. On me donne le nom de ma tante parce qu'on me voit toujours chez elle et avec elle ; mais c'est une erreur ou une habitude, car je m'appelle Marguerite Harrisson.

— Harrisson, reprit le cavalier bavard, c'est pas un nom français, ça, n'est-ce pas ?

— Non, c'est anglais.

— Ah ! vous êtes Anglaise ? Vous n'en avez pourtant pas l'air.

Pour le coup, Marguerite haussa imperceptiblement ses mignonnes épaules.

— Moi, je suis née à Paris, et maman était Française ; c'est mon papa qui est Anglais.

— Que c'est drôle ! murmura le petit bonhomme.

— Pas si drôle que ça, répliqua dédaigneusement la fillette : ça arrive souvent, dans les familles, que le père et la mère ne soient pas du même pays.

— Oui, ça arrive, fit le jeune garçon rêveur. Et il est ici, votre papa ?

— Non, puisqu'il est marin, et qu'il navigue très loin, dans les mers du Sud, je crois.

— Marin ? Il est heureux ! Moi, je voudrais être marin ! soupira le garçonnet.

— Oui, c'est joli, la mer, répliqua Marguerite en achevant la valse.

Et elle ajouta mentalement :

« Est-il ennuyeux, ce petit-là, avec ses questions ! Et puis, il me marche tout le temps sur les pieds. »

Elle valsait bien et n'aimait pas les danseurs médiocres.

Son petit éventail de plumes roses agité dans sa main gantée, Marguerite passa dans les rangs de ses amies. Le cotillon allait commencer ; car il y avait un cotillon, avec des objets qui excitaient l'envie et l'admiration de tous les bébés.

Marguerite le conduisit, naturellement, avec le petit de Verdres, le fils du général, et futur militaire, lui aussi.

Avant que tout le monde fût placé, en attendant le signal de la première figure, Marguerite alla rattacher l'élastique de son petit soulier devant une portière de peluche masquant un boudoir où s'étaient retirées quelques mamans.

Sans le vouloir, nous devons l'avouer, elle entendit la voix de sa tante qui répondait à une dame :

— Eh ! oui, nous la perdons, cette chère petite, disait-elle en soupirant ; c'est pourquoi je donne cette petite fête d'adieu aux amies de ma nièce.

— Le commandant Harrisson a donc démissionné ? Je ne sais qui me racontait cela hier.

— Démissionné n'est pas tout à fait le mot propre : à vrai dire, mon neveu Harrisson, très estimé naguère encore dans la marine royale et très aimé de ses supérieurs, comme de ses égaux et de ses subalternes, a encouru une disgrâce, sur le faux rapport d'un officier qui le jalouse. Harrisson est fier et il dédaigne de se défendre. Sa carrière demeurera brisée, soit ; mais au moins il pourra s'occuper de Marguerite, sa fille unique et bien-aimée. Il se retirera dans sa terre d'Irlande ; et, au fond, n'était la manière dont la chose a lieu, il n'est pas fâché de reprendre son enfant et de poursuivre lui-même son éducation. Ceci entre nous, ma bonne amie, n'est-ce pas ? ajouta confidentiellement Mᵐᵉ de Millerey ; je ne raconte pas cela à tout le monde.

Presque aussitôt, une autre dame s'approcha d'elle et lui posa la même question :

— Est-il vrai que lord Harrisson démissionne ?

Mᵐᵉ de Millerey répondit adroitement :

— Hélas ! oui, ce n'est que trop vrai : il se retire dans sa terre d'Irlande, en Connaught, et naturellement sa fille l'y accompagnera.

— Qu'en dit-elle, votre mignonne Marguerite ?

— Mon Dieu, pas grand'chose encore : elle sait que son père arrivera prochainement à Paris ; mais elle ignore qu'il quitte le service de Sa Majesté la reine Victoria, et elle n'en pense pas davantage, ne se doutant pas de notre future séparation.

La conversation continua ; mais Marguerite était discrète et jugea qu'elle n'en devait pas entendre plus long.

Elle reprit sa place au milieu du grand salon où elle allait conduire le cotillon ; son visage était tout bouleversé par la révélation qu'elle venait de recueillir involontairement, et il lui fallut faire effort sur elle-même pour dissimuler sa préoccupation et son trouble.

— Es-tu malade, Marguerite ? Tu es toute pâle, lui demandèrent quelques-unes de ses amies étonnées de ce changement soudain.

Marguerite répondit vaguement et reconquit son sang-froid pour remplir son rôle de maîtresse de maison ; mais il lui tardait de voir finir le bal, elle si joyeuse tout à l'heure.

Il lui fallait se faire violence pour sourire, maintenant ; et les paroles venaient à ses lèvres sans qu'elle sût qu'elle les prononçait.

« Eh ! quoi ! pensait-elle, si j'ai bien compris ce qui se disait au boudoir, je vais quitter cette maison si confortable où je règne presque autant que ma tante, cette vie qui m'est si douce, et enfin cette tante elle-même qui satisfait à tous mes caprices ? »

Rêveuse, elle ajouta après une pause :

« Je sais bien que je reverrai papa, ce pauvre papa qui m'aime tant et que je ne connais pas assez. — Pourvu qu'il ne se montre pour moi pas plus sévère que tante Millerey ! »

Certes, la mignonne aimait son père, mais, comme elle le disait elle-même, elle ne le connaissait pas assez, le fier marin sans cesse en voyage, qui la visitait tous les deux ou trois ans entre deux navigations.

Démissionner, elle ne comprenait pas très bien ce que cela voulait dire ; mais elle devinait que, désormais, lord Harrisson serait libre et tout entier à sa fille.

Seulement il l'emmènerait loin de Paris, dans un pays où elle n'aurait plus de fréquents plaisirs, ni ses petites amies, et où la vie serait forcément moins douce que chez Mᵐᵉ de Millerey.

Or, Marguerite n'était pas accoutumée à se gêner, à se priver de ce qui lui plaisait. Rendue un peu égoïste par les gâteries et l'excessive indulgence de sa grand'tante, elle ne pensait pas assez aux maux des autres et beaucoup trop à elle-même.

Volontiers, dans la rue, elle laissait tomber une aumône dédaigneuse

dans une main indigente tendue sur son passage; mais, au lieu de s'attacher avec commisération sur le misérable mendiant, son regard s'en
détournait vivement, comme blessé par la vue des infirmités et des
haillons étalés.

Elle jouissait de toutes les douceurs de la vie ; mais en se mettant au
lit, les soirs d'hiver, dans sa chambrette bien close et attiédie, elle n'ac-
cordait pas une pensée à ceux qui n'ont pour abri, la nuit, que les arches
du pont ou des taudis sans feu.

Ce n'était pas une méchante petite fille que Marguerite Harrisson ;
c'était simplement une enfant dont une existence trop facile et des caprices
rarement réprimés avaient terni le bon naturel, non anéanti heureusement, car au fond de ce petit cœur sommeillaient d'exquises qualités.

Ces qualités, ces bons sentiments, pouvaient se réveiller un beau
jour sous l'impulsion d'un gros chagrin et sous une sage direction ;
mais l'enfant ne devait pas en arriver là sans lutter avec elle-même,
ni sans souffrir un peu.

Cependant le cotillon était achevé. Quelques mamans, pressées de
rentrer chez elles, donnèrent le signal du départ.

Ravis, les joues roses, les yeux brillants, les bras débordant de joujoux et de fleurs, les bambins ne se laissaient pas rhabiller sans opposer
quelques difficultés.

L'un d'eux, même, ô scandale ! donnait des coups de pieds à sa grande
sœur qui voulait lui enfiler les manches de son manteau.

Les plus jeunes s'endormaient, soit de fatigue, soit légèrement trou-
blés par un doigt de champagne absorbé avec respect et recueillement.

D'autres, plus mutins ou plus excités, refusaient carrément de partir.
De tous côtés, s'entendaient ces exclamations répétées :

— Allons, Maurice, il est temps.

— Jeanne, ma fille, voilà trois fois que je te fais signe.

— Monsieur André, je le dirai à votre papa.

— Henri, salue donc ta petite amie.

— Marthe, n'entends-tu pas Madame qui te parle ?

Sans le vouloir, elle entendit la voix de sa tante (page 10).

Puis, soudain, cet appel plus ou moins grammatical qui fit rire tout le monde :

— Où est mes gants ? Où sont mon chapeau ?

L'auteur de cette phrase incorrecte n'avait évidemment plus sa tête à lui.

— C'est trop tôt, alléguaient d'autres enfants. Quand nos parents vont au bal, ils rentrent bien plus tard que ça.

Dans un coin, un tout petit s'accrochait des deux mains à la robe d'une fillette complaisante.

— Je ne sais pas danser : donne-moi une leçon.

— Tu ne sais pas danser ? Je vais t'apprendre volontiers. Attends. Regarde : on fait comme ça, et puis comme ça.

Et, joignant le geste à la parole, ce professeur en jupons esquissait deux pas de valse plus ou moins réguliers, et ce fut tout.

Jugeant la leçon suffisante, la mignonne s'envola comme un petit papillon bleu dans le vestiaire où l'attendait sa gouvernante.

Bientôt les salons se vidèrent ; il faisait nuit ; les bougies allumées au début du cotillon pleuraient des gouttes de cire dans les bobèches de cristal ; des fleurs piétinées, des miettes de gâteaux, des lambeaux de tulle arrachés aux toilettes, des petits gants dépareillés, des rubans de cheveux trainaient sur le sol.

Il y avait, dans ces vastes pièces, un aspect de tristesse et d'abandon qui saisit plus encore le cœur de Marguerite Harrisson.

« C'est dommage qu'on soit comme cela tout triste après qu'on s'est tant amusée ! » murmura-t-elle.

Et elle ajouta dans un gros soupir :

— D'ailleurs, c'est sans doute la dernière fois que je m'amuse autant. Dieu sait, maintenant, quand on redonnera un bal en mon honneur ! Et c'est dommage, car c'est très agréable.

Pauvre mignonne ! c'était en effet son dernier plaisir mondain, du moins pour de longues années, et c'était aussi la première amertume de sa vie qui allait éclore.

Après la longue et fatigante séance qu'elle avait dû présider, Mme de Millerey, qui avait entretenu les mamans et supporté vaillamment le tapage des fillettes et des garçonnets, se plaignit d'une violente migraine.

Elle donna une tape amicale à la joue de sa petite-nièce et alla se coucher, après avoir ordonné qu'on lui portât simplement du thé dans sa chambre.

Marguerite devait donc dîner en tête à tête avec sa gouvernante ; mais quand on a grignoté une quantité de gâteaux et de petits fours, absorbé des glaces, bu des sirops et pris des sorbets, on n'a guère envie de manger du potage et du rôti.

Et puis, Marguerite avait toutes les raisons du monde pour ne se sentir aucun appétit.

— Je ne dînerai pas non plus, dit-elle. Seulement, moi, je n'ai pas la migraine, je suis simplement fatiguée.

Ketty, venez me déshabiller et me mettre au lit. D'ailleurs, tout est en désordre autour de moi, je ne saurais retrouver ni mes jouets ni mon livre d'histoires... C'est bien ennuyeux, le désordre qui suit les fêtes, on ne sait plus où l'on en est.

Allons, Ketty, dépêchez-vous donc !

Il était, du reste, bien près de neuf heures, les jeunes invités s'étant retirés tard, et Marguerite demanda à se coucher tout de suite.

Dès qu'elle fut au lit et que sa bonne se fut éloignée, bien aise de se trouver libre plus tôt qu'elle ne l'espérait, la fillette pensa.

Depuis un grand moment elle aspirait à cette heure de solitude, et, le cœur gros, les yeux largement ouverts sous les rideaux de soie, elle les laissa errer sur tous les objets familiers qui ornaient cette chambrette et qu'éclairait la lueur pâle de la veilleuse.

Combien de fois ses petites amies lui avaient-elles porté envie en admirant ce minuscule appartement arrangé avec une simplicité de bon goût, comme il convenait à une enfant de son âge et à la nièce de Mme de Millerey !

Tout cela, elle le tenait de la munificence de sa tante : cette glace si fine où trop souvent la petite coquette considérait son minois ; ces jolis vases pleins de fraîches fleurs, ces meubles mignons et ces jouets, neufs pour la plupart.

Tout cela, il faudrait donc l'abandonner !...

Marguerite aimait les grasses matinées, et sa bonne devait batailler tous les jours avec elle afin de la décider à quitter son lit moelleux : elle s'habillait en jasant, en flânant, puis étudiait son piano... tant bien que mal ; ensuite, une institutrice venait lui donner sa leçon de français.

Là se bornait son travail quotidien que Mme de Millerey, trop occupée par ses devoirs de femme du monde, ne surveillait pas : aussi l'enfant s'instruisait-elle avec une nonchalance marquée ; elle ne se disait pas qu'une petite fille de onze ans passés, au lieu de rester ignorante et nulle, doit étudier bien d'autres choses, connaître déjà l'histoire de France et d'Angleterre, celle des temps anciens, l'histoire sacrée, la géographie de son pays et celle des autres contrées, etc., etc.

En revanche, elle savait s'habiller avec élégance, manier l'éventail, saluer et sourire avec grâce ; danser la valse, la mazurka, le pas de quatre et même le menuet.

Elle savait commander un lunch pour ses petites amies et tourner à celles-ci un billet d'invitation, ou bien un mot d'excuse à un professeur quand elle manquait une leçon, ce qui arrivait fréquemment.

Nous n'en garantissons pas l'orthographe, quoique Mme de Millerey condescendît parfois à en redresser les erreurs avant de faire jeter les lettres à la poste.

Elle savait enfin admirablement se faire servir.

Tout cela ne constituait pas un bagage de science bien lourd, n'est-ce pas ?

Mais qu'importait à Marguerite qui, jusqu'à présent, avait professé un certain mépris pour l'histoire, la géographie, l'arithmétique surtout !

Oh ! l'arithmétique !...

— Eh ! mon Dieu ! disait-elle. A quoi sert de compter ? C'est bon pour papa qui doit faire des calculs de distances et de marine... Mais moi ? pourvu que je sache additionner, soustraire et multiplier !

Est-ce que tante Millerey fait ses comptes, elle ? Jamais de la vie ! Du moins, je crois qu'elle inscrit ses plus grosses dépenses, et sa cuisinière et sa femme de chambre font le reste. Et elle a, certes, cent fois raison.

Marguerite pensait avant tout à s'amuser ; elle se tenait bien à table, savait tendre gentiment sa petite main aux visiteurs de sa tante ; enfin, à Ville-d'Avray, où Mme de Millerey louait chaque été une jolie villa, elle conduisait elle-même sa petite charrette anglaise attelée d'une ânesse pomponnée de rouge.

N'était-ce pas suffisant ?

Marguerite pensa ensuite à sa tante. La veuve, bonne mais originale et fantasque, aimait réellement sa petite-nièce ; seulement elle avait trop fait de la jolie enfant un joujou pour elle-même, un ornement pour sa maison.

Peu prodigue de caresses, elle prenait soin de la santé de la mignonne et veillait à ce qu'elle eût des maîtres capables et contractât de bonnes manières ; dans ses petits chagrins de bébé, Marguerite, demeurée longtemps délicate et nerveuse, s'était vue consolée surtout par sa gouvernante anglaise et par la vieille Mamie, ancienne servante de la famille Millerey, qui, seule parmi les domestiques, aimait sincèrement la fillette, sans l'accabler de flatteries ni de gâteries exagérées.

Aussi Marguerite ne conservait-elle de sa tante ni le souvenir de maternelles caresses, ni celui de soins dévoués.

Dans ses petites maladies d'enfant, la pauvrette n'avait vu s'asseoir à son chevet que la vieille Mamie qui lui racontait des histoires et lui faisait boire ses tisanes, et sa bonne anglaise qui bâillait en la gardant ou lui disait parfois d'une voix sèche :

— Are you well, miss Margaret ?

De temps à autre, en robe de soie qui bruissait, et exhalant un parfum discret, Mme de Millerey apparaissait dans la chambre, constatait que sa nièce allait mieux ou avait besoin du médecin, selon le cas, et partait sans l'embrasser, car il y a des indispositions qui sont contagieuses.

Par exemple, Marguerite pouvait à peine compter les riches présents que lui faisait sa tante, souvent même beaucoup trop beaux et trop coûteux pour une petite fille de son âge.

Là se bornaient les motifs de reconnaissance de la mignonne.

Il est vrai que depuis bien des années sa tante l'hébergeait, la nourrissait et l'habillait, et Dieu sait avec quel raffinement de luxe.

Veuve de très bonne heure, la vicomtesse de Millerey n'avait jamais eu d'enfants ; au fond elle ne le regrettait pas trop, sa vie de grande dame très mondaine ne lui en laissant guère le loisir.

Quand sa nièce, Mme Harrisson, mourut en pleine jeunesse, en lui confiant la petite Marguerite à peine âgée d'un an, la bonne dame accepta cette mission avec plaisir.

D'abord, elle savait rendre un véritable service au pauvre veuf.

Harrisson, qui adorait sa femme, avait été désespéré de la voir mourir : aussi, voulant se conserver pour son enfant, il avait repris la mer.

D'ailleurs, il possédait peu de fortune, et ne pouvait demeurer inactif ; et puis il aimait sa carrière.

Cette carrière, douce et rude à la fois, le tenait forcément éloigné de son *home;* tant que Marguerite fut un tout petit bébé, cela n'avait pas d'importance ; mais, plus tard, le pauvre père souffrit de ne pouvoir l'embrasser plus souvent et se faire mieux connaître d'elle.

Mais combien il était reconnaissant à Mme de Millerey, sa tante par alliance, d'avoir bien voulu se charger de l'enfant !

La bonne dame, ainsi que nous l'avons dit plus haut, était bien aise de partager cette tâche avec son neveu, et puis il ne lui déplaisait pas de jouer à la maman avec un bébé joli et intéressant.

Cela la rajeunissait, d'ailleurs ; bien des gens prenaient la petite Harrisson pour sa propre fille, et elle en était flattée.

Le jour où, dix années plus tard, le commandant Harrisson lui écrivit pour lui annoncer sa démission, donnée forcément au ministère de la marine, et son désir de reprendre son enfant, Mme de Millerey ne se montra pas déçue outre mesure.

Elle n'avait jamais espéré garder sa petite-nièce toute sa vie auprès d'elle; puis la fillette, en grandissant, exigeait plus de soins, de sollicitude, et des études plus suivies ; or, c'était une trop lourde responsabilité pour la vicomtesse.

Enfin, celle-ci venait de projeter avec une de ses amies un magnifique voyage dans toute l'Italie, l'Algérie, l'Egypte, à Constantinople et jusqu'à la Terre Sainte, pour revenir par l'Autriche.

Qu'eût-elle fait de Marguerite pendant cette longue absence ?

Elle l'aurait mise en pension, au grand déplaisir de l'enfant ; or, au lieu de la séquestrer dans un couvent ou un établissement analogue, elle la rendait à son père : quoi de plus simple ?

N'était-il pas juste que ce pauvre Harrisson jouît enfin de sa fille, et que celle-ci connût et son pays et sa famille, puisqu'elle était anglaise du côté paternel ?

En vérité, la vicomtesse de Millerey n'avait rien à se reprocher à l'égard de sa petite-nièce qu'elle avait gâtée, comblée de présents et élevée en vraie petite fille du monde.

Hélas! hélas! n'était-ce pas plutôt un peu à déplorer, cette éducation superficielle, et l'enfant n'allait-elle pas en souffrir désormais?

II

PEU REGRETTÉE.

Le lendemain du bal, Marguerite se leva d'autant plus fatiguée et pâlotte, qu'elle s'était endormie fort tard.

Elle rassembla ses idées encore un peu confuses, tout en se laissant coiffer par Ketty, et elle se dit qu'elle ne savait s'il fallait se réjouir ou s'affecter du changement qui allait s'opérer dans sa vie.

Lente, le cœur lourd et la tête encore plus lourde, elle alla, selon sa coutume, embrasser sa tante qui se levait beaucoup plus tard, elle.

Mme de Millerey la fit asseoir sur son lit, et lui annonça à brûle-pourpoint la grande nouvelle que Marguerite connaissait déjà depuis la veille.

Comme l'enfant était franche, en dépit de bien des travers que nous savons, elle avoua à la vicomtesse ce qu'elle avait entendu le jour précédent, à l'insu de tous.

Mme de Millerey ne fut pas fâchée de voir sa mission simplifiée.

Elle avait horreur des scènes et des larmes, et elle s'était attendue, à cette révélation, à une crise de pleurs de la part de la fillette.

Elle ne se faisait pas illusion et n'ignorait pas que si Marguerite l'aimait sincèrement, elle n'était pas moins attachée à Paris, à sa vie de bien-être et de plaisir et à toutes les petites satisfactions que procure une belle fortune.

Eh bien, si la mignonne savait tout, tant mieux ! elle n'avait plus qu'à se préparer à partir avec son père qui ne tarderait pas à apparaître à l'hôtel Millerey.

Bien entendu, il n'était plus question de leçons jusqu'à ce moment : Marguerite s'excuserait auprès de ses professeurs, et cette clause ne déplaisait pas trop à la paresseuse, avouons-le.

Après une minute de silence, pendant laquelle l'enfant rêvait, effilochant de ses petits doigts fins le gland de soie d'un édredon, elle reprit en hésitant :

— Tante, pourquoi papa veut-il aller à Oughterurd, au lieu de rester à Paris où nous vous verrions souvent ?

— Ton père a des intérêts là-bas, répondit la vicomtesse ; tu es trop jeune pour le comprendre, mais il a raison de t'emmener, car tu lui appartiens avant tout ; et dis-toi bien que ce n'est pas pour son plaisir qu'il va s'enterrer dans ce pays de loups.

La fin de cette phrase, prononcée avec une certaine insouciance, eut un effet désastreux.

L'enfant se mit à pleurer ; c'était tout ce que redoutait Mᵐᵉ de Millerey. Que Marguerite lui montrât toujours un visage souriant, c'était tout ce qu'elle lui demandait en retour de ses bienfaits.

— Allons, petite, allons ! lui dit-elle avec une nuance d'impatience ; décidément, la danse ne te vaut rien : te voilà toute nerveuse aujourd'hui.

Recouche-toi, il est encore de bonne heure ; ou, si tu le préfères, va prendre l'air avec Ketty, cela séchera tes larmes.

Après avoir embrassé sa tante, la joue en feu, Marguerite regagna sa chambre, où elle s'enferma et pleura son content.

Elle eût voulu que sa tante lui apprît moins froidement son prochain départ ; elle eût désiré plus de regret de sa part et plus de doléances.

Soudain, Ketty vint lui rappeler que l'heure de sa leçon de solfège allait bientôt sonner.

Encore plus vexée de ce contre-temps, Marguerite pria l'Anglaise de l'habiller promptement, car elle était fort en retard.

Elle ne voulait, certes, pas prendre de leçon aujourd'hui, dans les dispositions où elle se trouvait ; et puis, n'allait-on pas congédier tous ses professeurs ?

Mais il fallait qu'elle vit elle-même la maîtresse de solfège qui s'était dérangée inutilement.

Sa toilette achevée et Mᵐᵉ Fresbach ayant paru, Marguerite se rendit au salon et remit à celle-ci son dernier cachet, en lui apprenant que, désormais, ses études de musique n'auraient plus lieu, du moins à Paris.

La maîtresse prit promptement congé de la fillette et ne manifesta pas de regret : elle avait justement besoin d'une heure dans la matinée du vendredi, et d'une heure régulière enfin, pour une jeune fille qui montrait pour la musique des dispositions remarquables.

Il était évident que Mᵐᵉ Fresbach se sentait bien aise de remplacer l'élève nonchalante et inexacte par une élève studieuse et intéressante.

Encore une fois, Marguerite fut froissée de se voir si peu regrettée.

Il advint la même chose avec la maîtresse de français.

Quant aux domestiques, ils ne témoignèrent pas plus de chagrin en apprenant que Mademoiselle allait partir.

L'enfant, qui leur donnait des ordres d'un ton plutôt bref, n'avait pas su se concilier leur affection.

— Au moins, Ketty, demanda-t-elle à l'Anglaise, me suivrez-vous en Connaught ?

Ketty prit un air pincé :

— Il ne me plairait guère d'habiter l'Irlande, à moi qui suis une Anglaise, répondit cette fille *dévouée*. Et puis, Miss Margaret, je doute que votre papa puisse me conserver auprès de vous aux mêmes conditions que Madame la vicomtesse.

Marguerite ne répliqua pas : décidément elle n'était guère aimée ; elle prit soudain en dégoût cette belle maison, ces objets luxueux dont elle croyait avoir tant de peine à se séparer, et elle se mit à désirer ardemment l'arrivée de son père.

Soudain, elle entendit le pas vacillant de la vieille Mamie perclue de rhumatismes ; elle courut au-devant d'elle, puis l'entraîna vivement dans sa chambre.

— Mamie, tu sais que je pars bientôt ? lui dit-elle à brûle-pourpoint.

— Hélas ! oui, mon pauvre agneau du bon Dieu ! soupira la vieille femme.

— Pourquoi dis-tu ça d'un air si lugubre, Mamie ? fit l'enfant surprise.

— Dame ! nous vous perdons, mon bijou.

— Tu me regrettes donc, toi ?

La servante eut une larme à ses paupières flétries.

— Pouvez-vous le demander, ma mignonne ? Vous êtes la gaîté de la maison, on aime à entendre courir vos petits pieds agiles par les chambres et les corridors ; et puis...

— Et puis, quoi, Mamie ?

— Eh bien, vous êtes l'enfant de celle que j'ai connue et aimée.

— Ma mère ? fit Marguerite, pensive.

— Oui, votre mère que tout le monde chérissait.

— Est-ce que je lui ressemble, Mamie ?

— De figure, oui, mon bijou ; au moral, c'est autre chose.

— Explique-toi, Mamie, je ne comprends pas bien, murmura la fillette un peu confuse.

— Votre mère était un ange, ma mignonne ; nullement coquette quoiqu'elle fût belle, très instruite, artiste, musicienne, et surtout elle avait un cœur d'or : elle s'intéressait aux malheureux, et ceux-ci l'adoraient.

— Ah ! fit simplement Marguerite.

— Sans vous humilier, mon bijou, reprit Mamie en caressant les cheveux blonds de la petite fille, m'est avis que vous avez du chemin à faire avant de ressembler à votre maman sous ce rapport.

— Mais je suis encore bien petite, Mamie, fit observer l'enfant, toute rouge.

— Oui ; n'empêche qu'il y a des petites demoiselles de votre âge qui savent penser à autrui, qui sont dociles et studieuses et qu'on aime tout plein pour cela.

Marguerite Harrisson se mit à pleurer.

— On ne m'aime pas, moi, je le sais bien, et personne ne me regrette.

— Si, mon chéri, on vous aime, dit la vieille femme en l'embrassant, mais on vous aimera davantage quand vous serez devenue meilleure. Or, vous le deviendrez, j'en suis certaine.

— Bien vrai, Mamie ?

— Si vous le voulez, et vous le voudrez. Vous avez au fond de votre petit cœur de belles qualités qui sommeillent : or, votre papa saura les cultiver.

Marguerite sourit sous ses cheveux blonds et à travers ses larmes.

— J'aime bien mon papa, dit-elle, mais j'ai un peu peur de lui.

— Chérissez-le, mignonne, répliqua Mamie avec gravité en se dirigeant vers la porte, car il est noble et bon ; et prenez-le pour modèle.

Impressionnée, mais réconfortée par cette conversation avec la vieille servante, l'enfant se remit presque joyeusement à ses préparatifs de départ, en attendant le télégramme qui devait annoncer l'arrivée de lord Harrisson.

Intelligente et de sens droit, elle sentait que Mamie disait vrai et qu'elle n'avait rien fait pour se faire regretter en quittant Paris ; aussi se promit-elle de se montrer, à l'avenir, moins insouciante et moins égoïste.

L'occupation de remplir ses malles finit par l'amuser ; Ketty se chargeait d'emballer le trousseau, le linge, bref les choses sérieuses, et Marguerite ses jouets, ses livres et les cadeaux qu'elle tenait de la générosité de sa tante.

« Je pense qu'à Oughterurd j'aurai aussi une jolie chambre et un cabinet de toilette, disait-elle à sa bonne, tout en s'agitant au milieu des caisses ouvertes ; puis, je prierai papa de faire installer dans le parc un jeu de crocket et un tennis-ground.

« Il me faudra également un joli canot, puisqu'il y a un lac à Harrisson-

Castle. Enfin, papa me donnera bien un poney ou deux mules blanches pour atteler à ma charrette anglaise. Il y a tant de choses dont j'aurai besoin, que j'en dresserai la liste, afin de ne rien oublier. »

Tout en laissant babiller la fillette, Ketty souriait sournoisement et levait les épaules en écoutant l'énumération de ces projets enfantins.

PROPOS D'ENFANTS.

— Papa ! mon papa !

— Ma fille ! ma petite Marguerite !

Tout ému, l'ex-officier de marine serrait passionnément contre sa mâle poitrine l'enfant qu'il avait tant désiré revoir, qui était à lui, bien à lui désormais, et qu'il chérissait de toute la tendresse qu'il portait jadis à la chère défunte.

Or, Marguerite lui ressemblait tant à la pauvre morte !

C'était pour se dévouer entièrement à cette fille adorée, qu'il abandonnait une carrière à laquelle il s'était attaché avec passion ; mais l'enfant devait passer avant tout.

Elle parvenait maintenant à l'âge où le père lui-même devait diriger son éducation, ses goûts, ses plaisirs, tout enfin ; mais Marguerite ignorait que ce père dévoué sacrifiait à ce devoir ses propres inclinations, ses propres goûts.

Elle ne le comprendrait que plus tard.

En attendant, tout à la joie de le revoir après plusieurs années d'absence, elle entourait de ses petits bras frais et blancs son cou puissant, bruni par l'air salin.

Mais elle ne mettait pas dans ses caresses toute l'expansion qu'il eût voulue, un peu intimidée qu'elle était par ce grand gentleman à l'aspect militaire et au visage grave.

— Est-ce un joli voyage, papa, que d'aller en Connaught ? dit-elle enfin après les premières effusions du retour.

— Pour toi, mignonne, il aura l'attrait du nouveau ; pour moi, l'attrait du souvenir, répondit le marin.

— Au fait, vous avez vu tant de choses, vous, papa! fit Marguerite sans entendre le soupir qui accompagnait ces paroles.

Dans ce soupir, se devinait la grande amertume résignée de l'homme qui a souffert.

Jadis à Ougtherurd, lord Harrisson avait connu le bonheur aux côtés de sa chère femme ; aujourd'hui il y trouverait un foyer solitaire et triste.

Mais il lui restait sa fille ; et, quoiqu'elle ne comprit pas la mélancolie de ce père hier encore inconnu d'elle, il la serra de nouveau dans ses bras avec une telle force, qu'elle se contint pour ne pas crier :

— Oh ! papa, vous me faites mal.

La vicomtesse accueillit son neveu avec son élégante cordialité de grande dame, lui parla de ses voyages, de Marguerite, de ses projets, et toucha à peine à cette disgrâce si regrettable, afin de ne pas raviver un chagrin encore vif.

C'était une femme d'un tact parfait, que Mme de Millerey, et puis elle n'aimait pas les plaintes.

Cependant elle n'avait pas de plaintes à redouter de la part de cet homme à l'âme fortement trempée, qui pouvait souffrir beaucoup, mais ne pas le laisser voir.

Il conta brièvement les incidents de sa dernière campagne, y ajouta quelques anecdotes spirituelles et amusantes, quoiqu'il n'eût pas le cœur à la gaité, et parla de ses desseins concernant son domaine de Connaught.

Il formait de grands projets humanitaires qu'il ne pouvait développer ici, mais qu'il espérait bien voir aboutir un jour et le plus tôt possible.

Marguerite, qui avait pourtant écouté les récits de voyages avec

un certain plaisir, bâillait maintenant, sans trop chercher à s en cacher ;
cela ne l'intéressait plus.

— Papa, mon papa !
— Ma fille ! ma petite Marguerite! (Page 27.)

S'apercevant de sa lassitude, son père lui proposa de l'emmener
avec lui faire des courses à travers Paris.

— Oh ! c'est une bonne idée, papa, dit-elle avec empressement ;

d'autant plus que j'ai une masse de choses à acheter, car je doute qu'il
y ait beaucoup de ressources à Oughterurd.

Lord Harrisson sourit, d'un sourire un peu forcé :

— Tu veux donc que nous traînions avec nous d'innombrables bagages, ma fille ? dit-il, un peu moqueur aussi.

— Oh ! papa, si vous saviez ! J'ai déjà deux malles pleines et deux ou trois caisses de meubles.

— De meubles ? fit l'ancien officier de marine, stupéfait. Tu ne vas pourtant pas dépouiller ta tante de son mobilier, j'espère ?

— Mais, papa, presque toute ma chambre m'appartient, et je l'emporte. Demandez plutôt à ma tante. Ainsi, mon petit bureau en bois de rose m'a été donné pour ma dernière fête ; ma table chinoise, à l'occasion de ma rougeole ; mon armoire à glace (et c'est indispensable, cela), à l'un de mes anniversaires de naissance... Je pense que ma tante me permettra aussi d'emporter mon portrait au pastel peint par Grégeot.

— Quoi ! ta tante a fait cette folie ? s'écria lord Harrisson surpris.

— Eh ! oui, et c'est réussi ! venez le voir, papa. Je suis bien contente d'être si jolie, ajouta-t-elle naïvement.

— Tous les portraitistes flattent leurs modèles, ma fille, apprends cela, dit l'officier avec douceur ; sans quoi ils n'auraient pas grand succès auprès de leurs clients.

Un peu mortifiée, Marguerite entraîna son père dans un petit salon où un pastel exquis, en effet, trônait sur un chevalet, entouré d'une soyeuse étoffe indienne.

Marguerite était jolie, mais le peintre, cherchant plutôt à produire une œuvre d'art qu'à frapper par la ressemblance avec un jeune modèle dont les traits changeraient chaque année, l'avait flattée, comme le disait lord Harrisson.

Marguerite ne s'en doutait pas, et elle fut quelque peu mécontente lorsque son père répéta son assertion devant le tableau, louant le talent du peintre plus que la ressemblance.

Il devinait en son enfant un gros penchant à la coquetterie, à la vanité, et ne voulait pas l'y encourager.

— Je vois que ta tante t'a joliment gâtée, soupira-t-il en quittant le petit salon.

C'était le cas, pour Marguerite, de répondre quelque chose d'aimable à l'adresse de Mme de Millerey ; mais elle n'en saisit pas l'occasion et dit simplement, après une minute de silence et d'un ton distrait :

— C'est vrai, ma tante m'a donné une quantité de jouets et de jolies choses. Papa, n'est-ce pas, nous prendrons chez le loueur une voiture pour l'après-midi, car ma tante a besoin de la sienne ?

— Tu ne sais donc pas marcher ? fit le commandant en souriant ; et puis, il y a des omnibus à Paris, Dieu merci !

— Oh ! des omnibus ! protesta Marguerite ; ce n'est pas... chic d'aller en omnibus.

« Décidément, pensa lord Harrisson dont le front se rembrunissait, ma chère fillette a des goûts de luxe dont elle devra se sevrer forcément, la pauvre petite. »

Pour le premier jour de leur réunion, il ne voulut pas contrarier son enfant et satisfit à presque toutes ses fantaisies, mais ensuite il enraya les coûteux caprices de la petite fille, lui disant avec une tendre fermeté :

— Ma mignonne, je m'aperçois que tu ne sais pas compter et que tu te crois, ou plutôt me crois, aussi riche que ta tante. C'est une grande erreur et, quelque désir que j'éprouve de te faire plaisir, je dois te refuser une quantité d'objets coûteux et inutiles.

D'abord, le nombre de nos colis serait fortement augmenté, ce qui formerait une nouvelle dépense que je n'approuverais pas.

Ensuite, ta tante a généreusement pourvu à ton trousseau ; trop généreusement, même.

Crois-tu donc, mignonne, qu'à Oughterurd, en pleine campagne, tu auras besoin de linge aussi fin, de toilettes aussi élégantes qu'à Paris ?

— Pourquoi pas ? répliqua l'enfant un peu déconcertée ; les jolies choses me vont bien.

— Les paysans de là-bas ne sauront pas les apprécier, crois-moi, ma fille.

— Je m'habillerai pour moi-même ; j'aime à me voir bien mise.

— Eh bien, moi, mon enfant, dit lord Harrisson avec gravité, pourvu que tu sois propre, soignée, simple et souriante, que m'importe la robe que je te voie ! La grâce fait tout chez l'enfant comme chez l'homme, et la grâce ne vient pas des vêtements que nous portons.

— Mais, papa, je suis accoutumée à l'élégance, et...

— Tu t'accoutumeras à la simplicité, voilà tout, ma fille, conclut lord Harrisson en fronçant légèrement le sourcil.

« Dieu ! pensa-t-il ensuite, comme ma petite Marguerite est frivole ! Hélas ! soupira-t-il avec quelque amertume, je devine que j'aurai de la peine à la guérir de sa vanité, de son amour de la dépense et des belles choses. »

Marguerite n'eut pas le loisir de réfléchir beaucoup au milieu du va-et-vient et des préparatifs du départ : elle reçut les adieux et les questions avides de ses petites amies, curieuses encore plus que peinées de la voir partir.

Parmi ces fillettes, une seule lui manifesta un regret sincère : Cécile Joubert, l'aînée de sept enfants, dont les parents étaient dans une position un peu gênée.

Marguerite n'éprouvait pas pour elle une amitié très vive : elle la trouvait trop sage, trop raisonnable, et puis — mal mise ; or, pour la frivole fillette, nous savons que la toilette était un point capital. Cependant, au jour des adieux, elle fut froissée de l'indifférence de ses amies qu'elle appelait *intimes*, et touchée de la sympathie que lui témoigna, au contraire, Cécile Joubert.

— Tu as bien de la chance, va ! de faire un beau voyage, disait Yseult, la brune et sémillante petite Parisienne qui adorait le changement. Voilà longtemps que je supplie maman et papa pour qu'ils me conduisent en Ecosse, et je ne puis les y décider. Pourtant, mon frère aîné y est allé, lui. Ce serait juste que ce fût mon tour.

— Mais Marguerite est surtout heureuse, j'en suis sûre, de retrouver son père et d'aller vivre avec lui, insinua doucement Cécile, de sa jolie voix harmonieuse. Où peut-on être mieux qu'avec son père ou sa mère ?

— Oh ! ce ne sera pas si amusant que ça, peut-être, la vie en Connaught, fit observer une autre.

— Où est-ce en réalité, ce pays ? demanda une jeune ignorante.

— Je ne sais pas, déclarèrent les plus franches.

— C'est en Irlande, à l'ouest, insinua timidement Marguerite, qui n'en savait guère plus long.

— Et c'est la province la plus pauvre de cette île, ajouta une des fillettes avec malice. Ah ! bien, j'aime mieux que ce soit Marguerite Harrisson qui y aille que moi. J'y mourrais d'ennui au bout de deux jours.

— Je ne t'offre pas ma place, riposta Marguerite piquée au vif. Peut-être que je m'y plairai.

— Oh ! j'en doute. La campagne, en été passe encore ! Mais l'hiver, brrr ! je frissonne d'y penser.

— Personne ne te demande d'y penser, fit aigrement la petite Harrisson.

— Eh ! qu'importe tout cela, si elle a son papa auprès d'elle et si elle le rend heureux ! s'écria la gentille Cécile.

Marguerite, qui les écoutait, songeuse, leva les yeux sur cette dernière et, pour la première fois, remarqua la noblesse de son visage, la grâce de son maintien absolument dénué de pose, et l'intelligence de son regard droit et bon.

« Cécile a raison, pensa-t-elle ; je ne voudrais certes pas être mise aussi simplement qu'elle, ni avoir autant de petits frères et sœurs, mais je voudrais lui ressembler. »

— J'ai vu ton papa, reprit Yseult en s'adressant à Marguerite, il est très beau et très bien ; c'est tout à fait un *nobleman*, comme dit papa ; mais j'ai idée qu'il ne te gâtera pas autant que ta tante, Mᵐᵉ de Millerey.

— Bah ! dit une petite rousse à la peau de lait et à l'air dégagé, tu vas devenir la châtelaine d'un beau castel, tu seras presque maîtresse de maison : c'est moi qui t'envie...

Marguerite se rengorgeait : quoiqu'elle sût fort bien que, malgré son nom, Harrisson-Castle était moins un château qu'une grande demeure carrée et massive, sans tours ni clochetons, elle se plaisait à laisser dans leur erreur ses jeunes compagnes.

— Moi, murmura Cécile Joubert avec un joli sourire, j'aime mieux obéir que commander.

— Bah ! tu commandes à ta bande de frères et sœurs, c'est amusant au moins.

— Pas toujours, dit la fillette en riant ; le rôle de sœur aînée n'est pas un plaisir constant.

— J'aime encore mieux celui de Marguerite, soupira Yseult ; c'est mon rêve, cela : châtelaine et maîtresse de maison.

— Bah ! être châtelaine, ce n'est rien, dit Marguerite, qu'un petit remords chatouillait au cœur vis-à-vis de ses frivoles amies.

Maîtresse de maison, oui, elle le serait de bonne heure, la pauvrette, mais elle ne pensait pas qu'il eût mieux valu pour elle avoir encore sa mère, être moins libre et ne pas commander dans un âge aussi tendre.

Et puis, connaissait-elle bien son père ?

De ce que lord Harrisson ne l'avait pas grondée encore, de ce qu'il n'avait pas contrecarré toutes ses fantaisies, elle le jugeait bon, faible, *facile à mener*, en un mot.

Non, en vérité, elle ne le connaissait pas.

Bon, il l'était certainement, mais il savait montrer à l'occasion une volonté de fer.

Beau, il l'était également, d'une beauté mâle, à caractère, d'une grande distinction aussi ; à sa force superbe se joignait une grâce courtoise qui décelait tout de suite en lui le gentilhomme.

Marguerite avait vu cela, de son coup d'œil de fillette mondaine et élégante, et elle se sentait fière son père.

La propriété de lord Harrisson, comprenant une trentaine d'hectares, était située, ainsi que nous l'avons dit, en plein Connaught, à l'ouest de l'Irlande, à Oughterurd, près du beau lac Corrib, au-dessus de la baie de

Galway ; la maison était antique, belle, mais froide et sévère ; d'ailleurs, depuis si longtemps nulle voix de femme ou d'enfant n'avait égayé ces vieux murs, nulle jeunesse rieuse embelli les vastes appartements ni le parc austère !

Mais la terre d'Irlande a son cachet, sa saveur de mélancolie sauvage qui n'est pas sans beauté, certes ; et, quoique le comté de Connaught soit pauvre dans certaines parties, surtout les années où manque la récolte de pommes de terre, il se dégage un certain charme de ce sol poétique et verdoyant.

Tel était le pays où lord Harrisson amenait son enfant et où il revenait lui-même avec des desseins d'aménité et de [miséricorde pour les malheureux, se promettant d'enseigner la divine charité à son enfant.

IV

— Oh ! papa, que ça va être amusant, cette traversée ! Je ne suis jamais allée sur de grands bateaux comme celui-ci ; je pourrai le visiter, n'est-ce pas ? Une fois, aux bains de mer à Arcachon, tante Millerey m'a fait promener en canot ; mais ça n'était que dans le bassin et l'eau ne bougeait pas ; ça n'était pas si drôle.

— Hum ! pensa lord Harrisson en couvrant l'horizon d'un regard expérimenté, ma fillette n'en dira peut-être pas autant tout à l'heure : la mer ne nous sera guère clémente, je crois, et je doute que Margaret ait le cœur et le pied marins.

Enfin nous verrons.

— Je pourrai sauter à la corde sur le pont, dites, papa ? demanda l'enfant toujours ravie.

— Oui, si tu n'importunes pas nos compagnons de voyage, répondit l'ancien marin dans un sourire. Je souhaite même vivement que tu sois en état de te livrer à cet exercice, ma chérie, mais ça n'est pas sûr.

— Oh ! fit orgueilleusement Marguerite, je suis accoutumée à la gymnastique, et lors même que le bateau danserait beaucoup, je saurais me tenir.

A ce moment, un homme s'approcha de l'ancien commandant ; haut de six pieds, avec des membres énormes, une grosse tête grisonnante, une voix rude et un air bon enfant ; il portait aux oreilles de larges anneaux d'or, et sur ses bras nus, aux muscles saillants, de vastes tatouages.

Son costume, demi-matelot, demi-civil, ainsi que ses allures et sa démarche déhanchée, trahissaient hautement l'ancien marin.

En effet, Cramoizo, brave, honnête et fidèle comme un bon chien, avait suivi lord Harrisson dans ses différentes campagnes ; les deux hommes s'étaient rendu mutuellement de grands services, et une affection étroite subsistait entre eux.

Cramoizo devait toujours appeler lord Harrisson : « Mon commandant », et lord Harrisson dire en parlant de Cramoizo : « Mon matelot ».

En voyant son maître disgracié renoncer à la mer et se consacrer entièrement à sa fille unique, le brave marin avait rompu brusquement sa carrière pour suivre son commandant.

« Si mon commandant le permet, je serai son domestique, dit-il timidement, le jour où l'ancien officier s'apprêtait à lui dire adieu. Depuis quelque temps le métier de marin ne me convient plus ; j'ai des velléités de vivre bien tranquille à la campagne. »

Harrisson ne fut pas dupe de cet héroïque mensonge, sachant bien que Cramoizo adorait la mer, mais il accepta sa proposition, les larmes aux yeux ; pas plus que Cramoizo n'eût pu se séparer de son maître, il ne se sentait le courage de vivre sans son matelot.

— Seulement, lui dit le commandant, tu ne seras pas mon domestique comme tu me l'offres si sottement, mais bien mon homme de confiance, quelque chose comme mon majordome.

Cramoizo crut grandir d'une coudée ; au plaisir de ne pas quitter son officier, il joignait l'orgueilleuse satisfaction de devenir majordome dans une vaste demeure ; il n'eût jamais osé rêver cela.

Enfin sa joie ne connut plus de bornes quand lord Harrisson lui apprit que sa fille, Miss Margaret, allait les rejoindre et partager leur vie à Oughterurd.

Cramoizo se figurait une douce et mignonne maîtresse qui le traiterait un peu en vieil ami de son père et lui tendrait de temps à autre sa petite main en signe de cordialité.

Pauvre Cramoizo !

Au moment où lord Harrisson et sa fille, arrivés au Havre depuis vingt-quatre heures, s'apprêtaient à s'embarquer sur le steamer qui devait les transporter à Southampton, Cramoizo parut devant eux, les bras pleins de colis qu'il laissa choir sur le sol, à la vue de « la petite demoiselle ».

— Bon Dieu ! qu'elle est mignonne et jolie ! s'exclama-t-il ! elle ressemble à mon commandant !

Lord Harrisson se mit à rire et présenta son matelot à sa fille.

— Marguerite, voici Cramoizo, mon matelot, un vieil ami plus encore qu'un serviteur ; tu sauras qu'il m'a sauvé deux fois la vie.

— Et mon commandant me l'a bien rendu, ajouta Cramoizo.

Marguerite toisa d'un œil étonné l'excellent homme qui la regardait avec ravissement, et elle se contenta de lui adresser un petit signe de tête distrait.

— As-tu entendu, ma fille ? répéta lord Harrisson, je te présente mon matelot Cramoizo, auquel j'ai de grandes obligations et que je te prie de considérer mieux qu'un serviteur.

Alors, avec quelque répugnance, la fillette tendit sa petite main gantée au matelot qui la prit dans ses gros doigts bruns en murmurant pour l'excuser :

— Ne faites pas attention, mon commandant, la petite demoiselle ne me connaît pas encore, mais ça viendra.

En effet, plus tard Marguerite devait apprécier le brave homme comme il le méritait.

Lord Harrisson soupira tout bas : il eût voulu son enfant plus affable, plus souple, meilleure, en un mot; mais il commençait à lire clairement dans ce jeune cœur, à y entrevoir les qualités qui y sommeillaient comme engourdies, et cela le consolait.

Marguerite fut bientôt distraite par le mouvement du port, le plaisir de l'embarquement, la vue des passagers de tous pays et la gaîté régnant sur le bateau.

Et puis, il fallut s'installer dans les cabines, et elle trouva cela charmant.

Hélas ! moins d'un quart d'heure après que le steamer eut quitté la côte de France, la pauvre petite avait changé d'opinion : atrocement

Cramoizo laissa choir ses colis, à la vue de la petite demoiselle (page 38).

malade, couchée dans les bras de son père, elle maudissait les voyages et surtout la mer, autant du moins que le permettait son état de faiblesse et de souffrance.

Lord Harrisson, qui savait combien peu dureraient la traversée et le malaise, ne s'en inquiétait pas outre mesure et essayait de l'encourager ; mais Cramoizo s'arrachait les cheveux à la voir souffrir ainsi, et franchement, pendant l'espace de quelques heures, il en voulut mortellement à son amie la mer.

Jugez donc, se permettre de faire du mal à la petite fille du commandant Harrisson !

Livide, malade encore, et surtout de très mauvaise humeur, Marguerite se laissa mettre en wagon pour Londres, où son père avait affaire avant de tourner le cap sur Holyhead, d'où l'on s'embarquerait pour Dublin, et enfin sur Oughterurd.

Ce fut seulement en approchant de la grande capitale que l'enfant, qui se sentait presque guérie, s'intéressa aux pays qu'elle traversait et aux beaux spectacles qu'elle voyait pour la première fois.

C'étaient de longues plaines vertes semées de riants cottages, fleuries de prés verdoyants où paissaient de belles vaches brunes ou blanches et de fins chevaux bien soignés.

Enfin Londres l'amusa; la ville immense et luxueuse, sillonnée de trains et de tramways, lui rappelait Paris, ce cher Paris qu'elle regrettait encore tout bas.

Distraite par le mouvement et le bruit, Marguerite s'y plut pendant le séjour qu'y fit lord Harrisson.

Ce père indulgent et tendre voulut bien la promener dans les plus beaux quartiers, à Hyde-Park, à Westminster ; mais il remarqua avec désappointement qu'elle regardait beaucoup plus les magasins de nouveautés et de bijoux que les monuments, et que les coins frais et gracieux des squares et des parcs ne semblaient pas reposer sa vue.

De nouvelles fantaisies la reprirent dès qu'elle se retrouva dans un centre plus mondain : les costumes, les jouets, les joyaux et les gravures anglaises la tentèrent violemment.

Elle voulait tout acheter, et son père eut bien de la peine à lui faire comprendre qu'il ne pouvait satisfaire à tous ses caprices.

—Tu parais croire que nous sommes très riches, lui dit-il enfin, un jour qu'elle s'étonnait de cette résistance.

— Papa, est-ce que nous serions pauvres, par hasard? demanda l'enfant qui pâlit d'épouvante à cette idée.

— C'est-à-dire que nous serions pauvres à Londres ou à Paris, où il nous faudrait soutenir notre rang, répondit lord Harrisson, souriant de

son anxiété. C'est pourquoi, ne le pouvant pas, nous vivrons à Oughterurd, où les dépenses sont forcément restreintes.

— Comment, restreintes?

— Mais certainement : l'existence à la campagne est moins coûteuse
qu'à la ville, autant sous le rapport de la nourriture que sous celui
de la toilette ; on y use peut-être plus de gros souliers, mais moins de
robes élégantes, de chapeaux coquets et de gants.

Marguerite demeurait atterrée.

— Je vous croyais riche, papa, murmura-t-elle ; pas autant, peut-être,
que ma tante de Millerey, mais au moins suffisamment.

Lord Harrisson prit l'enfant dans ses bras avec une tendresse
émue.

— Je l'ai été, ma chérie, je ne le suis plus, lui dit-il, quoiqu'il serait
ingrat de me plaindre du sort que Dieu me fait. Ta mère avait peu de
fortune ; moi, je possède mon castel d'Oughterurd et ses dépendances
qui sont très grandes, plus une rente d'environ mille livres sterling.
Or tu n'ignores pas, je pense, que la livre anglaise vaut vingt-cinq
francs. Ladite rente s'élève donc à vingt-cinq mille francs.

Ma solde me manque désormais, et mon âge et ma condition de disgracié ne me donnent droit à aucune retraite. Je voudrais être plus
riche à cause de toi, ma mignonne, car pour moi je me contente de peu.
Mais il nous faudra modérer nos besoins, restreindre nos dépenses ;
malgré cela, tu verras que nous vivrons encore confortablement à Oughterurd.

— Mais, papa, fit Marguerite qui demeurait pensive, vous dites que
vous avez, outre votre rente, ce que vous rapporte votre domaine...

Lord Harrisson soupira.

— Ma fillette, il nous faut faire là-dessus la part des pauvres : or, il
y en a beaucoup autour de nous ; ne veux-tu pas les soulager au prix
de quelques sacrifices?

Marguerite répondit affirmativement, mais en elle-même elle se disait
que la perspective d'une demi-gêne et des économies à faire n'avait

rien de séduisant. Et pourtant, ce qu'elle appelait *demi-gêne* était pour d'autres la fortune, ou plutôt l'aisance.

Elle se demandait, anxieuse, comment elle se passerait de plaisirs, de fêtes, de spectacles, de saisons balnéaires, de toilettes coûteuses, de bibelots nouveaux, de jouets chers, de bonbons fins, de petits chiens rares, de fleurs de serre, etc., etc.

— Mon Dieu ! que je vais être malheureuse ! se dit-elle prête à pleurer. Si, au moins, je ne m'étais pas habituée au luxe et à avoir toutes mes aises à Paris, je ne sentirais pas la différence aujourd'hui. Que les gens très, très riches, comme ma tante, par exemple, sont donc heureux !

Pour la première fois depuis qu'elle avait quitté Paris, elle éprouvait ce vague regret de la vie luxueuse qu'elle y menait et qu'on lui faisait abandonner brusquement ; elle ressentait une certaine crainte, une appréhension de celle qu'elle mènerait, trop simple, trop bourgeoise, à Oughterurd en Connaught.

« Et cela peut durer longtemps, pensait-elle ; puisque nous ne sommes pas riches, nous ne voyagerons sûrement pas souvent.

« A quoi bon, alors, être châtelaine, si c'est dans une vieille maison, laide et triste ?

« A quoi bon commander, si c'est seulement à quelques serviteurs mal stylés ?

« Ah ! combien j'étais plus heureuse à Paris ! et quelle mauvaise idée a eue ma tante de me rendre à papa, au lieu de m'emmener avec elle dans son beau voyage en Orient ! »

Mais cette pensée ne fut qu'un éclair, et l'enfant, plus vexée et énervée qu'affectée réellement, se la reprocha aussitôt.

En effet, ne se devait-elle pas, en dépit de ces petites contrariétés, à son père, si bon et si attristé au fond ?

V

AMITIÉS NOUÉES SUR LE PONT DU STEAMER.

Au moment de remonter à bord d'un navire, à Holyhead, afin de traverser le canal Saint-Georges, Marguerite fit une véritable scène, navrée d'avoir à s'exposer encore au mal de mer qu'elle croyait inévitable.

— Pourquoi ne pas rester en Angleterre? disait-elle à son père : réflexion fort peu logique, puisque lord Harrisson ne possédait de propriétés qu'en Irlande.

Son père ne perdit pas son temps à la plaindre.

— N'es-tu pas confuse de te montrer aussi peu brave, aussi peu courageuse? lui répondit-il; tu me fais honte, ma pauvre fille. Eh! quoi, ne pouvoir affronter un peu de mal quand tu es obligée d'en passer par là? Je ne te comprends pas.

L'enfant baissa la tête et dissimula ses larmes; mais elle trouva son père un peu dur.

Quant à Cramoizo, il eût volontiers donné la moitié du sang de ses veines pour épargner quelques maux de cœur à sa petite maîtresse. Malheureusement, toute sa bonne volonté n'y pouvait rien.

Comme de juste, Marguerite fut d'autant plus malade qu'elle se bouleversait d'avance à la seule idée de l'être.

Cependant la crise fut moins longue qu'on ne le supposait, et, quelques heures avant de toucher à Dublin, l'enfant put remonter sur le pont et y respirer l'air.

On entrait dans le printemps : le ciel était pur, la mer assez calme ; à quelques pas du commandant Harrisson et de sa fille, se tenait un groupe qui attira l'attention du père et de la fillette : il se composait d'une dame âgée, vêtue de noir, qui était sourde et travaillait au crochet ; d'un jeune garçon d'une quinzaine d'années environ, maigre, chétif, un peu bossu, mais au sourire bon, au regard intelligent, aux manières douces ; enfin d'une jeune fille un peu plus âgée que Marguerite, distinguée aussi, mais plus pétulante, plus rieuse et paraissant resplendissante de santé.

Encore toute languissante, souffreteuse et cherchant à se faire dorloter, Marguerite Harrisson les regardait du coin de l'œil.

Lord Harrisson avait besoin d'aller aider son vieux Cramoizo aux préparatifs du débarquement et de lui donner quelques ordres, mais il n'osait laisser seule sa fille qui ne tenait pas à s'enfermer dans une cabine étroite.

— Je ne peux pourtant pas t'abandonner là, mignonne, murmurait-il, perplexe.

Alors, la petite fille inconnue, qui s'accoudait non loin d'eux, entendant cette réflexion, s'approcha avec gentillesse :

— Mademoiselle votre fille ne restera pas seule, Monsieur, dit-elle avec un sourire qui montra des dents étincelantes ; nous sommes là, ma tante, mon frère et moi, pour jusqu'à la fin du voyage. Confiez-nous votre fille, nous la distrairons, et si elle est malade, nous la soignerons bien, je vous le promets.

Lord Harrisson s'inclina courtoisement, remercia sa gentille interlocutrice et, après avoir échangé un regard d'acquiescement avec Marguerite, il la laissa sous la garde de ses aimables voisins.

Au fond, Marguerite, que la beauté de la mer n'émouvait pas beaucoup, était bien aise de lier conversation avec des enfants à peu près de son âge et surtout de son rang.

Votre fille ne restera pas seule, Monsieur (page 44).

Or, elle s'était bien vite aperçue de la distinction parfaite de ceux-ci, et, quoique leur toilette fût fort simple, elle devinait qu'ils étaient bien élevés.

La glace fut promptement rompue entre les jeunes voyageurs, et la causerie s'ouvrit par cette question immanquable entre enfants :

— Comment vous appelez-vous ?

— Marguerite Harrisson, répondit la petite Parisienne. Et vous ?

— Ma sœur : Muriel, et moi, Robert Merreot, dit le jeune garçon.

Il ajouta en désignant la vieille dame en noir :

« Et voici notre tante Maud. »

Il présenta, dans toutes les formes, la petite malade à celle-ci.

Marguerite salua tante Maud, et les demandes et les réponses s'entre-croisèrent de plus belle.

— Vous êtes française peut-être ?

— Moi, oui, je suis née à Paris. A quoi devinez-vous cela ? Sans doute je parle mal votre langue ?

— Non, non, ce n'est pas ça ! s'écrièrent les deux enfants, mais cela se voit..... à je ne sais quoi : à votre prononciation, à vos manières, et les Parisiennes sont très élégantes.

Evidemment flattée de cet hommage rendu à sa grâce naturelle, Marguerite poursuivit :

— Donc, je suis française comme l'était maman, mais mon père est anglais. Et vous ?

— Nous sommes anglais aussi tous les deux, répondit Muriel. Quel âge avez-vous ?

— Bientôt douze ans.

— J'en ai treize, reprit la fillette.

— Moi quinze, fit Robert en souriant. Je suis donc l'aîné de notre trio.

— Où allez-vous ?

— Nous nous rendons dans le Connaught, où nous possédons une terre que nous habitons quelquefois.

Marguerite Harrisson battit joyeusement des mains.

— Comme cela se rencontre ! s'écria-t-elle. Moi aussi je vais dans le Connaught, où papa a une propriété. Ça sera très amusant de voyager ensemble.

— Je ne sais pas si cela se pourra : nous nous rendons directement à Dunbroke.

— Et nous, nous nous arrêtons à Dublin, fit Marguerite désappointée. Si vous demandiez à vos parents de changer leur itinéraire ?

Muriel et Robert se regardèrent en souriant tristement.

— Nous sommes, par malheur, nos propres maitres, soupirèrent-ils : nos parents sont morts.

— Morts ? et avec qui vivez-vous ?

— Avec tante Maud, dit Robert en désignant la vieille dame ; elle fait tout ce que nous voulons, ajouta-t-il dans un rire franc et jeune.

— Que vous êtes heureux ! proféra Marguerite comme malgré elle.

Ses compagnons la considérèrent avec curiosité.

— Vos parents sont donc durs à votre égard ? dirent-ils ; cependant, tout à l'heure, le gentleman que vous appeliez papa semblait joliment vous aimer.

Marguerite rougit.

— D'abord, je n'ai plus de maman, comme vous ; ensuite, mon père est bon et je l'aime. Seulement, je vous envie de faire tout ce que vous voulez.

— Oh ! on ne fait jamais tout ce qu'on veut, répliqua Robert ; et puis tante Maud saurait bien nous gronder si nous commettions des sottises.

— Robert est si sage et si bon ! murmura Muriel en regardant son frère avec une tendresse infinie.

— Muriel est si gentille et si affectueuse ! fit Robert en caressant la joue fraîche de sa sœur.

— J'ai raison de dire que vous êtes heureux, soupira Marguerite.

— Au fait, reprit Muriel avec une sorte de compassion, vous êtes un peu seulette, n'ayant ni frère ni sœur.

— Jusqu'à présent je ne le regrettais pas, dit naïvement Marguerite ; je croyais qu'une fille unique était toujours plus gâtée ; aujourd'hui je pense autrement.

Les autres la regardèrent avec surprise : comment avait-elle pu concevoir un tel sentiment ? Ils ne la comprenaient pas.

— Je crains de m'ennuyer un peu à Oughterurd, poursuivit la fillette, seule avec papa.

— Qu'importe le lieu où l'on vive, pourvu qu'on y ait avec soi ce qu'on aime ! dit Robert. Nous ne nous divertirons pas beaucoup à Dunbroke, je crois, n'est-ce pas, Muriel ? ajouta-t-il en souriant, mais nous y serons ensemble, et cela nous suffit.

— Et vous allez vous enterrer là-bas de votre plein gré ? s'écria Marguerite qui ne pouvait comprendre une pareille vertu.

— De notre plein gré, mais oui.

— Quand vous pourriez vivre à Londres ou à Paris ?

— Certainement.

— Et pourquoi cela ?

— Il serait trop long de vous l'expliquer maintenant, répondit Robert qui était devenu sérieux, mais vous nous comprendrez quand vous nous verrez à l'œuvre ; car, puisque nous devons résider dans le même comté, j'espère bien que nous nous retrouverons.

— Habitons-nous loin les uns des autres ?

— Non ; je sais où est Oughterurd : or, Dunbroke n'en est éloigné que de quinze ou vingt milles ; qu'est-ce que cette distance à franchir quand on a de bons chevaux ?

Le commandant Harrisson fut charmé de trouver sa fille engagée dans une causerie animée avec ses nouveaux amis ; Marguerite était moins pâle, ne ressentait plus aucun malaise et ne songeait plus à se faire plaindre.

— Oh ! papa, s'écria-t-elle lorsqu'elle fut de nouveau seule avec lui, si vous saviez comme ils sont gentils et aimables tous les deux ! — Et puis, ils se rendent aussi en Connaught et nous nous reverrons.

MISS HARRISSON. 4

Lord Harrisson sourit de c e naïf enthousiasme et en éprouva de la satisfaction : il connaissait de nom et de réputation la famille Merreot et ne demandait pas mieux que de voir les jeunes gens, Robert et Muriel, se lier avec sa fille.

Lord Merreot, homme ri che, puissant et humanitaire, était venu mourir, quelques années auparavant, dans son château de Dunbroke, après avoir répandu ses bienfaits dans le pays où son nom demeurait adoré.

Tout à fait orphelins et sans autres protecteurs que tante Maud et un vieil oncle qui ne pouvait venir vivre avec eux, ses deux enfants avaient hérité de ses biens immenses et aussi de la bonté de son cœur.

— Puissent-ils faire de cette fortune un aussi bon et bel usage que leur père ! pensait l'ancien officier de marine. Ils sont très jeunes encore, mais ils m'ont semblé intelligents, bien élevés et sérieux.

Tout en rangeant ce qui lui appartenait dans la cabine qu'elle allait bientôt quitter, Marguerite se disait :

— J'ai une fière chance d'avoir trouvé justement sur ce bateau où j'étais si malade, des amis que je retrouverai plus tard et qui seront mes voisins à Oughterurd. Ils se tiennent fort bien, sont jolis, gentils, et parlent presque correctement le français.

Par exemple, je serai battue, enfoncée, dans l'exercice de la langue anglaise, quoiqu'on dise que j'en use assez bien.

Après tout, je suis Française, d onc, c'est naturel. Pour en revenir aux Merreot, pour aller, comme nous, s'enfermer dans un vieux château au fond d'un comté d'Irlande, il faut qu'ils ne possèdent pas grand'chose.

J'aurais préféré faire la connaissance d'enfants riches, cela m'aurait mieux convenu et m'aurait servi : ils auraient donné des fêtes peut-être.

Robert et Muriel doivent être pauvres, ou du moins avoir peu de fortune : ils sont si simplement mis ! et puis, pour aller vivre en Connaught !... Sans doute ils ont besoin de faire des économies, comme nous. — Je les plains, en ce cas, conclut-elle en soupirant. C'est dur, être obligé d'économiser !

Cependant on débarqua.

Les jeunes Merreot et Marguerite Harrisson échangèrent une. dernière poignée de main en se disant :

« A'u revoir, dear ! » et le commandant Harrisson entraîna sa fille sur le port, tandis que Cramoizo s'occupait des bagages et que les Merreot, en route pour Dunbroke, prenaient place dans un vaste équipage, suivis de plusieurs serviteurs à la contenance la plus respectueuse.

Dublin plut à Marguerite qui aimait les grandes villes, le mouvement et le bruit; elle eût voulu y séjourner un certain temps, mais son père n'était pas du même avis, et la fillette n'eut pas le loisir d'admirer beaucoup de magasins ni d'exhiber beaucoup de toilettes mirobolantes.

VI

PAS ASSEZ BEAU !

Il y a toujours une certaine mélancolie, une impression pénible à entrer dans une demeure longtemps inhabitée, où personne ne vous attend, surtout si cette arrivée a lieu par une matinée pluvieuse et froide.

Quoiqu'on touchât au mois de juin, la journée était sombre, maussade ; la voiture qui amenait le père et la fille à Oughterurd avait dû traverser de longues plaines mornes et mouillées, des villages ruisselants, d'un aspect triste. Marguerite Harrisson se sentait un peu déçue et imprégnée, elle aussi, de la mélancolie des choses.

Son père, lui, rêvait doucement au passé en revoyant ces lieux pour lui pleins de souvenirs aimés ; c'était là qu'il s'était promené jadis, jeune et brillant officier de marine, avec une épouse chérie au bras.

Il croyait, par instants, revoir sa robe blanche au détour d'un sentier ou entendre l'appel de sa voix fraîche. Lady Harrisson était française, mais elle aimait Oughterurd et l'Irlande avec sa pauvreté, sa misère même, heureuse de pouvoir soulager et de faire sourire ces malheureux qui aiment la France et que la France aime.

— Peut-être, si elle avait vécu, pensait douloureusement lord Harrisson, mon enfant serait-elle meilleure. Avec son exemple sous les yeux et les tendres conseils maternels, ma pauvre petite serait-elle moins égoïste, moins frivole et moins occupée d'elle-même. Sa mère était un ange de dévouement et de charité.

Cramoizo fumait une énorme pipe, assis sur le siège à côté du cocher, recevant les bourrasques sur son vaste dos habitué aux intempéries.

Sur le perron se tenaient une demi-douzaine de serviteurs qui acclamèrent les maîtres (page 54).

Enfin, au bout d'une avenue interminable, le château apparut, sombre, sévère, presque lamentable d'aspect sous les flots de pluie qui cinglaient ses créneaux.

— Voici la maison ! prononça lord Harrisson, dans l'espoir qu'il réveillerait par cette bonne nouvelle l'entrain de son enfant.

— Ah ! fit simplement Marguerite qui souleva à peine sa tête paresseuse pour regarder ce qu'on lui désignait.

Sur le perron, malgré l'averse, se tenaient une demi-douzaine de serviteurs qui acclamèrent les maîtres.

Lord Harrisson eut un sourire et une bonne parole pour tous ; Marguerite répondit aux vivats de ces braves gens d'un air ennuyé, si bien qu'ils la crurent malade et interrogèrent à ce sujet Cramoizo, quand ils se trouvèrent seuls avec lui.

— L'enfant n'est pas malade, non, répondit le matelot en secouant sa grosse tête. Elle est seulement un peu ahurie d'un changement de pays et d'habitudes. Elle deviendra plus aimable, vous verrez ça, c'est moi qui vous le dis.

En lui-même, le brave homme ajouta :

« La petite demoiselle n'est pas élevée encore, mais elle est entre bonnes mains ; jusqu'à présent elle a mangé trop de sucre, pas assez d'amer. — Mais bah ! ça changera. »

Quoique peu compréhensibles, ces paroles étaient fort justes : Marguerite Harrisson ne connaissait que les douceurs de la vie, nul ne l'avait jamais contrainte ni contrariée ; or, rien n'est aussi nuisible à l'enfance.

Heureusement, comme le disait Cramoizo, elle était en bonnes mains.

D'un pas nonchalant, déguisant mal un air navré sous un demi-sourire forcé, Marguerite visitait la demeure qu'elle devait habiter désormais. Jeune encore et trop ignorante, elle ne remarquait ni les beautés de l'architecture, ni la noblesse de la vieille maison qui, avec ses bois et ses dépendances, était vaste comme un village, ni la poésie de la campagne aperçue à travers les vitres embrumées.

L'ombre froide des grands corridors la fit frissonner ; le mobilier antique et un peu maigre du salon immense la fit sourire de pitié ; les proportions énormes de l'escalier la fatiguèrent par avance ; mentalement, elle comparait la sévérité, la froideur de cette vieille demeure à la maison riante, chaude et confortable de sa tante Millerey, et un grand serrement de cœur lui vint à la vue de l'appartement qui lui était attribué.

Son père avait cependant choisi le plus gai à l'œil, le plus facile à chauffer, le plus coquet aussi ; mais elle n'y retrouvait ni la grâce mignarde, ni le demi-luxe de celui qu'elle occupait à Paris.

Elle n'osait faire part de ses réflexions à son père, mais il les devinait, et ce grand cœur d'homme valeureux et intelligent souffrait de trouver sa fille si vaine, si superficielle.

Cramoizo les suivait, poussant des exclamations admiratives à chaque pas et s'étonnant beaucoup des regards dédaigneux dont sa jeune maîtresse effleurait toutes ces belles choses.

Quand l'inspection générale fut terminée, en attendant le premier coup de cloche annonçant le lunch, Marguerite se blottit dans un vaste fauteuil où son corps fluet disparaissait presque, et elle demeura là, inerte, le chapeau sur la tête, ses gants aux mains, sans songer à monter chez elle.

— Castle-Harrisson ne te plait guère, n'est-ce pas, ma chérie ? prononça une voix tendre à ses côtés.

Elle tressaillit, aperçut son père qui se penchait au-dessus de sa tête blonde, et elle se contraignit à sourire.

— Mais... si, papa, répondit-elle en fillette du monde accoutumée à une politesse de commande.

— Non, non, fit lord Harrisson en secouant tristement la tête ; ne parle pas contre ta pensée, ma fille : Harrisson-Castle ne te plait pas encore ; tu le vois, il est vrai, sous un aspect un peu lugubre ; j'espère que le beau temps, qui ne tardera pas à revenir, te fera changer d'opinion.

Il comprima un soupir, mit un baiser sur les cheveux blonds de son enfant, redressa sa haute taille et alla donner quelques ordres.

Or, selon sa prédiction, environ une heure après, le ciel s'éclaircit ; le soleil, déjà bas à l'horizon, déchira les nuages et étincela dans l'azur, faisant paraître plus vertes encore les pelouses et les plantes.

Sous la feuillée humide, les oiseaux, qui ne grelottaient plus, se mirent à chanter ; les fleurs embaumèrent.

Marguerite releva son front rasséréné, aspira avec délices la brise fraîche venue du dehors et bondit comme un jeune faon ; le sourire reparaissait sur son petit visage fatigué.

La nature humaine est ainsi faite que le mauvais temps l'attriste et le soleil la réjouit ; Marguerite Harrisson avait la chance d'arriver en Irlande au printemps, elle devait donc voir souvent briller les rayons consolateurs.

Pour le moment elle se sentait toute remontée, et elle courut chercher Cramoizo, afin de visiter avec lui la maison et ses dépendances ; un peu poltronne, elle tenait à s'assurer la protection d'un défenseur solide dans sa visite domiciliaire.

Justement Cramoizo, sachant faire plaisir à la *petite demoiselle*, lui amenait deux superbes chiens, épagneuls de grande race, qui l'effrayèrent un peu au premier abord, puis lui témoignèrent une si chaude amitié qu'ils gagnèrent ses bonnes grâces.

— Comment s'appellent-elles, Cramoizo, ces deux braves bêtes ? demanda-t-elle au matelot, tout en secouant sa robe où les pattes des chiens avaient laissé des empreintes terreuses. Papa m'a bien dit leurs noms, mais je les ai oubliés.

— Juno et Néro, répondit le serviteur, charmé de voir sa jeune maitresse sourire et s'intéresser à tout.

— Juno, Néro, Cramoizo ! tout cela rime un peu, fit-elle malicieusement.

— Ah ! ça n'est pas tout, Miss Margaret : il y a encore Roméo, le cheval de votre papa ; Pierrot, un jardinier français qui a connu jadis votre maman, et enfin Toto, le chat de la cuisinière, dont il faudra aussi vous faire un ami.

Marguerite s'amusa beaucoup de l'énumération de ces divers personnages, et elle supplia Cramoizo de la conduire à la basse-cour, aux écuries, aux étables et jusque dans le parc, malgré la boue que le soleil n'avait pas encore séchée.

— C'est que, objecta le brave homme en jetant un regard anxieux sur les petits pieds finement chaussés de l'enfant, vous serez trempée et mon commandant grondera.

— Comment faire, alors ? dit-elle, navrée de manquer pour si peu sa promenade et ses perquisitions.

Cramoizo se gratta la tête, ce qui lui suggéra une idée sublime :

— Voilà : il vous faudrait des sabots.

Marguerite éclata de rire.

— Des sabots ? Ah ! je voudrais me voir en sabots, moi, Miss Margaret Harrisson ! vraiment, ce serait joli !

— Pourquoi pas ? en hiver vous serez bien forcée d'en venir là, et toutes les demoiselles du pays en font autant, car il pleut souvent par ici. Et puis, c'est amusant de marcher là-dedans. — Ça fait : clic-clac ! clic-clac !

— Tu crois ? dit la fillette déjà ébranlée. — Alors, si c'est amusant, on pourrait essayer. — Mais je n'ai pas de sabots, moi.

— Votre papa vous en commandera une paire de jolis chez le sabotier ; en attendant, vous pourriez essayer ceux du petit Jack.

— Qui est le petit Jack ?

— Le fils du garde ; il est plus jeune que vous, Miss Margaret, et sa chaussure vous ira certainement.

On alla quérir les sabots en question que la fillette chaussa avec maints éclats de rire ; d'abord très gênée pour marcher, elle dut recourir à l'aide de Cramoizo ; puis elle finit par s'accoutumer à ce nouveau mode de chaussure.

Elle visita ainsi une partie du parc, les dépendances du castel, les étables où les vaches à l'œil grave tournèrent vers elle leur grosse tête encornée ; l'écurie où elle regretta de ne pas trouver plusieurs beaux chevaux, la basse-cour où elle épouvanta poules et canards, et enfin bien d'autres choses.

Évidemment heureux de promener partout la fille de son commandant, Cramoizo lui donnait sur tout des explications intéressantes ;

il sentait qu'elle le prenait en affection et que, dans ses moments d'expansion où elle se montrait une bonne fillette enjouée et un peu gamine, elle gagnait cent pour cent.

Ils trouvèrent, ainsi furetant dans les fermes, lord Harrisson occupé à prendre des notes sur l'état d'une métairie ; l'ancien officier fut très satisfait de voir sa fille rose, alerte, joyeuse, et d'entendre les descriptions animées qu'elle lui fit de tout ce qu'elle avait visité.

Au repas du soir, elle apporta le même entrain et un grand appétit ; son père lui-même y fit honneur, en Anglais amateur des viandes roses et des pommes de terre bouillies ; or, la pomme de terre est la richesse de l'Irlande, et Marguerite déclara excellentes celles qu'on lui servit.

Seulement, le voyage, le changement, l'air vif et l'exercice auquel elle s'était livrée, alourdissaient ses paupières, et lord Harrisson l'envoya se coucher avant la fin du dîner, sous la garde d'une femme de service nommée Suzannah, dont l'enfant connaissait à peine la figure et comprenait mal le langage.

Le flambeau que tenait Suzannah jetait tour à tour de vives lueurs ou dessinait des ombres lugubres qui épouvantaient la fillette.

Nous l'avons dit : Marguerite Harrisson n'était pas brave ; lorsque, déshabillée et couchée dans un immense lit où son corps fluet se perdait, elle tenta de s'endormir bien vite, Suzannah s'éloigna tranquillement, croyant sa mission terminée, et la mignonne demeura seule, tremblante de peur dans la vaste pièce où craquaient les boiseries desséchées.

Et voilà que tandis que l'assoupissement la gagnait, elle sentit tout à coup sur sa joue un souffle chaud et haletant.

Elle poussa un cri terrible, auquel répondit un aboiement plaintif : Juno, l'un des grands épagneuls, avait jugé bon de venir tenir compagnie à sa nouvelle maîtresse qu'il avait approchée de très près.

De là la frayeur épouvantable de l'enfant impressionnée déjà par la sévérité et le silence de la vaste demeure.

De plus, elle ignorait que dans le grand château longtemps abandonné des maîtres, chiens et chats avaient coutume de se promener comme chez eux, selon leur gré.

Lord Harrisson, accouru en hâte à ses cris, eut bien de la peine à calmer la fillette nerveuse et épeurée, et défense fut faite désormais aux animaux d'empiéter sur les appartements des maîtres.

Enfin Marguerite finit par s'endormir, la main dans celle de son père ; mais l'ancien marin se proposait *in petto* d'aguerrir sa fille et de lui faire passer ces ridicules frayeurs.

Hélas ! il avait tant à réformer en elle !

Tout reconnaissant qu'il fût envers sa tante de Millerey, au fond il en voulait un peu à la bonne dame d'avoir si mal élevé son enfant et de lui rendre une fillette poseuse, vaniteuse, égoïste, au lieu de la Marguerite naturelle, simple, bonne, qu'il avait rêvée.

Pour le moment, il ne pourrait tout de suite s'occuper de cette éducation à refaire, étant pris pour de longs jours par les ouvriers à surveiller, les travaux à faire exécuter à Castle-Harrisson, les tenanciers à visiter et mille autres choses encore.

Ainsi, dès le lendemain il débuta par une exécution capitale : le renvoi immédiat d'un intendant méchant et infidèle, qui, non seulement dilapidait son bien, mais encore pressurait les paysans d'Oughterurd, sous prétexte de servir les intérêts du maître.

Quand l'expulsion de cet homme fut connue parmi ce petit peuple de travailleurs, une grande joie éclata d'abord, puis vint cette question inquiète sur toutes les lèvres :

« Le maître sera-t-il humain et indulgent ? Il en a l'air, mais souvent l'air trompe. »

Ils virent bientôt qu'ils n'avaient que gagné à voir arriver lord Harrisson au milieu d'eux.

En attendant, l'ancien marin avait fort à faire : il fallait désormais régir lui-même ses biens, installer sa maisonnée et songer à sa fille, laquelle réclamait des soins matériels et spirituels presque incessants.

VII

— Papa, décidément, je me plais à Harrisson-Castle. C'est bien plus amusant que je ne croyais, la campagne.

Lord Harrisson sourit, mais il pensa : « Oui, c'est très bien parce que tout est nouveau pour elle et que l'enfance aime le changement, mais viennent l'hiver et les longues journées de pluie, et nous entendrons murmurer ma petite fille. »

En attendant, il la laissait, tout à sa joie, gambader et courir partout, tantôt seule, mais le plus souvent en compagnie de Cramoizo.

Un rayon de soleil sur les pelouses vertes, un reflet de lune sur le lac paisible changeaient l'aspect de Harrisson-Castle.

Le temps se maintenait beau, les prés s'émaillaient de pâquerettes dont Marguerite tressait des couronnes ; l'eau de l'étang chantait doucement en caressant la berge ; Juno et Néro se poursuivaient en courses insensées qui faisaient rire aux éclats leur jeune maîtresse ; enfin la vieille maison souriait par toutes ses fenêtres ouvertes au soleil.

Néanmoins, Marguerite soupirait parfois en constatant que bien des choses lui manquaient encore à Oughterurd : d'abord une chambre plus ornée, puis des amies de son âge et des compliments.

Ses jolies toilettes lui devenaient absolument inutiles dans ce pays où les visiteurs n'affluaient pas et où le peuple n'entendait rien à l'élégance ni à la mode.

Pour une fois qu'elle avait essayé d'éblouir la maisonnée en exhibant un costume de soie rose orné de dentelle crème, Cramoizó avait dit en l'effleurant à peine d'un regard dédaigneux :

— Tiens, la dame de mon colonel, autrefois, elle avait une petite machine comme ça sur les épaules ; ça n'était pas beau, mais ça ne va pas mieux aux petites filles.

Décidément Marguerite n'avait pas de chance et, dépitée, elle alla changer de toilette, après que son père lui eut dit aussi, tranquillement :

— Oh ! mignonne, tu te crois encore chez ta tante de Millerey : fais-moi le plaisir de réserver cette robe pour les jours où nous ferons des visites un peu cérémonieuses... si nous en faisons jamais. Pour aller à la messe d'Oughterurd, ton petit costume bleu marine suffit amplement.

Cependant, l'excellent père s'était donné beaucoup de peine pour installer sa fille le plus confortablement possible.

Elle le secondait de son mieux, ayant acquis auprès de Mme de Millerey un goût très fin et très délicat ; aussi le père et l'enfant finirent-ils par arranger un nid fort gentil ; l'un clouait, posait les tentures, plaçait les meubles ; l'autre relevait un pli de rideau, drapait une étoffe, ornait les vases de fleurs ; quoique l'appartement particulier de lord Harrisson fût sobre et un peu austère, la fillette y mit également la main, l'égaya de plantes vertes et de stores de couleurs.

Son père la laissait agir à sa guise, heureux de la voir prendre goût à la maison, à son intérieur déclaré froid et triste le jour de l'arrivée.

Comme tous les marins, il adorait l'équitation et s'y livrait avec passion, se proposant plus tard d'y faire participer Marguerite ; il ne possédait encore qu'un cheval de selle et un autre de trait, mais il espérait pouvoir bientôt augmenter son écurie en sa faveur.

Les serviteurs, peu nombreux et trouvés par Marguerite un peu trop *rustiques*, étaient tous de braves gens, solidement attachés à leurs maîtres et mêlant un profond respect à l'intérêt qu'ils leur portaient.

Quant aux tenanciers et aux Irlandais qui entouraient Harrisson-Castle, la fillette les connaissait peu encore, mais elle les voyait tous la saluer poliment et parfois lui sourire quand ils la rencontraient ; elle devinait que son père, si noble et si généreux, savait s'attacher peu à peu ces braves gens et même s'en faire adorer.

Mais elle était toujours la petite Parisienne un peu guindée, un peu égoïste, qui ne s'intéressait pas à autrui et n'aimait, de la campagne, que ce qui l'amusait.

Cette année, par bonheur, les récoltes étaient satisfaisantes : l'herbe croissait haute et grasse ; les bestiaux se portaient bien, la pomme de terre était savoureuse ; le jardin de Harrisson-Castle donnait une profusion de fleurs embaumées, et le petit lac se peuplait d'une flottille de cygnes et de canards qui s'y ébattaient joyeusement.

Un matin que lord Harrisson, agenouillé sur le parquet, un marteau à la main, ouvrait des caisses récemment arrivées, à la grande joie de Marguerite, curieuse comme toutes les petites filles, la grosse tête rasée et rouge de Cramoizo apparut à l'entrée du vestibule :

— Mon commandant, c'est des pauvres gens qui demandent à vous parler personnellement ; je leur ai dit que vous êtes occupé, mais ils veulent attendre.

— Fais-les entrer au parloir, je suis à eux tout de suite, répondit lord Harrisson.

— Oh ! papa, vous n'allez pas interrompre votre travail pour des mendiants ? fit Marguerite avec une petite moue de dédain ; ils attendront votre bon plaisir.

Son père lui jeta un indéfinissable regard.

— Apprends, ma fille, dit-il, que je me dérange aussi volontiers pour des besogneux, des malheureux, que pour des visiteurs de haut rang.

Un naïf étonnement se peignit sur le petit visage de l'enfant ; toutefois, après avoir réfléchi, elle releva la tête et glissa sa main fluette dans celle de son père.

— Je vais avec vous, papa, dit-elle résolument.

— C'est bien, mignonne ; d'ailleurs, tu as raison de vouloir t'accoutumer à voir de près la misère d'autrui.

Au parloir attendaient en silence deux hommes, l'un jeune, l'autre âgé, misérablement vêtus, et une femme portant un bébé déguenillé, tandis qu'un petit garçon de quatre ans s'accrochait à sa jupe en loques.

— Lord Harrisson, dit le plus vieux des deux hommes en prenant son courage à deux mains, nous sommes vos tenanciers, vous savez, de la ferme située au bout de la route de Heardury. — Je me nomme Moore, et voici mon fils Patrick qui revient du service, et ma fille Daisy, veuve depuis dix mois... Le malheur est tombé sur nous ; le feu a pris à la maison, mon gendre est mort, Daisy a été malade et, Patrick étant absent, j'étais à peu près seul pour faire l'ouvrage. Ah ! j'ai peiné dur, allez ! mais en pure perte, puisque non seulement je n'ai pu arriver à réunir la somme qui vous est due chaque année, mais encore je me suis endetté et peut-être vais-je être chassé de la ferme avec mes enfants...

En disant ces mots, le pauvre Moore regardait son maître d'un air timide et suppliant.

— Pourquoi vous chasserais-je ? fit lord Harrisson étonné.

— L'ancien intendant... celui qui vient de quitter le pays, nous en avait menacés ; nous ne pouvons payer notre fermage cette année, dit Patrick d'une voix sombre.

— Je me suis défait de mon intendant, reprit le châtelain ; vous aurez désormais affaire à moi et à ce brave garçon que voilà, ajouta-t-il en désignant Cramoizo.

Les deux hommes et la pauvre femme se hasardèrent à sourire.

— Alors, vous nous gardez ? dit le père dont la voix tremblait d'émotion.

— Oui, j'attendrai, pour vous demander ce que vous me devez, que la récolte soit bonne et la prospérité un peu revenue chez vous. J'irai vous voir, d'ailleurs, et m'assurer par moi-même de l'état de la ferme.

— Oh ! Mylord, que de bonté ! murmura Moore, les larmes aux yeux.

Pendant que son père continuait à s'entretenir avec ces pauvres gens, Marguerite s'éclipsa vivement et reparut peu après, chargée de deux grosses tartines de confiture qu'elle offrit aux babies.

Ceux-ci ne se firent pas prier pour les accepter, et à les voir dévorer ce pain avec avidité, Marguerite comprit quelle souffrance était la faim pour ces pauvres petits êtres fragiles.

Quand les Moore se furent éloignés, rassurés et joyeux, lord Harrisson félicita sa fille de son bon mouvement.

— Tu verras encore d'autres misères, mignonne, lui dit-il en soupirant ; le Connaught n'est pas riche, et c'est à nous, qui avons le superflu, d'y remédier.

Je te conduirai souvent visiter non seulement les Moore, mais encore d'autres tenanciers chargés de famille ou malheureux.

— Ça ne sera pas toujours gai, pensa la fillette en réprimant une grimace éloquente.

Mais aussitôt elle ajouta en elle-même, se rappelant les confidences que lui avait faites à Paris la vieille Mamie :

« Ma mère n'eût pas dit cela, elle : ma mère était bonne et charitable ; je veux lui ressembler. »

Toute rassérénée par cette sage résolution, elle embrassa son père, et ils allèrent achever de déclouer les caisses arrivées à Harrisson-Castle par petite vitesse.

La besogne terminée, ils se promenèrent ensemble sous les hautes futaies du parc ; l'ancien marin savait exciter l'admiration de sa fille pour la beauté de la nature, souriante en ces jours de printemps radieux. Il forma avec elle des projets de massifs, de plates-bandes, car Marguerite aimait les fleurs ; il lui apprit les noms des différentes plantes, des arbres qui ornaient le parc ; l'enfant était d'une ignorance stupéfiante en tout ce qui concernait la campagne.

Lord Harrisson se promit de lui enseigner beaucoup de choses, et au sérieux de mêler l'agréable, tel que la natation et l'équitation.

La fillette fut étonnée de l'érudition de son père ; elle s'était figuré qu'un marin connait uniquement ce qui touche à son métier, ne sait parler que de ses voyages et de son navire ; et voilà qu'elle découvrait que l'ex-commandant pouvait étendre son esprit cultivé à tous les sujets; mentalement elle le compara à sa tante : la vicomtesse de Millerey était très forte pour combiner une toilette et organiser une fête, mais en dehors de cela, elle ne faisait pas preuve d'une intelligence très vive.

Ce fut bien pis encore lorsque, son installation à peu près achevée lord Harrisson se mit en devoir de faire passer un examen à sa fille.

— Tu comprends, mignonne, lui dit-il, qu'on n'a pas fini son éducation à douze ans, comme tu parais le croire. Tu as beaucoup à apprendre, et je crains même, en t'interrogeant, de faire de fâcheuses découvertes sur ton petit bagage de science. Voici la salle d'étude : elle est claire, gaie, bien aménagée ; chaude en hiver, fraiche en été ; sauf le dimanche, tu y passeras tous les jours trois heures le matin, trois heures le soir ; le reste du temps sera consacré aux exercices du corps en lesquels mes compatriotes sont habiles, et en ouvrages de couture auxquels te dressera la femme de chambre.

Marguerite réprima une grimace: l'équitation, la natation, le canotage, la gymnastique, tout cela lui plaisait ; mais la perspective de six heures d'étude et de couture lui souriait médiocrement.

— Papa, et la musique ? allez-vous me la faire abandonner ? Toutes mes petites amies de Paris jouent du piano ; je ne voudrais point paraitre moins bien douée qu'elles sous ce rapport.

Le commandant Harrisson sourit.

— Ma chère petite, nous nous occuperons des arts d'agrément plus

tard ; pour le moment, allons au plus pressé. Je t'avoue, d'ailleurs, que
je n'ai qu'une médiocre confiance en ton talent de musicienne ; je t'ai
entendue tapoter un petit morceau dansant chez ta tante de Millerey et
tu n'y mettais aucun sentiment, aucun goût, à peine la mesure. Tu ne
saurais donc faire plaisir.

— Vous n'aimez peut-être pas la musique, papa, fit l'enfant, dépitée.

— J'adore la musique et je m'y connais, quoi que tu en penses.
Nous nous occuperons d'abord de tes études sérieuses, et quand je te
verrai en bonne voie pour la grammaire, l'histoire, la géographie et le
reste, je chercherai un bon professeur de musique et de dessin.

— Et vous me donnerez un joli piano, papa ?

— Et je te donnerai un *excellent* piano, corrigea lord Harrisson.
Allons, amuse-toi aujourd'hui, car dès demain nous nous mettrons à
l'ouvrage.

Marguerite trouva un certain plaisir à arranger à la salle d'étude ses
cahiers, ses livres, ses plumes, y apportant, comme en tout, une éton-
nante coquetterie : il fallait que son porte-plume fût en argent, son
encrier en cloisonné, sa table recouverte d'un tapis doux au toucher,
ses livres neufs, ses cahiers formés du plus beau papier.

Son père feignit de ne pas faire attention à ces enfantillages.

— Si l'amour de l'étude lui vient, pensa-t-il, si sa petite intelligence
s'éveille, ces futilités lui paraîtront bientôt mesquines et elle s'en gué-
rira d'elle-même.

Pauvre petite ! ce n'est pas tout à fait sa faute si elle est ainsi ; sa
tante de Millerey, d'un esprit superficiel, elle aussi, n'était guère apte à
élever une petite fille.

J'aurais dû, certainement, m'occuper moi-même de cette éducation,
et les choses eussent été mieux ; mais le pouvais-je ? Ma carrière me
retenait au loin, et l'enfant, très jeune encore, pouvait se passer de moi,
du moins je le croyais.

Et puis, n'étant pas très riche, je voulais augmenter pour plus tard et par mon travail la dot de mon enfant. J'aurais voulu lui en donner une grosse, la mignonne ayant malheureusement contracté des goûts de luxe dont elle se défera difficilement ; mais je serai obligé d'en rabattre, et de beaucoup, désormais.

VIII

CHARITÉ.

Désespérée, Marguerite Harrisson apprenait sa leçon, ses mains sur ses oreilles, les yeux sur son livre, essayant de ne pas entendre le chant des oiseaux et de ne pas voir le soleil brillant étinceler sur le lac.

Cette leçon lui semblait horriblement difficile à retenir, et cependant son père la lui avait clairement expliquée.

Mais l'avait-elle bien écouté ?

Elle s'y appliquait de toutes ses forces pour faire plaisir à son papa d'abord, puis par amour-propre, car ce papa semblait avoir une piètre opinion de l'érudition de sa fille.

Il l'avait interrogée sur toutes les branches de l'instruction que l'on peut avoir à cet âge, et découvert avec stupeur que, sauf une écriture élégante, une teinture de style, un peu d'arithmétique (soit les quatre règles), le catéchisme d'une manière plus approfondie, l'enfant ayant fait sa première communion l'hiver précédent, Marguerite était d'une ignorance honteuse.

En histoire de France, elle avait de vagues notions des Mérovingiens, de Charlemagne et d'Henri IV, mais toute la chronologie s'embrouillait dans sa petite tête.

En histoire d'Angleterre, elle connaissait légèrement les principaux rois, mais ne savait où et comment les placer.

Elle parlait correctement le français et l'anglais, mais ne les écrivait pas également bien.

En géographie, elle se débrouillait passablement avec l'Europe, mais il ne fallait pas la conduire dans les autres parties du monde.

Bref, tout était à l'avenant, et lord Harrisson avait éprouvé une grosse déception en voyant l'ignorance de sa fille.

— Ah ! mignonne, lui dit-il en soupirant, j'aimerais mieux que tu susses moins de danses, moins ce qui concerne le monde et la toilette, et un peu plus de choses utiles.

— J'apprendrai, papa, repondit l'enfant qui devint toute rouge de confusion.

Et elle se mit au travail avec un empressement qui, chez elle, pouvait passer pour de l'ardeur.

Tant qu'elle écoutait son père, que l'ancien marin lui expliquait lui-même ses devoirs, lui narrait des faits historiques ou, la carte sous les yeux, lui décrivait les pays qu'elle y rencontrait, Marguerite trouvait cela charmant : il savait l'intéresser, il parlait bien, lisait bien et contait délicieusement ; l'enfant s'étonnait de plus en plus des connaissances profondes et étendues de ce vaste esprit, et elle n'en était que plus confuse de sa propre nullité.

Mais, dès qu'abandonnée à elle-même elle devait faire entrer dans sa mémoire rebelle quelques pages pourtant bien nettement expliquées auparavant, elle perdait courage et le temps s'écoulait sans qu'elle fît rien de bon.

— Veux-tu venir te promener avec moi ? lui demanda, cette après-midi-là, lord Harrisson qui avait donné l'ordre d'atteler.

Marguerite ferma son livre avec empressement.

— Oui, papa, je vais vite m'habiller.

— Il n'est pas nécessaire de changer ta robe : un chapeau et des gants suffiront.

L'enfant jeta un regard dédaigneux à son petit costume de maison, simple mais assez coquet.

— Oh ! papa, je ne puis sortir ainsi.

— Tu es bien comme cela, te dis-je. Il vaut même mieux ne pas être trop élégante aujourd'hui : je te mène faire des visites.

— Alors raison de plus, papa : pour faire des visites, il faut au moins que je mette ma robe bleue.

— Tu ne me laisses pas achever : nous visiterons les Moore.

— Qu'est-ce que cela ? fit la petite fille en cherchant dans sa mémoire.

— Les Moore ? ne te rappelles-tu déjà plus ces malheureux qui sont venus l'autre jour ?

— Ah ! oui, vos tenanciers qui ont deux jolis enfants ? Ah ! je veux bien aller les voir ! fit Marguerite en sautant avec d'autant plus de joie que cette promenade la délivrait de sa tâche ennuyeuse.

On commença par visiter une ferme située non loin d'Harrisson-Castle, dont elle dépendait aussi ; ce cottage était en état prospère et riait au soleil, tout encadré de verdure ; plusieurs enfants roses et joufflus se roulaient devant le seuil, surveillés par une vieille femme qui tricotait ; les vaches mugissaient dans l'étable, les chiens dormaient à l'ombre, la huche était garnie de pain, le cellier de bière, et la provision de pommes de terre s'amoncelait en masse compacte.

La visite du maître fit plaisir ; on le savait bon : n'avait-il pas chassé l'intendant cruel et conservé comme tenanciers les Moore insolvables ?

Lord Harrisson se montra affable et bienveillant pour tous, caressa les enfants, loua la propreté des étables et accepta l'invitation qui lui fut faite timidement de goûter à l'*ale*.

Marguerite y trempa également ses lèvres, mais cette boisson ne fut pas de son goût et elle préféra croquer des fruits et boire le bon lait écumeux des vaches.

Elle se divertit à voir dresser un poulain assez rétif qui donnait beaucoup de mal à son propriétaire ; lord Harrisson, qui était, nous le savons, grand amateur de chevaux, y prit plaisir aussi ; puis, comme l'heure avançait, il fit remonter Marguerite en voiture et poursuivit sa tournée.

Quoique la distance fût grande entre les deux fermes, le père et la fille se rendirent tout d'une traite à l'habitation des Moore.

Hélas! ce n'était plus le même aspect ni la même gaîté : ici tout parlait de misère et de désolation.

Sur le seuil de la porte, l'enfant que le châtelain avait déjà vu à Castle-Harrisson dévorait la moitié d'une pomme de terre seulement à demi bouillie; dans l'intérieur du logis, Daisy allaitait son baby toujours maigre et chétif; elle-même semblait n'avoir que le souffle.

Farouche, les yeux sombres, elle contemplait le foyer éteint et la marmite vide; ses vêtements étaient des lambeaux, ses pieds se chaussaient de débris de souliers.

Dans le grand lit où ils couchaient à trois ou quatre, il ne restait qu'une paillasse de varech et une couverture rongée par le temps.

Lord Harrisson fit le tour de la ferme; tandis que le père Moore travaillait aux champs, son fils Patrick s'escrimait à reboucher, avec un ciment de sa façon, les trous que le dernier orage avait pratiqués dans le toit et par lesquels l'eau entrait dans la maison.

— Vous n'avez donc pas demandé qu'on vous fît cette réparation? dit le châtelain au jeune homme.

— Oh! si; nous avions supplié votre intendant, master Noll, pour qu'on nous y aidât au moins; non seulement il ne le voulait pas, mais il nous menaçait de nous chasser, sous prétexte que nous ne payions pas et ne savions pas entretenir l'immeuble.

— Ce Noll était un misérable, dit lord Harrisson; mais pourquoi ne m'avoir pas parlé de cela quand vous êtes venus à Harrisson-Castle?

Patrick baissa la tête :

— Nous n'osions pas, murmura-t-il; déjà, maitre, vous ne nous demandiez pas d'argent.....

Le jeune homme appela son père, et le châtelain entra dans le pauvre logis, après avoir dit quelques mots à l'oreille de Cramoizo qui l'avait accompagné.

— Cette femme a besoin d'une nourriture fortifiante, reprit-il tout haut en désignant Daisy affaissée sur son siège, son enfant sur les genoux.

Cramoizo parut portant un énorme panier (page 73).

L'aîné s'approcha d'elle, et lui montrant ses mains vides :
— Mère, j'ai fini la pomme de terre, donne-m'en encore.

— Il n'y en a plus, tais-toi, répondit la femme en essayant de l'éloigner.

Le petit affamé ne se tint pas pour battu et fureta dans tous les coins de la chambre, mais en vain.

Il commençait à pleurnicher, quand Cramoizo parut, soufflant comme un phoque et portant un énorme panier qu'il venait de retirer de la voiture.

Il en extirpa du pain, un gros quartier du rosbeef froid et quelques bouteilles de vin, ainsi que du fromage et des fruits secs.

— Ceci est pour vous; vous avez tous besoin de vous refaire, dit l'ex-commandant, souriant à la vue des yeux ravis qui s'attachèrent avidement sur ces choses exquises.

— Pour nous?

Les hommes n'osaient attaquer ces provisions, quelque besoin qu'ils éprouvassent de réparer leurs forces affaiblies par des jeûnes fréquents; mais la mère eut plus d'audace : vite, elle coupa une tranche de viande, un morceau de pain, qu'elle donna au petit garçon ébloui.

Il poussa un cri de sauvage triomphe et, enfonçant ses quenottes blanches dans la croûte dorée, il alla déguster dehors son splendide repas.

Puis, Daisy souffla sur les tisons mourants qui, réunis, donnèrent un peu de chaleur, et elle se mit en devoir de préparer une soupe pour le bébé.

— J'ai si peu de lait, murmura-t-elle, cela le nourrira davantage, mon pauvre cher petit.

— Et vous, Daisy, et vous? dit lord Harrisson à la jeune femme.

— Oh! moi, je mangerai tout à l'heure; mais eux, fit-elle en montrant du geste son père et son frère, ils ont peiné dur et n'ont presque rien pris depuis ce matin.

— Elle nous a laissé le peu de pain qu'il restait, dirent les hommes en lui jetant un regard attendri.

— Moi, riposta brusquement Daisy, je n'avais besoin de rien ; je n'affronte pas, comme eux, les intempéries dès l'aube.

— N'empêche que tu travailles, femme, et au delà de tes forces, dit le mari.

Les larmes vinrent aux yeux de Marguerite Harrisson en voyant ces trois mâchoires broyer avidement les aliments ; oubliant leur timidité et leurs craintes, les braves gens y allaient en conscience.

Pendant ce temps, Cramoizo, ému lui aussi sous son aspect brusque et jovial, surveillait la soupe et endormait le bébé en lui fredonnant une chanson du bord que nous traduisons ainsi qu'il suit, mais en partie seulement, car elle est composée de soixante-deux couplets :

> Le vieux matelot
> Sur le flot
> Qui le berce, fume.
> Mais l'écume
> De sa pipe éteint le feu.
> Par la sandieu !
> Je fumerai sous la lune
> Dans le mât de hune.
> Le vieux matelot
> Nargue le flot
> Et mange sa soupe
> A la poupe.
> La mer sale son bouillon
> Et le fait trop long.
> Bah ! dans ma tasse
> Je lui fais place.

Puis Cramoizo se tut, à bout d'haleine.

— Quel dommage que je n'aie pas apporté à Oughterurd mes vieux joujoux ! murmura Marguerite à son oreille ; je les distribuerais aux petits Irlandais pauvres.

— Dame ! fit le marin avec sa rude franchise, ce mal est réparable : y a des marchands de jouets pas du tout chers à Oughterurd, et m'est avis, Miss Margaret, que mon commandant garnit toutes les semaines votre petite bourse. Avec des pantins de quelques pennys, ces mômes-là seront heureux comme tout.

— Tu as beaucoup d'idée, Cramoizo, dit la fillette sans se formaliser de la leçon que lui donnait le brave homme.

Cramoizo saisit le fouet et cingla lo visago de Dunstan (page 78).

Et, s'adressant à la mère ravie, elle ajouta en souriant :

— Daisy, vos enfants auront des joujoux dès demain.

Ne sachant comment la remercier, l'Irlandaise porta à ses lèvres une des boucles blondes de Miss Harrisson.

Lord Harrisson se leva, et les deux hommes, ainsi que Daisy, l'imitèrent pour le reconduire jusqu'à sa voiture. Eux non plus ne savaient comment lui exprimer leur gratitude, et cependant ils eussent voulu baiser les chaussures de ce maître bon et généreux ; leurs yeux brillaient d'une joie contenue, et le châtelain sentit qu'il s'était attaché à jamais ces malheureux.

Rentrés dans leur pauvre logis dont lord Harrisson avait promis de faire réparer les avaries dès le lendemain, les Moore serrèrent précieusement les restes du festin et se regardèrent avec satisfaction.

— Nous avons cru mourir de misère et de désespoir, dit le vieux père, et nous avons trouvé un maître bon et humain qui nous est venu en aide. Remercions Dieu et prions-le qu'il nous garde notre lord bien-aimé.

Ils découvrirent leur tête coiffée du bonnet de laine du pays, la femme s'agenouilla, et ils prièrent.

Le surlendemain, non seulement le logis était réparé, mais Daisy reçut des provisions et des vêtements pour toute la famille, et elle put entendre ses chers bébés pousser des cris de joie en admirant de modestes jouets qu'ils trouvaient magnifiques.

La semaine suivante, lord Harrisson acheva la tournée de ses fermes, emmenant toujours avec lui Cramoizo qui lui était utile, et Marguerite qui y prenait plaisir et pour laquelle la vue du malheur et de la résignation d'autrui était une salutaire leçon.

Une fois, les deux hommes se rendirent sans elle dans un quartier d'Oughterurd assez mal fréquenté, et lord Harrisson n'eut pas à regretter d'avoir laissé sa fille à la maison.

Comme il revenait à Harrisson-Castle, conduisant lui-même sa voiture par un sentier agreste quelque peu détourné de la grand'route, un trio de paysans ivres et titubants barrèrent le passage au cheval.

— Au diable l'Anglais ! fit l'un d'eux d'une voix pâteuse. Mes amis, empêchons-le de passer.

— Place ! allons, place ! répéta lord Harrisson en levant son fouet pour effrayer les mutins.

— Vous retirerez-vous, canailles ! vociféra Cramoizo, moins patient que son maître.

Les ivrognes obéirent, sauf l'un d'eux, le plus jeune, un nommé Dunstan, aigri par la misère et rendu violent par l'abus de l'alcool, ainsi qu'il arrive malheureusement trop souvent chez le peuple irlandais.

C'était un beau garçon de vingt ans, à l'œil bleu, à la chevelure noire et bouclée, au teint mat et pâle ; il se suspendit au mors du cheval, et tandis que lord Harrisson retenait à deux mains l'animal qui se cabrait, Cramoizo, très irrité, attrapa le fouet et cingla de deux rudes coups le visage de Dunstan.

Le jeune homme lâcha prise et devint livide ; son œil farouche se leva sur lord Harrisson et sur son serviteur :

— Je me souviendrai et je me vengerai, dit-il simplement, d'une voix sourde.

Ses camarades l'entraînèrent et les voyageurs poursuivirent leur route sans encombre.

— Tu as eu tort de frapper ce garçon, Cramoizo, dit lord Harrisson après quelques minutes de silence.

— Ma foi ! mon commandant, répondit le marin, j'avoue que j'ai été un peu prompt, mais aussi ce gredin m'échauffait par trop les oreilles.

Cette aventure devait avoir dans l'avenir des suites funestes, mais les deux hommes ne s'en doutaient pas et n'y songèrent bientôt plus.

Tandis que la légère voiture roulait au loin, Dunstan, laissant ses ineptes compagnons tituber sur la route, allongea le pas et gagna un chemin de traverse.

Il se sentait complètement dégrisé, marchait droit et vite ; il attei-
gnit ainsi une maisonnette, moins misérable peut-être que celle des
Moore, mais guère plus confortable.

— Salut ! dit-il en entrant, après avoir frappé d'une certaine manière
pour s'annoncer.

— Salut, frère, et bénie soit l'Irlande ! répondirent une demi-douzaine
d'hommes attablés, non devant des verres, mais devant une grande
carte du Connaught, très détaillée mais noircie, maculée, usée par le
passage répété de doigts pas toujours très nets.

L'un d'eux, avisant le nouvel arrivé, dit en désignant sa joue pâle
encore, où se voyaient, bien marquées, les zébrures du fouet de Cramoizo :

— D'où vient cela, Dunstan ? Tu t'es battu ?

— Plût au ciel que je me sois battu ! s'écria le jeune homme en grinçant des dents. Mais ces Anglais brutaux ont fui comme des lâches,
après m'avoir frappé ; le cheval avait des ailes.

— Quoi ! c'est un de ces maudits qui t'a mis en cet état ? — A bas
l'Anglais ! Vive l'Irlande ! cria l'un des hommes.

— A bas l'Anglais ! Vive l'Irlande ! répétèrent les autres.

— Mais, reprit Dunstan, qui était franc au fond, je les avais un
peu provoqués avec les camarades ; j'avais saisi la bride du cheval.

— Ça ne fait rien, il ne devait pas te toucher, le misérable !

Les cris séditieux reprirent de plus belle, et les amis de la révolte,
baissant le ton, causèrent bien avant dans la nuit.

IX

« En 873, Alfred le Grand battit l'armée danoise à l'âge de vingt-six ans à peine. »

— Ça fait trop de chiffres à retenir, c'est trop compliqué, tout ça... Je vous demande un peu ce que ça me fait que cet Alfred eût vingt-six ans quand il battit... Tiens ! les chiens aboient, ajouta la mignonne en prêtant l'oreille au bruit du dehors. Qu'est-ce ? Non, ce n'est rien. Ce qui est gênant, c'est que, de cette salle d'étude, on n'entend rien de ce qui se passe dans la maison... Papa dit que c'est exprès, qu'ainsi je suis moins distraite. Ah ! bien, s'il ne faut pas un peu de distraction pendant qu'on étudie !

Elle reprit :

« En 873, Alfred battit l'armée danoise à l'âge de vingt-sept... non, vingt-six ans. »

Marguerite en resta là de sa leçon : décidément son esprit était ailleurs : un bruit de roues se faisait entendre sur le gravier de la cour, et la fillette grimpa sur le rebord de la fenêtre pour apercevoir quels étaient les visiteurs.

Elle ne put qu'entrevoir une robe blanche, un grand chapeau orné de fleurs, puis un habit clair ; ensuite, la tête rousse d'un groom qui maintenait l'attelage.

En dépit de sa curiosité vivement excitée pourtant, Marguerite demeura à la salle d'étude, mais non devant son pupitre, ne sachant pas si les arrivants venaient pour son père et pour elle ou simplement pour affaires de fermage.

« Je voudrais bien qu'on m'appelât, pensa-t-elle ; j'ai vu une petite fille, il me semble. Or, il vient si peu de visiteurs à Castle-Harrisson, que les premiers venus seraient, ma foi ! bien accueillis. »

Soudain, ses yeux brillèrent :

— Si c'étaient des Parisiens, des amis qui auraient trouvé le chemin de notre retraite ?

Elle était à cent lieues de songer aux jeunes Merreot, ces gentils voyageurs, passagers sur le steamer de Holyhead à Dublin, avec lesquels elle avait lié de fugitives relations.

Aussi, son étonnement fut-il grand, lorsque la porte de la salle d'étude livra passage à Muriel, puis à Robert, que lord Harrisson annonça gaiment ainsi :

— Marguerite, tes amis du bord, dont tu m'as parlé souvent et que tu n'espérais pas revoir de sitôt : ils ont voulu absolument te surprendre dans tes fonctions d'écolière.

Un peu confuse, Marguerite enleva prestement son tablier de travail, secoua la main du jeune Merreot et se jeta au cou de Muriel.

— Ah ! que je suis contente de vous revoir ! Je ne savais plus ce que vous étiez devenus !

— Il y a trois semaines que nous devions nous mettre en route pour Castle-Harrisson, répondit le jeune garçon en souriant, mais tante Maud a été malade.

— Et comment est-elle aujourd'hui ? demanda lord Harrisson.

— Mieux, puisque nous l'avons quittée. D'ailleurs, elle n'est pas seule : Miss Gordrax lui tient compagnie.

— Qui est Miss Gordrax ? dit Marguerite. Encore une tante ? une cousine ?

Miss Gordrax, ou plutôt Mademoiselle, puisqu'elle est française, est mon institutrice.

— Quoi ! vous avez une institutrice ? fit la petite Harrisson avec une grimace éloquente. Comme ce doit être ennuyeux !

— Mais pas du tout ; nous l'aimons beaucoup : elle est pour moi une amie, répliqua vivement Muriel. Et mon frère aime aussi beaucoup Master Thistle, son précepteur.

— Mon Dieu ! un précepteur encore ! murmura Marguerite effarée.

— Mais oui ; qui donc ferait notre éducation, à ma sœur et à moi ? reprit Robert avec mélancolie. Nous n'avons ni père ni mère pour nous instruire eux-mêmes, puisque nous sommes orphelins. Tante Maud sait beaucoup de choses, mais elle est sourde et âgée ; nous sommes donc heureux de posséder Mⁱˡˡᵉ Gordrax et Master Thistle.

— Moi, j'avais aussi des maîtres à Paris, dit Marguerite, mais je les trouvais ennuyeux.

Muriel et Robert ne répliquèrent rien à cette réflexion, mais ils considérèrent leur petite amie avec étonnement.

— Si nous visitions la maison et le parc ? proposa Robert. Ensuite, ce sera votre tour de venir voir notre demeure, si toutefois lord Harrisson le permet, ajouta-t-il en levant ses beaux yeux francs sur le maître de céans.

— J'y conduirai moi-même ma fille, répondit celui-ci avec un bon sourire. Je suis heureux qu'elle rencontre en vous de gentils compagnons qui ne pourront que lui donner de sages exemples.

Et vite, la troupe joyeuse dévala par le grand escalier, tandis que Cramoizo, hêlé à longs cris, recevait l'ordre de préparer un goûter monstre.

Marguerite passa une charmante après-midi ; depuis longtemps elle ne s'était autant amusée, car il y avait peu d'enfants de son âge et de son rang autour d'Oughterurd, et son père ne pouvait s'occuper d'elle autant qu'il l'aurait voulu.

On ne fit grâce de rien aux jeunes Merreot, qui furent conduits du grand salon à l'office, de la buanderie au pavillon du bout du parc, de la cave à l'écurie.

Et pourtant, Marguerite se sentait un peu confuse de n'avoir à mon-

trer à ses amis ni serres remplies de fleurs rares, ni chevaux de prix,
ni meute intéressante, comme elle en avait vu chez les amis de sa tante
qui l'emmenait quelquefois avec elle dans les châteaux où elle était invitée chaque été.

Cependant Muriel et son frère s'extasiaient sur tout, déclaraient tout
ravissant ; et ce qu'ils admiraient le plus étaient justement les sites les
plus pittoresques, les meubles les plus anciens, les objets les plus
artistiques, ce qui prouvait chez eux un goût sûr et une admiration
nullement feinte.

Et puis, ils aimaient les bêtes et caressèrent avec plaisir les chiens,
les cygnes et les lapins.

« Sans doute qu'ils sont encore moins riches que nous, pensait
Marguerite partagée entre le désir de montrer de belles choses et la
crainte de trouver ses amis mal logés et vivant piètrement. Pour qu'ils
admirent tant le peu que renferme Harrisson-Castle, il faut qu'ils soient
accoutumés à une grande simplicité. Cependant, Muriel a une jolie robe
et leur attelage est gentil. »

On se sépara très satisfait de part et d'autre, et le châtelain promit
de conduire sa fille à Dunbroke le jeudi suivant.

Quand le père se retrouva seul le soir, à table, avec son enfant, celle-
ci manifestait plus d'entrain que d'habitude, ce qui se concevait après
la surprise agréable qu'elle avait éprouvée récemment.

— Ainsi, tu aimes bien les jeunes Merreot, n'est-ce pas, mignonne ?
demanda lord Harrisson souriant à la gaité de sa fille.

— Oh ! oui, papa ; et puis, cela me fait des camarades de jeu, là, sous
la main pour ainsi dire.

— Il ne faut pas t'attacher à eux pour cette raison, ma chérie ; il
semble, à t'entendre, que s'il t'arrivait de nouveaux compagnons, ceux-
ci t'importeraient peu. Il faut les aimer parce qu'ils sont bons, francs,
honnêtes et bien élevés.

Au fond, Marguerite convenait que son père disait vrai et qu'elle avait
eu une pensée égoïste tout d'abord.

Elle attendit avec impatience le jeudi qui devait lui ramener un nouveau plaisir.

Le voyage de Oughterurd à Dunbroke fut charmant, non pas tant par la route même qui était assez monotone, mais par le temps délicieux qui y présidait.

Le père et la fille furent surpris, en arrivant chez les jeunes Merreot, d'y trouver une résidence princière ; le château, de style moderne, était magnifique, le personnel très nombreux, le parc superbe ; le domaine et ses dépendances, avec les bois, la rivière et les vastes clairières, formaient comme un grand village.

Il y avait également à Dunbroke une chapelle où l'on venait dire quelquefois la messe.

Bref, tout était beau et somptueux, et ce cadre seyait bien aux jeunes Merreot, si distingués et modestes tout ensemble.

Mettant de côté tout sentiment d'envie, Marguerite s'amusa franchement.

Un joli goûter fut servi, et Muriel présenta aux Harrisson son caniche préféré, et Robert son alezan.

— Si nous allions voir encore les chevreuils et les faons ? dit, en suppliant, Marguerite que ces jolis animaux avaient charmée.

— C'est cela ; emportons du pain pour les attirer ! s'écria Muriel enchantée de l'idée.

— Alors, suggéra Robert, je vais faire atteler le *panier*, celui des enfants, et vous parcourrez le parc sans vous fatiguer. N'est-ce pas, Master Thistle, vous le permettez bien ? ajouta le jeune garçon en se tournant vers son précepteur.

Celui-ci acquiesça au désir de son élève qu'il savait très raisonnable, et l'on partit quelques instants après avec enthousiasme, les fillettes emportant dans un pli de leur robe de quoi régaler tous les hôtes du parc.

Elles prirent un plaisir extrême à caresser les fauves au doux pelage, aux mouvements gracieux, et à offrir le pain tendre à leurs bouches délicates.

Sans en avoir l'air, Robert surveillait de près sa sœur et leur invitée : il savait que le chevreuil, en général inoffensif, a soudain d'étranges caprices et peut blesser les personnes qui l'approchent.

Mais rien de malencontreux ne survint et, la promenade en voiture terminée, on en fit une autre sur l'étang, dans le joli canot « The Muriel », que dirigeait un serviteur habile et soigneux.

— Oh ! je voudrais tant ramer un peu à mon tour ! dit Marguerite, quand elle eut fait une ample provision de nénufars.

Robert se hâta de satisfaire à ce désir ; d'ailleurs, ramer est un exercice salutaire et il s'y adonnait souvent, ainsi que sa sœur.

On fit halte à un kiosque rustique élevé au bord de l'eau ; et Marguerite le visita avec sa curiosité enthousiaste.

— Les choses sont restées telles qu'elles étaient lorsque nos parents sont morts, fit observer tristement le jeune Merreot ; on n'y a rien changé, non plus qu'au château.

« Tout de même, pensa Marguerite, émue par la mélancolie avec laquelle ces mots étaient prononcés, mes amis ont beau posséder tout ce qu'il est possible de désirer, je suis encore plus heureuse qu'eux : j'ai mon papa. »

Pendant que les enfants parcouraient ensemble toute la propriété, lord Harrisson causait sur la terrasse avec Mⁱⁱᵉ Gordrax, Master Thistle et la tante Maud, en tant que cette dernière pouvait suivre la conversation.

La première était une femme encore jeune, instruite et distinguée, avec un esprit très gai et très fin.

Plus âgé et plus grave, le précepteur joignait une grande érudition à une bonté mêlée d'énergie.

Ils parlèrent de leurs élèves dans les termes les plus flatteurs : les chers enfants ne leur donnaient aucune peine, étant laborieux et doués d'une intelligence au-dessus de la moyenne, Robert surtout ; de plus, ils étaient pleins de prévenances et d'affection pour leurs maîtres.

Quand les trois amis rentrèrent, on attendit au salon l'heure du départ, et Robert et Muriel charmèrent ce moment en faisant de la musique.

Ils étaient vraiment doués, sous ce rapport, d'une manière exceptionnelle, et lord Harrisson et Marguerite les félicitèrent de tout leur cœur.

Invitée à jouer un morceau de piano à son tour, la fille de l'ancien marin se récusa vivement, toute rouge de confusion.

— J'ai été très paresseuse jusqu'à présent, dit-elle avec une grande franchise, mais si papa veut bien me faire donner de nouvelles leçons, je lui promets de m'appliquer désormais.

— C'est que, fit lord Harrisson d'un air perplexe en tordant sa longue moustache, je doute que je trouverai un bon professeur autour d'Oughterurd, et j'avoue que faire chaque semaine un voyage pour prendre une leçon de piano dans une grande ville, serait aussi dispendieux que fatigant.

— Mais, s'écria Muriel qui avait toujours de bonnes idées, il y aurait peut-être un moyen d'arranger cela.

— Hélas ! je n'en vois pas, moi, soupira lord Harrisson.

— Parlez, dites votre avis, ma mignonne, reprit Mlle Gordrax en souriant, car elle lisait dans la pensée de son élève.

— Voilà, fit Muriel avec aplomb : si Mademoiselle veut, bien entendu. Mademoiselle est un excellent professeur, c'est à elle que nous devons ce que nous savons, Bob et moi. Alors, puisque Dunbroke et Harrisson-Castle ne sont pas aux antipodes...

— Je comprends ! interrompit Robert, ou Bob, comme l'appelait sa sœur ; Mademoiselle donnerait à Margaret une ou deux leçons par semaine.

— Une fois à Harrisson-Castle, une fois ici, ajouta la malicieuse Muriel, et ce serait une occasion de nous voir plus souvent.

Mlle Gordrax appuya la proposition que, par discrétion, lord Harrisson n'osait ratifier.

Ce furent les fillettes qui tranchèrent la question en se jetant au cou de l'ancien officier de marine :

— Oh ! oui, papa, dites oui ! lui murmurait Marguerite à l'oreille.

— Lord Harrisson, acceptez pour nous faire plaisir ! ajoutait Muriel, plus pressante encore.

Elles firent si bien, les chères mignonnes, qu'elles remportèrent la victoire, et ce fut un délire de joie quand on sut qu'on se verrait deux fois par semaine et que l'on pourrait travailler ensemble et jouer du piano à quatre mains.

— Ça sera, certes, très amusant, dit Marguerite, soucieuse, mais il faudra joliment que je m'applique, afin de te rattraper, Muriel; autrement tu ne voudrais pas de moi, même pour faire la basse.

X

Ce fut à la sortie de la messe, sous le porche de la pauvre église d'Oughterurd, qu'on fit leur connaissance.

M. O'Méona était un petit homme grêle, aux yeux vifs, au front chauve, d'une politesse parfaite, mais d'une loquacité inquiétante.

Sa femme, qui avait dû être belle et qui se nommait Cléonice, était plus grande que lui, plus paisible et plus silencieuse, — heureusement.

Ils étaient pourvus de trois filles à marier, mais déjà montées en graine : Clara, Médéha et Ophélia.

Nous ne savons si M. O'Méona avait l'oreille sensible à la rime, mais il aimait les consonnances dans les noms.

— Oh ! nous serons heureux, très heureux de vous voir souvent, répétait l'excellent homme répondant à une phrase polie de lord Harrisson ; les relations de voisinage sont si agréables quand on sympathise ensemble !

Et vous paraissez très sympathique, cher Monsieur, très sympathique, en vérité.

N'est-ce pas, Cléonice ?

Mme O'Méona opina du bonnet.

— Oui, vous êtes Anglais, je le sais bien, reprit le père de famille auquel on ne répliquait rien du tout ; mais, si nous détestons l'Anglais en général, nous pouvons faire exception lorsqu'il se rencontre sur notre chemin un être de votre trempe, n'est-ce pas, Clara ?

— Oh ! fit la jeune personne interpellée en levant au ciel deux prunelles d'un bleu équivoque.

— Et vous n'êtes pas un Anglais comme les autres, mon cher lord, poursuivit l'infatigable Irlandais. Nous n'ignorons pas le bien que vous faites à nos pauvres compatriotes. Vos intentions sont grandes et généreuses ; vos actes seront bénis de Dieu, n'est-ce pas, Médéha ?

La seconde des demoiselles O'Méona poussa cette exclamation d'une voix sourde :

— Ah !

— Quant à cette charmante fillette, dit le bavard en tapotant la joue fraîche de Marguerite, mes filles seront ravies de faire plus ample connaissance avec elle. Elle est Française, n'est-ce pas ? Oh ! nous aimons tant la France, nous autres Irlandais ! Les Français sont nos amis, nos alliés. — Je ne vous blesse pas, j'espère ? Non ? J'ai tout de suite vu que j'avais affaire à un homme intelligent, à une âme d'élite, un esprit généreux. Peuple un peu léger, un peu vaniteux, mais si loyal, si noble ! n'est-ce pas, Ophélia ?

— Hé ! fit la cadette des trois sœurs avec un sourire qui découvrit de fort belles dents, ma foi !

Les jeunes filles et leur mère étaient accoutumées sans doute à cette intempérance de paroles, car elles ne soufflaient mot et demeuraient plantées sur leurs longues jambes, abritées sous leurs ombrelles de soie écrue.

Mais pour lord Harrisson et Marguerite, c'était autre chose ; ahuris, étourdis sous cette cascade de phrases, sous ces discours sautillants, ils se regardaient avec stupeur, se demandant comment et quand ils se débarrasseraient de ce fâcheux.

— Oh ! elles feront très bon ménage ensemble, j'en suis certain, reprit l'impitoyable Irlandais. Je sais bien qu'il y a une grande différence d'âge entre mes filles et la vôtre, mon cher lord...

— Je crois bien! pensa Marguerite en coulant un clin d'œil malicieux du côté de son père.

— Mais qu'importe! cette jolie enfant n'aura qu'à gagner dans la compagnie de mon cher trio. Clara lui enseignera des ouvrages à l'aiguille dans lesquels elle excelle, n'est-ce pas, dear ?

Clara rougit modestement et se contenta d'incliner un peu la tête.

— Quant à Médéha, elle apprendra à votre mignonne à chanter nos lieds et ballades patriotiques en s'accompagnant sur la harpe. Ai-je raison, fillette?

Médéha, qui mesurait bien un mètre soixante-dix de hauteur, et qui comptait vingt-six ans sonnés, approuva silencieusement.

— Ophélia, elle, reprit l'heureux père de ces trois perles, n'a pas sa pareille dans la confection du plum-pudding aux fruits. C'est une ménagère accomplie ; vous nous ferez le plaisir d'en goûter, n'est-ce pas, cher lord ?

— Hein ? fit Harrisson, ne comprenant pas l'équivoque.

Puis, prenant la balle au bond et saluant les dames avec grâce, il se hâta d'ajouter, croyant clore ainsi cette conversation qui était, en somme, un monologue :

— Certes, cher Monsieur, je serai enchanté de faire un jour plus ample connaissance avec vous et avec votre aimable famille, et je...

— Ne venez pas le mercredi surtout, interrompit le pétulant Irlandais ; je vous confierai que le mercredi est consacré chez nous au cousin Harry. Vous ne savez pas qui est le cousin Harry, n'est-ce pas ?

— Je n'ai pas l'honneur de le connaître, mais je... commença lord Harrisson qui s'épongeait le front.

— Le cousin Harry, que ces jeunes filles appellent du nom d'oncle, est une sorte de maniaque, d'original, de — comment dirai-je ? d'ours enfin, qui, sous des dehors peu séduisants, a un cœur d'or ; n'est-ce pas, Mesdemoiselles ?

— Oh ! firent spontanément les trois misses ainsi interpellées, en levant les yeux au ciel.

— Très bien, mais nous devons... — essaya de dire l'infortuné lord Harrisson en faisant un pas du côté de sa voiture.

— Oui, vous devez le connaître. Vous lui ferez une visite, c'est entendu... Il vit à Dunbroke avec sa gouvernante... La perle des hommes, vous dis-je. (Je parle du cousin Harry, bien entendu.) Il vous fera goûter de ses prunes à l'eau-de-vie ; c'est un rêve, n'est-ce pas, Cléonice ?

Mme O'Méona passa la langue sur ses lèvres et un éclair passionné jaillit de ses yeux couleur noisette.

— En vérité, mon cher Monsieur, on n'est pas plus aimable, mais mes chevaux s'impatientent et je vais prendre congé de vous.

O'Méona posa sa main longue et assez belle sur la manche de lord Harrisson.

— Et l'histoire du cousin Harry, vous ne voulez donc pas l'entendre ? Je vous assure qu'elle en vaut la peine.

Harrisson poussa un rugissement de résignation qui pouvait passer pour une affirmation, et Marguerite bâilla délibérément sous sa menotte gantée.

— Où en étions-nous, fillettes ? demanda l'Irlandais.

— Aux prunes à l'eau-de-vie, répondirent simultanément les « fillettes ».

Marguerite eût voulu les étrangler.

— Dear, si vous remettiez à plus tard votre narration ! insinua Mme O'Méana, que la petite Harrisson eût voulu embrasser pour son idée charitable.

— Oui ; je suis en effet un peu..... se hâta d'ajouter lord Harrisson dont les nerfs étaient à rude épreuve....

— Non, non, il faut que le cher lord soit édifié sur le cousin Harry ; c'est utile, tout à fait utile. Et puis, on est très bien ici pour causer, ajouta l'Irlandais en jetant un regard circulaire à la petite place qui flambait au soleil de midi et que la foule pieuse avait désertée depuis longtemps déjà.

— Le cousin Harry, Irlandais comme moi, mais Ecossais de naissance, vit d'un mince revenu à Dunbroke, ainsi que j'ai eu l'honneur de vous le dire, et il trouve moyen, avec une petite fortune, de combler de présents ma femme et mes filles. Cléonice, montrez votre broche.

Mᵐᵉ O'Méana dut obéir, détacher l'épingle de son col et la présenter à lord Harrisson.

L'ancien officier de marine, pas plus que Marguerite, qui s'y connaissait mieux que lui, n'y trouva rien de remarquable ; toutefois, il se hâta de louer bien haut cet objet, espérant ainsi être délivré d'une conversation qui menaçait de s'éterniser.

Malheureusement l'Irlandais ne s'en tint pas là.

— Clara, ton bracelet, dit-il ensuite à sa fille aînée.

Clara avança un poignet un peu rouge et un peu osseux, autour duquel s'enroulait une gourmette en or, telle qu'on en voit souvent.

Lord Harrisson l'admira à pleine bouche.

— Médéha et Ophélia vous montreront leurs bijoux quand vous viendrez à la maison, car elles ne sont pas oubliées, les chères mignonnes ; quant à moi, je dois une partie de ma bibliothèque à ce cher Harry qui, depuis qu'il ne peut plus lire.....

— Oh ! il ne peut... commença lord Harrisson à qui cela était bien égal, mais qui voulait dissimuler certain piétinement qui le prenait quand ses nerfs étaient par trop tendus.

— Oui, Harry est presque aveugle, mon cher lord, et cela lui est venu subitement, un jour qu'il mangeait des écrevisses. — A propos, mon aimable voisin, aimez-vous les écrevisses ?

— Oui, cher Monsieur, et cela me fait penser que ma petite Marguerite doit avoir grand faim ; l'heure du luncheon est passée et la pauvrette est sur ses jambes depuis longtemps.

— Quel dommage que nous n'ayons pas sur nous quelques biscuits ! Donc, je vous disais cela, parce que le cousin Harry.....

Un grand fracas interrompit l'Irlandais ; c'étaient simplement les chevaux de lord Harrisson qui s'ébrouaient sur place.

Pour être sincère, nous devons dire que Marguerite avait lancé un coup d'œil suppliant à Cramoizo qui, le dimanche, remplissait les fonctions de cocher.

Or, Cramoizo n'était pas la patience incarnée ; de plus, il haïssait les bavards et, indigné contre la famille O'Méana qui retenait debout sous le soleil lord Harrisson et sa fille, il avait exprès agacé ses chevaux, et maintenant il criait à tue-tête en feignant de les maintenir avec peine :

— Mes bêtes sont impatientées par les mouches ; si mon commandant ne monte pas tout de suite en voiture, je ne réponds plus de rien !

Par bonheur, les demoiselles O'Méana avaient peur des chevaux : elles s'écartèrent vivement ; lord Harrisson en profita pour battre en retraite et s'élancer dans la victoria, après y avoir placé Marguerite.

— Mon domestique a raison, cria-t-il de loin ; si nous ne partons maintenant, je ne sais ce qui arrivera. Au plaisir de vous revoir, cher Monsieur ! Mesdames, je suis votre serviteur.

Et fouette cocher ! Cramoizo enleva ses chevaux qui, une fois hors de vue, reprirent une allure sage et modérée.

Le matelot riait du succès de sa ruse, et lord Harrisson ne jugea pas à propos de la lui reprocher, trop heureux de se voir sur la route d'Harrisson-Castle.

— Mon Dieu, papa, que ce monsieur est bavard ! s'écria Marguerite quand elle fut un peu revenue de son ahurissement. J'espère bien que vous ne le verrez plus.

— Il le faudra bien, ma fille, puisque ce sont nos voisins, soupira lord Harrisson.

— Alors, vous les recevrez ? vous irez les voir ?

— Et tu viendras avec moi, mignonne, répondit l'ex-commandant qui riait de son effarement.

— Moi ? Oh ! non, papa, de grâce !

— Ma chère petite, reprit-il, plus grave cette fois, il faut que tu apprennes à te gêner quelquefois et à remplir tous tes devoirs, même ceux qui te paraissent ennuyeux.

— Mais ces gens-là, papa ?

— Ces gens-là en valent d'autres : tout le monde a ses défauts ; le travers de M. O'Méana est de bavarder jusqu'à fatiguer ses interlocuteurs ; mais je me suis renseigné sur cette famille, et dans tout le pays il n'est qu'une voix pour louer sa bonté, son honnêteté, sa franchise. Que veux-tu, fillette ? nous supporterons ce verbiage insensé, quitte à nous retirer quand nous en aurons assez ; ce sont nos voisins, nous devons les voir, comme nous visitons les Merreot et d'autres.

— Vous dites que nous lèverons le siège quand M. O'Méana deviendra par trop fastidieux, papa, fit Marguerite d'un petit air futé ; ce sera très bien quand nous irons le voir ; mais quand ce sera lui qui viendra à Harrisson-Castle, comment ferez-vous ? Vous ne pourrez cependant mettre ce pauvre monsieur à la porte ?

Lord Harrisson rit de nouveau ; il n'avait pas prévu ce cas, et la logique impitoyable de l'enfant l'embarrassait un peu.

— Espérons, mignonne, qu'il ne se montrera pas tous les jours aussi loquace qu'aujourd'hui, notre pauvre voisin, conclut-il gaîment.

Marguerite ne répliqua plus rien, mais, tout bas, elle se promit d'alléguer ses études pour ne point paraître au salon les jours de visite des O'Méana.

Et pourtant, la semaine suivante, après que son père et elle avaient soigneusement évité le bavard à la sortie de la messe, la fillette dut obéir et répondre à l'appel de son père qui la fit demander au salon où se pressaient M. O'Méana et les trois dames pompeusement parées de leurs plus beaux atours.

Marguerite était de fort mauvaise humeur.

— Quelle idée, aussi, de tomber à Harrisson-Castle juste le dimanche, mon unique jour de congé complet !... Si encore ç'avait été le lundi, ou le mercredi, à l'heure de ma leçon de calcul ! Mais non, je n'aurai jamais cette chance.

Toutefois, en petite fille bien élevée, elle fit bon visage aux trois demoiselles O'Méana, imitant en cela son père qui demeurait serein et souriant.

Par bonheur pour les châtelains d'Oughterurd, M. O'Méana avait un rhume et une demi-extinction de voix qui l'empêcha de parler autant qu'il l'aurait désiré.

Sa femme en profita pour placer quelques phrases, et lord Harrisson put constater qu'elle était douée d'une certaine érudition et d'un esprit assez amusant.

Clara, Médéha et Ophélia causèrent de toutes sortes de choses avec Marguerite, assez flattée, au fond, de s'entretenir avec des personnes beaucoup plus âgées qu'elle.

Comme les trois sœurs s'intéressaient à tout ce qui touchait à la campagne et au ménage, la fillette les promena dans la maison, dans le parc et ses dépendances, et cette fois elle ne rougissait plus de la modestie de sa demeure, les O'Méana étant moins riches que lord Harrisson et s'extasiant volontiers sur tout ce qu'ils voyaient.

Un instant, Marguerite avait bien essayé d'éblouir ces bonnes gens qui n'étaient jamais sortis de leur comté, en leur dépeignant la vie mondaine de Paris, les beautés de Londres, l'agrément des voyages ; mais elle eut bientôt honte de sa « pose », et du reste, ces récits n'intéressaient guère ces demoiselles : elles préféraient cueillir des fleurs, jeter du pain aux oiseaux aquatiques et caresser les chevaux et les chiens.

Au fond, Marguerite convenait qu'elle ne s'était pas trop ennuyée en leur compagnie ; mais lorsque, dix jours plus tard, lord Harrisson lui enjoignit de le suivre à *Flowers' Cottage*, elle ne put retenir une grimace de désappointement.

Hélas ! cette fois, M. O'Méana n'était plus enrhumé et, pour comble de malheur, sa femme et ses filles venaient de partir pour visiter une amie malade.

De sorte que la pauvre Marguerite dut boire jusqu'à la lie la coupe d'amertume, c'est-à-dire écouter pendant deux heures de suite le plus prolixe et le plus communicatif des hommes.

En vain lord Harrisson essayait-il de temps à autre de placer un

mot : peine perdue, M. O'Méana s'arrêtait juste pour respirer et repar-
tait à fond de train sur une autre idée.

Quand l'ancien marin, voyant le soleil décliner à l'horizon, parla de
départ et demanda sa voiture, O'Méana s'accrocha à son bras et le
supplia de rester encore un peu, au moins pour attendre le retour de
« ces dames », qui ne pouvaient plus beaucoup tarder.

Mais lord Harrisson tint bon, alléguant la température qui baissait
vers le soir et qui pouvait nuire à la santé encore un peu délicate de
Marguerite.

Il coupa donc court à la nouvelle anecdote qu'entamait son verbeux
interlocuteur, et monta en voiture avec Marguerite qui poussait de longs
soupirs de soulagement.

— Mon commandant, dit tout à coup Cramoizo qui avait cédé les
rênes à lord Harrisson et qui sentait la langue lui démanger depuis
un instant, m'est avis que si, à bord du *Warior*, nous avions eu un officier
ou un matelot aussi bavard que ce Monsieur O'Méana, nous l'aurions
jeté par-dessus le bastingage.

— Tu n'en aurais rien fait, maître Cramoizo, répliqua lord Harrisson
en riant, car la discipline et la volonté commune lui auraient fermé la
bouche ; et puis, tu n'es pas assez mauvais pour vouloir la mort d'un
homme.

— Un homme comme ça, c'est plus un homme, mon commandant :
c'est pire qu'un demi-cent de perroquets réunis.

Au bout d'un moment qu'il passa à regarder les nuages dans le bleu
pâlissant du ciel, Cramoizo reprit d'un air grave et profond :

— J'espère bien que mon commandant n'amènera plus la petite demoiselle dans cette maison infernale ?

— Pourquoi ça, maître Cramoizo ? fit l'ancien officier très amusé.

— Dame ! y aurait de quoi la rendre malade. Moi qui n'ai pas les
nerfs d'une femmelette, et qui n'ai entendu le petit gros monsieur que
pendant dix minutes, je sens que je serais devenu fou si j'avais causé
une heure avec lui.

— Comment, mon pauvre Cramoizo, tu ne saurais supporter cette fatigue-là, toi qui ne recules pas devant une nuit de veille ou devant une lutte avec les caïmans de l'Inde ?

— C'est comme ça, mon commandant. J'aimerais mieux me trouver nez à nez avec un tigre du Bengale que de passer une demi-journée avec le particulier que vous venez de voir.

— Eh bien, mon vieux matelot, conclut lord Harrisson, mi-sérieux, mi-plaisant, sache que je supporterai encore la causerie de ce pauvre M. O'Méana que tu traites si mal, et que ma fille retournera chez lui.

Il faut qu'elle apprenne à subir les travers d'autrui et à apprécier ce que les ennuyeux ont de bon à côté de leurs défauts. J'avoue que j'espacerai le plus possible ces visites-là, car enfin la charité n'oblige pas à trop d'héroïsme, mais nous ne tournerons pas le dos à ces voisins (qui sont d'excellentes gens au fond), simplement parce que le père a la langue trop déliée.

Marguerite soupira un peu, mais elle comprit la leçon ; du reste, les O'Méana ne demeuraient heureusement pas très près d'Harrisson-Castle et, grâce au cousin Harry qui les accaparait beaucoup, on ne les vit pas souvent chez l'ancien officier de marine.

XI

LE JUGEMENT DE CRAMOIZO

Un an s'est écoulé et, si Marguerite Harrisson n'est pas complètement transformée entre les mains de son père et au contact de ses gentils amis Merreot, du moins remarque-t-on chez elle de grands progrès.

Grâce à Mlle Gordrax et même à Muriel qui, plus savante que sa compagne d'étude, lui explique souvent ce que celle-ci ne comprend pas, Marguerite a rattrapé le temps perdu et se trouve, comme savoir, à peu près au niveau des enfants de son âge.

Grâce aussi à son père qui se dévoue à sa tâche plus que jamais, et qui est heureux des bons résultats qu'il obtient.

Au physique, Marguerite a grandi et s'est fortifiée; la petite Parisienne mièvre et pâlotte arrivée douze mois auparavant à Oughterurd a fait place à une adolescente fraîche, blanche et forte.

La gymnastique et les salutaires exercices que lui faisait faire lord Harrisson, développaient son corps délicat et l'endurcissaient à la fatigue et aux intempéries.

Aussi, son père lui avait-il fait présent d'un joli cheval sur lequel la fillette se promenait quotidiennement au loin avec lui, et souvent avec les Merreot accompagnés de leur précepteur et de leur institutrice.

C'étaient de délicieuses chevauchées, après lesquelles on rentrait avec un appétit magnifique.

On s'amusait aussi, l'été surtout, à canoter soit sur le petit lac de Harrisson-Castle, soit sur la rivière de Dunbroke.

Et nous ne parlons ni des pique-nique, ni des parties de lawn-tennis, de crocket, de foot-ball, de cochonnet; les jours de pluie, on faisait de la musique, et vraiment Marguerite Harrisson, sans prétendre encore au talent de ses amis, tenait bien sa place dans le trio.

Elle parlait maintenant l'anglais sans faire de fautes grossières, et elle s'appliquait à le lire et l'écrire de plus en plus correctement.

Aussi n'avait-elle plus le temps de s'ennuyer.

— Quand je pense, dit-elle un jour à Muriel devenue sa confidente intime, quand je pense combien j'étais triste et paresseuse les premiers mois d'automne et d'hiver qu'il m'a fallu passer à Oughterurd ! Je crois bien que papa devinait que je m'y ennuyais, quoique j'essayasse de le lui cacher. — Mais, vois-tu, Muriel, il pleuvait tant, le ciel était si gris ! et puis enfin, j'étais si sotte !

— Moi, je n'ai jamais trouvé les journées longues à Dunbroke, répliqua Muriel.

— Tiens, c'est juste : tu as un frère et beaucoup de monde autour de toi.

— Et toi, riposta Muriel, tu as un papa avec lequel on ne devrait jamais s'ennuyer.

— Et puis, poursuivit Marguerite, rose de confusion à ce souvenir, je regrettais Paris et la vie que je menais chez tante de Millerey. — Je l'aimais bien, ma tante, pour elle-même d'abord, parce qu'elle est bonne et généreuse, et puis, — elle me gâtait tant !

— Mais tu aimes encore plus ton père, n'est-ce pas ?

— Oh ! peux-tu le demander ? s'écria Marguerite avec élan.

En effet, au début, la fillette avait trouvé le temps long à Harrisson-Castle, après le plaisir de l'arrivée, du nouveau ; l'ancien marin ne pouvait causer ni chiffons, ni fêtes avec cette frivole petite fille, lui qui n'avait à caresser que les beaux souvenirs de ses traversées lointaines et de ses voyages en des contrées merveilleuses.

Cependant, peu à peu il sut se mettre au niveau de cette jeune intelligence, ou plutôt l'élever jusqu'à lui ; Marguerite, que n'occupaient plus mille futilités, l'écouta avec plaisir ; d'un autre côté, ce père sage et pondéré aimait à la voir se livrer aux divertissements de son âge ; il préférait l'entendre rire et raconter à sa poupée des histoires dénuées de sens, que de la voir se contempler au miroir ou s'occuper de ses toilettes.

Bref, depuis près d'une année, un changement lent et sûr se produisait en la fillette : à force de voir son père chercher à soulager ses semblables malheureux, de ne plus s'entendre complimenter sans cesse, enfin entraînée par l'exemple des jeunes Merreot toujours soignés dans leur mise, mais tout à fait dénués de coquetterie, elle prenait des goûts plus simples.

Son intelligence y gagnait, car, moins occupée de fanfreluches, elle s'adonnait mieux aux choses sérieuses ; enfin elle avait dû subir quelques petites leçons humiliantes qui avaient contribué à améliorer son caractère.

Ses rapports avec les domestiques devenaient de plus en plus affables, et elle se sentait maintenant aimée d'eux.

— Moi, disait Cramoizo avec sa franchise un peu brusque, j'ai toujours prédit que la petite demoiselle se corrigerait de ses dédains et de sa vanité ; d'abord, avec mon commandant il n'est pas difficile de devenir très bon ; et puis — Miss Margaret a eu sous les yeux l'exemple de lord et de miss Merreot, et foi de Cramoizo ! c'est un fier exemple ! n'y a pas sous le ciel d'enfants plus doux, plus polis, plus charitables. Pas vrai, Suzannah ?

— Sûr que vous avez raison, master Cramoizo, répondait la servante en souriant. Jadis, Miss Margaret était fière et exigeante avec moi ; aujourd'hui elle est si gentille qu'on la sert avec plaisir.

Une chose intriguait encore la petite Harrisson et elle s'en ouvrit à ses amis avec la naïve confiance qu'autorisaient son âge et l'intimité des trois enfants.

— Comment se fait-il, leur dit-elle un jour, que, puisque vous êtes très riches et libres de vivre où bon vous semble, vous ayez choisi Dunbroke comme résidence, alors que vous pourriez vous établir à Londres ou à Paris où l'on s'amuse davantage? Moi, à votre place, je sais bien ce que j'aurais fait.

— Petite Margaret, répondit Robert en souriant, apprenez d'abord que nous ne sommes pas encore à l'âge où l'on s'amuse, mais à celui où l'on travaille. Je vous demande un peu comment s'achèverait notre éducation si nous étions constamment en voyage ou fixés dans une grande ville où l'on nous distrairait forcément. Enfin, l'Irlande est un peu notre pays : quoique nos parents fussent anglais, moi j'ai passé à Dunbroke plusieurs années de mon enfance et Muriel y est même née.

Vous savez que noblesse et richesse obligent ; or, nous faisons un meilleur emploi de notre argent en soulageant les Irlandais pauvres, les paysans déshérités, qu'en le dépensant en plaisirs et en futilité dans les grandes villes.

Je sais que telles étaient les idées de mon père, ajouta le jeune garçon dont la voix trembla d'émotion en prononçant ces paroles, et je veux agir comme lui.

— Nous devons et nous voulons être la Providence du pays, appuya Muriel très sérieuse ; mais cela ne nous empêchera pas, plus tard, d'entreprendre de beaux voyages et de partager notre temps entre la ville et la campagne, n'est-ce pas, Bob ?

Robert inclina la tête en manière d'affirmation.

— Et puisque nous t'avons connue, Margaret, conclut Muriel en embrassant son amie, nous ne regretterons jamais notre séjour en Connaught.

Songeuse, Marguerite lui rendit ses caresses et murmura :

— Vous parlez tout à fait comme papa et vous êtes tous deux aussi bons que lui ; or, ce n'est pas peu dire.

— Votre père est une nature exquise et infiniment sympathique, s'écria le jeune Merreot, sortant toup à coup de son flegme habituel ; je suis bien heureux d'avoir rencontré un homme tel que lui pour m'aider et me guider dans la voie que je veux suivre.

En effet, lord Harrisson et Robert Merreot causaient souvent ensemble de choses graves, pendant que les fillettes travaillaient sous la direction de Mlle Gordrax ; elles prenaient sur le temps de leur récréation, les chères mignonnes, pour fabriquer de leurs mains devenues agiles, de chauds vêtements, des tricots, des bas de laine pour les indigents.

Tout bas, Marguerite admirait son père et son ami Robert ; elle se sentait honteuse de l'indifférence qu'elle avait trop longtemps témoignée pour les pauvres, et elle se promit d'imiter ses gentils compagnons.

Elle s'attachait de plus en plus à Harrisson-Castle à présent, et l'hiver même froid, mélancolique, interminable, finit par trouver grâce devant ses yeux.

Outre le travail qui tuait bien des heures, elle s'adonnait au patinage avec les hôtes de Dunbroke, et c'était là une puissante distraction.

Maintes fois, après une belle promenade dans le bois tout givré et orné de cristaux merveilleux, les pieds sur les chenêts, une tasse de thé exquis devant elle, la mignonne s'écriait, les joues roses et les yeux brillants :

« Tout de même, l'hiver a du bon ! »

XII

Malgré une gelée terrible qui rend le ciel tout bleu et le soleil étince-
lant, Marguerite Harrisson se rend, avec son père et Cramoizo, à Dunbroke, où une bonne surprise est réservée, non à eux qui sont dans le
secret, mais aux gens du pays.

Comme ils descendent de voiture devant la façade brillamment illumi-
née du château Merreot, Robert et Muriel accourent au-devant d'eux, au
risque de s'enrhumer.

Vite, on débarrasse les voyageurs de leurs pelisses et on les conduit
au grand salon où tante Maud les attend en compagnie de Mlle Gordrax
et de master Thistle.

On échange les compliments d'usage, et la jeunesse parle avec admiration des présents reçus, car on est à Noël.

Or, en Angleterre et presque dans tous les pays du Nord, c'est l'époque
des cadeaux et des vœux.

Ce matin, Marguerite a trouvé dans son soulier, outre des bonbons
exquis, une ravissante petite montre qui a appartenu à sa mère et que,
jusqu'à présent, son père refusait de lui donner ; elle a reçu également
un petit rouleau de souverains.

Jadis, elle eût dépensé ces pièces d'or en achats futiles, en fanfreluches ; aujourd'hui elle sait bien ce qu'elle en fera.

Grâce à son père, les Moore sont revenus à la prospérité, mais il y a d'autres malheureux dans la contrée, et plus encore par ce temps si froid.

Muriel a eu : de tante Maud un amour de petit chien dont elle avait grande envie ; de Mlle Gordrax, une provision de beaux livres amusants ; de son frère, un délicieux meuble pour sa chambre.

Robert a un fusil excellent, et master Thistle lui a offert également des volumes et des gravures d'un grand intérêt.

Marguerite apporte un petit souvenir à ses amis, elle aussi : un ravissant nécessaire à ouvrage pour Muriel ; une pharmacie portative, admirablement aménagée à l'anglaise, pour Robert qu'on appelle si souvent au chevet des pauvres paysans malades.

La petite Harrisson trouve sous sa serviette, en se mettant à table, une brochette de perles fines pour retenir sa nouvelle montre à son corsage, et un collier d'or pour son joli cou.

Confuse de tant de gâteries de la part des jeunes Merreot, elle est doublement contente, car son papa vient d'apercevoir, adressée à lui, une grosse boîte des meilleurs cigares, dont il est friand.

Soudain, un grand tapage se fait à la porte de la salle à manger : c'est Cramoizo qui, oubliant tout décorum, des larmes de joie sur sa vieille joue tannée, se précipite vers Robert et lui baise les mains ainsi qu'à Muriel.

Le brave homme a trouvé, appuyé contre sa chaise à l'office où il doit souper tout à l'heure, une belle carabine sur laquelle est attachée une carte de visite portant ces mots :

« Lord Robert et Miss Muriel à leur vieil ami Cramoizo ».

Cramoizo a été déjà gâté ce matin par son commandant qui lui a donné cinq belles pièces d'or, et par *sa petite demoiselle* qui lui a confectionné, de ses blanches mains, un superbe cache-nez.

Le repas, qui est soigné et exquis, s'achève gaiment ; Robert veille à ce que les domestiques aient aussi un beau dîner et puissent porter des toasts en l'honneur des maîtres.

Dans l'après-midi, surgit tout une procession d'enfants pauvres, habillés de leurs *meilleurs* vêtements, dont la plupart sont usés jusqu'à la corde.

Les minois sont rouges de froid, les menottes gercées ou pleines d'engelures, mais les yeux brillent d'un espoir contenu et les lèvres roses frémissent d'impatience.

Cramoizo se précipite vers Robert et lui baise les mains (page 104).

Conduits dans un vaste parloir, peu meublé mais bien chauffé, où est allumé un magnifique arbre de Noël, les bambins reçoivent une ample distribution de jouets et de bonbons; fous de joie, ils se montrent mutuellement la part qui leur est échue et font une réserve de friandises pour leurs parents.

Enfin, dans une seconde salle attenant au parloir et dont un domestique ouvre la porte à deux battants, tous prennent place à une table magnifique garnie de viandes froides, de bouillons chauds, de fruits et de gâteaux.

La fête finit par une dernière distribution de vêtements et de shellings, qui fait rayonner de plus belle ces petits visages d'enfants.

Bien tard, par une nuit claire et froide, lord Harrisson et sa fille reprirent le chemin d'Oughterurd.

— Il fait bon être riche pour faire des heureux ! soupira tout à coup Marguerite.

Et, dans l'ombre, son père sourit en l'entendant.

XIII

— Quel bonheur ! quel bonheur ! quel bonheur ! chantonnait Marguerite Harrisson dans toute la maison, en promenant à la main une lettre que son père venait de lui communiquer.

Cette missive arrivait de Paris : elle était de la vicomtesse de Millerey qui annonçait sa visite pour le mois d'avril. Or, on achevait mars.

La bonne dame avait, un beau jour, entendu vanter par un visiteur, dans le salon d'une de ses amies, les beautés et la fraicheur de l'Irlande . Elle avait parcouru l'Italie, la Grèce, fait connaissance avec l'Algérie et l'Egypte ; elle avait assez des pays chauds et il lui prenait la soudaine fantaisie d'aller en Connaught, de respirer de l'air frais et de reposer sa vue sur de vertes prairies.

« Pourquoi n'irais-je pas là-bas ? se dit-elle, puisque j'y ai des parents qui ne demanderont pas mieux que de me recevoir ? Et puis, je suis curieuse de surprendre ma petite nièce Marguerite dans sa nouvelle vie. Je doute qu'elle se soit beaucoup habituée à la campagne.

« Enfin, nous verrons ! »

Nous n'ignorons pas que, lorsque la vicomtesse de Millerey avait une idée dans la tête, elle aimait à la mettre à exécution le plus tôt possible.

« Je passerai l'été à Harrisson-Castle », se dit-elle encore, ne se doutant pas qu'au bout de quinze jours elle fuirait le Connaught et les Iles

Britanniques tout entières, comme si elle fût poursuivie par un fléau redoutable.

Avec un enthousiasme presque juvénile, elle commença ses préparatifs de départ, ne doutant pas que son neveu Harrisson répondrait par une lettre de joyeuse bienvenue à sa missive énonçant son désir d'aller à Oughterurd.

Mme de Millerey disait à toutes ses amies qu'elle se reposerait de son existence mondaine et de ses pérégrinations dans le midi, en menant la vie de château tout l'été dans « la verte Erin. »

Pauvre femme ! elle ne se doutait guère du modeste castel qu'était la maison de son neveu, ni du peu de ressources que trouverait à Oughterurd une citadine accoutumée au bien-être le plus complet, le plus exquis.

La vicomtesse faisait donc empiler dans ses malles son linge le plus fin, ses toilettes les plus élégantes, qui ne devaient, hélas ! pas lui servir dans « ce pays de loups », comme elle allait qualifier de nouveau le Connaught.

De plus, elle feignait de ne prêter aucune attention aux mines pitoyables, aux énormes soupirs que faisait et que poussait sa femme de chambre.

Cette fille, qui avait horreur de la campagne, n'osait récriminer trop haut, mais elle était navrée de la décision de sa maîtresse, et elle trouvait que madame la vicomtesse commettait une insigne folie en s'embarquant pour ce pays perdu.

Tant qu'elle n'avait voyagé qu'en Italie, s'arrêtant dans les meilleurs hôtels et ne visitant que de grandes et belles villes, la soubrette au museau impertinent s'était montrée satisfaite ; mais, du moment qu'il fallait se rendre en Irlande, chez un peuple pauvre et sale, disait-elle, y passer peut-être six mois et s'y ennuyer à périr, elle se demandait si elle ne planterait pas là sa maîtresse pour chercher une autre place.

Mais la maison était bonne.

Si Mme de Millerey exigeait un service parfait de ses domestiques, du moins les payait-elle grassement ; et puis, elle se dégoûtait si vite de ses belles toilettes, qu'on pouvait revendre si facilement !

Non, décidément, mieux valait subir six mois de dur exil et garder cette place, lucrative en somme.

La réponse de lord Harrisson arriva promptement : il se disait très heureux de recevoir sous son toit la tante bien-aimée de sa chère femme, et il ferait son possible pour lui rendre agréable son séjour en Oughterurd.

Au fond, toutefois, l'ancien officier de marine n'était pas enchanté de cette visite : il connaissait la vicomtesse et savait qu'il lui faudrait un confort absolu que Harrisson-Castle ne pouvait lui offrir ; qu'il ne se passerait pas quarante-huit heures avant qu'elle ne se plaignît du climat, de la maison, du service, de la nourriture, bref, de mille choses qu'elle avait coutume de trouver chez elle à l'état de perfection.

Et puis, cette visite était pour le pauvre châtelain un surcroît de dépenses : il lui fallait acheter mille objets plus ou moins inutiles, mais chers à une Parisienne et essentiels à sa vie, et par conséquent les faire venir de Dublin.

Marguerite ne pensait pas à cela, elle, et elle se réjouissait tout à fait de voir venir sa tante.

Outre qu'elle lui avait conservé de l'affection, elle espérait bien que la vicomtesse n'arriverait pas les mains vides, et celle-ci savait merveilleusement choisir ses présents, en général.

Et puis, pendant le séjour de Mme de Millerey à Oughterurd, Marguerite comptait bien que son père la libérerait de tout travail, de toutes leçons, et ce serait autant de gagné.

Enfin, le menu des repas serait plus soigné, et Marguerite était un peu gourmande ; on ferait plus de toilette qu'à l'ordinaire, et toute vanité n'était pas morte en la fillette.

Il n'y avait donc qu'elle à se réjouir complètement, sans arrière-pensée, à Harrisson-Castle, et le jour que Mme de Millerey s'annonça par télégramme, elle supplia son père de la laisser aller avec lui à la station, ce que lord Harrisson permit facilement, on le conçoit.

Or, la vicomtesse arriva à Oughterurd par un jour pluvieux et sombre, comme Marguerite quelques mois auparavant, et son visage n'était guère moins lugubre que le ciel qui charriait d'énormes nuages plombés.

Même, le gracieux accueil de son neveu par alliance et le gentil babil de Marguerite ne purent parvenir à la dérider.

La mer l'avait secouée d'importance, le pays lui paraissait pauvre et monotone, le printemps était beaucoup moins avancé qu'elle ne se le figurait... — bref, elle commençait déjà à se demander avec angoisse si elle avait bien fait d'entreprendre ce voyage.

Quant à Hélène, la femme de chambre, par un silence plein de dignité elle semblait protester contre l'acte incommensurablement imprudent qu'on la forçait à commettre.

Ce fut bien pis lorsqu'on arriva à Harrisson-Castle :

— Ça, un château ? fit-elle dédaigneusement en désignant la grande bâtisse plus solide qu'élégante.

Elle avait tant couru les résidence d'été les plus coquettes avec sa maîtresse, que ce grand castel l'emplissait de mépris et d'idées noires.

« Sûrement, je mourrai d'ennui là-dedans ! » pensa-t-elle, désespérée.

Mais elle se consola bien vite en se disant que sa maîtresse en aurait assez au bout de deux jours et qu'elle trouverait un prétexte plausible pour retourner en France.

On avait attribué à la vicomtesse de Millerey le plus bel appartement et on y avait réuni tout ce que le logis possédait de plus confortable et de plus agréable à l'œil.

Si l'on eût écouté Marguerite, Dublin et Oughterurd eussent été mis à sac afin de suppléer à tout ce qui manquait à Harrisson-Castle ; par bonheur, son père y avait mis bon ordre.

— Ma mignonne, lui dit-il, tu vas recevoir ta tante, et ce te sera un grand plaisir, mais tu apprendras à te gêner un peu pour les hôtes qui viendront nous voir. Ainsi, je ne juge pas nécessaire d'acheter une peau d'ours pour la chambre à coucher de Mme de Millerey : tu te priveras de la tienne pendant le temps de son séjour ici, et tu n'en souffriras pas, puisque nous marchons à la belle saison ; d'ailleurs, on ne souffre pas de la privation du superflu ; le nécessaire ne te manque certes pas, et les tapis ordinaires peuvent remplacer les fourrures.

De même pour l'armoire à glace triple ; la tienne suffira chez ta tante et je ne ferai pas la dépense d'un meuble qui, dans peu de temps, deviendra inutile ici. Quant à ton verre d'eau en cristal de Bohême, tu le placeras aussi chez elle et tu te contenteras d'un verre ordinaire ; de même pour tes cornets de vermeil : tu les rempliras de fleurs et les mettras dans la chambre rouge. Mme de Millerey n'aime pas la couleur pourpre, dis-tu ? Tant pis ! Je lui donne l'appartement le plus spacieux et le plus indépendant de la maison, mais je ne puis en faire changer la tenture qui est encore excellente. Il faut être raisonnable, et je suis persuadé que ta tante se plaira ici.

Pour la nourriture, tu connais ses goûts et je t'autorise à nous les révéler, afin que je commande les menus en conséquence.

Ta tante se montrera seulement un peu indulgente : nous ne pouvons avoir en Connaught de cuisinière aussi fine qu'à Paris, et il y a certains comestibles, certaines pâtisseries qu'on ne peut se procurer à Oughterurd ni à Dunbroke.

D'ailleurs, Mme de Millerey n'ignore pas qu'en venant à la campagne, et à la campagne en Connaught plus encore, elle ne pourra être traitée aussi bien qu'en France ou que dans les castels anglais, quelque désir qu'on ait de lui être agréable.

Marguerite se le tint pour dit et, gentiment, elle dépouilla sa propre chambrette de ses objets les plus élégants et les plus commodes, afin d'en orner celle de sa tante.

Celle-ci daigna trouver bien arrangé son home de passage, mais elle se gêna peu pour critiquer le reste du logis et même le parc qui était pourtant beau.

Elle donnait des conseils au châtelain pour l'agrandissement de ses salons, pour l'ameublement de toutes les pièces, pour l'établissement d'un chenil plus vaste, pour la réparation des écuries et des remises et pour un nouveau tracé des jardins.

« Elle oublie seulement que je ne suis pas millionnaire », disait-il avec un sourire dénué de rancune.

Il n'y avait pas vingt-quatre heures que la maîtresse et la servante étaient installées à Harrisson-Castle, que Cramoizo se présentait devant son maître, le visage à l'envers, les bras levés au ciel dans un geste tragique.

— Mon commandant, ce n'est pas des femmes qui nous arrivent là ! s'écria-t-il d'un ton désespéré.

— Non ? qu'est-ce alors ? répliqua lord Harrisson qui s'apprêtait à s'amuser beaucoup.

— C'est des mannequins. Croyez-vous que Mme de Millerey a apporté dix-neuf malles avec elle, et la femme de chambre cinq ?

Il est vrai, que sur les cinq, y en a deux de vides. Sans doute que la donzelle espère remporter des toilettes dont sa maîtresse se sera fatiguée, ou bien des souvenirs du pays. Ben ! pour les souvenirs, c'est pas moi qui lui en offrirai.

— Je ne te dis pas de lui faire des cadeaux, Cramoizo, dit le châtelain en souriant, mais sois au moins aimable pour elle.

— Pour.... pour la soubrette parisienne ? fit Cramoizo que l'indignation suffoquait. Oh ! non, par exemple ; mon commandant peut me demander de me jeter à l'eau ou au feu, mais cela jamais.

— Que reproches-tu donc à cette pauvre fille ?

— Cette *pauvre* fille ! — répéta l'ancien matelot en éclatant. Ah ! mon commandant a bien tort de la plaindre. Ce que je lui reproche ? — Tout, mon commandant, tout ! D'abord, ces cheveux tout en frisons qui lui avancent sur le front comme un buisson de houx.

— Avoue que ça ne peut pas te gêner beaucoup, mon bon Cramoizo, fit lord Harrisson que cette diatribe amusait fort.

— Mon commandant ne sait pas comme c'est désagréable d'avoir ce
buisson ardent sous les yeux pendant qu'on mange.

— Pourquoi *ardent* ?

— Dame ! elle est rousse ; mais elle appelle cette couleur du blond
ardent.

Or, moi, je m'y connais en blond : c'est comme notre pauvre jolie
dame qui est morte, comme la petite demoiselle. Ma parole, c'est de l'or
en cheveux, ça.

— Bien, mon ami, je l'admets ; seulement, tu ne peux en vouloir à
cette malheureuse pour sa coiffure, voyons.

— Elle débine tout dans la maison, mon commandant ! s'exclama
Cramoizo irrité. Ça n'est pas un château, dit-elle. Ça manque de chic,
de confortable, de je ne sais quoi encore. Les glaces sont trop vieilles,
les meubles craquent, elle a peur le soir dans ces grands corridors ;
on ne fait pas de toilette ; ça sent le fumier dans la cour, et la cuisine
dans l'escalier de service. Ah ! princesse, va ! elle veut copier sa
maîtresse, pour ne pas dire singer ; mais ce qui est permis à Mme la
vicomtesse qui est la tante de mon commandant, n'est pas permis à une simple femme de chambre, fût-elle parisienne de père
en fils.

— Et ensuite, quels sont tes autres griefs ? dit lord Harrisson qui se
divertissait de plus en plus.

— Je répète à mon commandant qu'elle débine tout : sa chambre lui
déplaît. Elle n'a pas assez d'armoires pour mettre son saint frusquin.
Je lui ai insinué de le laisser dans ses malles. Le miroir où qu'elle
mire son minois effronté n'est pas assez grand... Il lui faut peut-être
une armoire à glace. Elle est capable de s'aller coiffer au salon pendant
qu'y n'y a personne. La nourriture ne lui plaît pas non plus ; on
mange trop de pommes de terre. Voyez-vous ça ! — et avant d'entrer
en service, ça couchait sans doute avec trois ou quatre mioches dans
un réduit de cinq sous et ça se nourrissait de pain sec dans quelque
trou à la campagne.

MISS HARRISSON. 8

Ah ! ça a vite fait de se dégourdir et de vous prendre des airs de duchesse.

Enfin...

— Bon ! il y a encore quelque chose ? dit lord Harrisson.

— Elle prétend que ça sent la pipe dans sa chambre. Mon commandant n'ignore pas que je loge juste au-dessus d'elle, et par la cheminée, je ne dis pas...

— Nous y voilà, pensa lord Harrisson. Tel est le principal grief de mon vieux matelot : la femme de chambre de Mme de Millerey lui reproche sa pipe. Ah ! bien alors, la guerre est à la maison pour longtemps.

— Son père était un ouvrier tanneur, qu'elle nous a dit, continua Cramoizo grommelant toujours. Or, ça ne devait pas toujours sentir la rose et le benjoin autour d'elle, quand elle était gamine, et l'odeur de ma pipe est encore meilleure.

— Enfin, mon bon Cramoizo, dit le châtelain pour couper court aux récriminations du brave garçon, qui menaçaient de s'éterniser, je n'ai qu'un conseil à te donner : laisse crier et murmurer cette fille et ne fais attention ni à ses cheveux en broussailles ni à sa mine impertinente ; elle prendra un autre ton quand elle verra que ses plaintes ne produisent aucun effet ici. Mais, pour l'amour de Dieu, ne nous amène pas de conflit à l'office.

Que deviendrions-nous si cette fille donnait tout à coup son congé à sa maîtresse et si Mme de Millerey devait lui choisir une remplaçante parmi les personnes du pays ?

Cramoizo prit un petit air fin.

— Que mon commandant n'ait pas peur, dit-il. La place est trop bonne pour que la donzelle la quitte comme ça illico ; et puis, elle devrait voyager ensuite toute seule et à ses frais : ça ne lui irait guère.

Il poussa un énorme soupir et ajouta en manière de conclusion :

— Est-ce que madame la vicomtesse va nous rester longtemps ?

— Mais probablement tout l'été.

Cramoizo eut une figure tellement navrée que lord Harrisson se mit à rire de bon cœur ; puis, après avoir réfléchi une minute, il hocha la tête et s'éloigna en murmurant :

— Bah ! je parie ma meilleure pipe qu'avant la fin de juin elle en aura assez.

Or, la vicomtesse de Millerey n'attendit pas la fin de juin pour *en avoir assez.*

Les premiers jours de son arrivée à Oughterurd, elle vit la pluie et tomba dans une sorte de marasme qu'elle avait bien de la peine à secouer par égard pour ses hôtes.

Lord Harrisson avait beau se faire son partenaire au whist, lui montrer toutes les curiosités que renfermaient les armoires et les recoins du château ; Marguerite avait beau la combler de prévenances et chercher à la distraire de son côté, la pauvre femme s'ennuyait à périr.

Et puis, elle n'avait aucune occasion d'exhiber ses toilettes, et elle regrettait amèrement d'en avoir inutilement commandé et emporté autant.

Enfin le beau temps vint, mais non la chaleur, car les printemps et les étés sont tardifs en Irlande.

La vicomtesse voulut bien sortir, mais elle trouva que l'air trop cru et trop vif lui abimait le teint ; ses petits souliers fins s'accommodaient mal du sable des allées pas toujours parfaitement entretenues, lord Harrisson n'ayant pas les moyens d'employer un nombreux personnel.

Peu appréciatrice des beautés de la nature, la pauvre femme se promena un peu en voiture, sans trouver de charmes à ces excursions champêtres.

Elle visita avec le père et la fille le peu de voisins qu'il y avait à voir à Oughterurd et Dunbroke.

Les jeunes Merreot lui plurent et surtout leur demeure princière ; mais ce n'étaient après tout que des enfants, et tante Maud était sourde ! — Et puis, là on ne sembla pas apprécier sa toilette à sa juste valeur, quoiqu'elle se fût mise en frais pour visiter les amis de sa nièce.

Ce fut tout autre chose chez les O'Méana : elle trouva laid et vulgaire cet intérieur, et ensuite demeura médusée, épouvantée, étourdie jusqu'au malaise après une demi-heure de conversation dont M. O'Méana fit tous les frais.

En revenant à Harrisson-Castle, elle serra avec force le bras de son neveu en lui disant :

— J'espère bien que cet homme ne mettra pas les pieds chez vous tant que j'y serai ?

— Il y est déjà venu et on l'y verra encore, mais rarement, par bonheur, car les O'Méana sont fort occupés à Oughterurd par un de leurs parents qui est valétudinaire, répondit lord Harrisson en riant de son effroi.

Après deux ou trois autres visites à des voisins assez éloignés aussi, comme cela arrive dans la grande campagne, il ne se trouva plus de courses de ce genre à faire ; le printemps s'écoulait avec des alternatives de pluie et de soleil, et la pauvre vicomtesse s'ennuyait de plus en plus ; ce qui la navrait surtout, c'était que son teint se couperosait totalement au souffle un peu âpre de la campagne, et elle s'étonnait de ce que Marguerite conservât sa peau blanche et lisse, en dépit des intempéries et du soleil.

— L'été doit être beaucoup plus agréable, n'est-ce pas ? demanda-t-elle à Cramoizo, un jour que celui-ci montait le courrier à sa chambre.

— Oh ! non, Madame, c'est encore pis que maintenant, répondit le matelot avec une envie féroce de déblatérer contre le Connaught et la plus belle des saisons, afin de donner le désir d'un départ immédiat à la pauvre vicomtesse.

Enfin ses vœux furent exaucés : un beau matin, au premier repas des domestiques, Hélène dit d'un air joyeux :

— Madame se décide à partir, je vais commencer les malles.

— Voulez-vous que je vous aide ? offrit Cramoizo avec son plus aimable sourire.

Hélène pensa qu'il ne s'était jamais montré plus affable et plus complaisant.

En effet, Mme de Millerey prétexta un besoin subit de prendre les eaux d'Aix et elle quitta Harrisson-Castle après avoir comblé de cadeaux les châtelains, de pièces d'or les domestiques, mais en laissant après elle un inexprimable soulagement.

— Père, il fait meilleur vivre en tête à tête, rien que nous deux ! glissa Marguerite à l'oreille de lord Harrisson quand ils retrouvèrent, le même soir, la table diminuée, réduite à deux couverts plus simplement disposés.

L'ancien marin embrassa la fillette ; mais il se dit :

« Elle a pourtant vécu des années auprès de cette femme si vaine, et elle ne s'en plaignait pas ! »

XIV

LES UNS CHEZ LES AUTRES.

L'année suivante, un chagrin survint pour Marguerite Harrisson : son père dut s'absenter, des affaires l'appelant à Dublin pour trois semaines ou un mois ; naturellement, la fillette ne pouvait rester seule à Oughterurd, même avec de dévoués domestiques, et ses amis de Dunbroke furent bien aises de la circonstance qui leur prêtait leur compagne pour plus de vingt jours.

Marguerite eut donc chez les Merreot une jolie chambre, spacieuse, gaie et confortable, et elle jouit pleinement de ce luxe grandiose des Anglais riches et qui présidait à tout chez ceux-ci, comme une chose toute simple.

Tout en continuant leurs leçons, les enfants s'amusaient beaucoup ; on voyait maintenant reverdir les prairies, briller le soleil, et l'on disait adieu avec bonheur à l'hiver.

On avait cependant fait de jolies parties de patinage sur le petit lac d'Oughterurd ou sur la rivière de Dunbroke ; à présent c'était le lawn-tennis, les promenades à pied, à cheval ou en voiture, qui recommençaient.

Pendant son séjour à Dunbroke, Marguerite Harrisson put constater de combien d'amour et de reconnaissance ses amis étaient entourés.

Mais aussi, Robert ne passait guère plus de quatre jours sans faire ce qu'il appelait, en riant, sa tournée de propriétaire.

Cette tournée consistait à visiter, non pas les fermes en état prospère, mais celles qui réclamaient l'œil du maitre, mais les malheureux, ceux que poursuivait la malechance ou que la maladie et le chômage forcé ruinaient.

Alors il ouvrait sa bourse à ces infortunés et les réconfortait par de bonnes paroles.

En général, Robert était accompagné dans ces excursions charitables par son précepteur, master Thistle ; les fillettes voulurent y prendre part, elles aussi, sous la conduite de Mlle Gordrax, et ce fut pour elles une douce satisfaction que de donner avec pitié et avec grâce.

Le vieil homme n'était cependant pas tout à fait mort en Marguerite Harrisson : elle avait encore ses jours de nonchalance et d'égoïsme, ses boutades d'enfant gâtée ; mais hâtons-nous d'avouer que ces moments devenaient de plus en plus rares et que la pauvre petite les regrettait ensuite amèrement.

Lorsque son père revint en Connaught et qu'elle dut reparaitre à Oughterurd, elle manifesta une joie émue, profonde, qui causa une extrême satisfaction à lord Harrisson.

Il remarqua aussi que sa fille lui revenait plus sage, plus posée, plus attentionnée surtout ; elle qui jadis pensait avant tout à elle-même, elle savait deviner les désirs de son père, placer à portée de sa main ses cigares et ses journaux, courir chercher son chapeau et sa canne, s'il faisait mine de sortir. L'exemple des jeunes Merreot portait ses fruits. L'été suivant, une épidémie de fièvre scarlatine se déclara à Dunbroke et aux environs. Or, cette maladie, bénigne souvent chez nous, devient inquiétante en Angleterre et en Irlande.

Robert et Muriel voulaient rester bravement sur le champ de bataille et continuer plus que jamais leurs visites philanthropiques ; mais alors ils s'aperçurent pour la première fois qu'ils étaient en puissance de tuteurs éclairés et fermes, dès qu'il s'agissait de l'intérêt de leur santé.

Tante Maud, Mlle Gordrax et master Thistle devaient rester à Dunbroke et s'y rendre utiles, mais ils exigèrent le départ immédiat des jeunes Merreot.

C'est pourquoi, un beau matin, Marguerite, qui étudiait son piano auprès de son père plongé dans la lecture du *Times*, bondit soudain sur son tabouret en voyant entrer Robert et Muriel Merreot.

— On nous chasse de Dunbroke, dirent-ils d'un ton mi-plaisant, mi-penaud ; nous venons vous demander l'hospitalité, n'ayant pas un lieu où reposer notre tête.

Tous se mirent à rire, et lord Harrisson parcourut des yeux le court billet où Miss Maud le priait de loger les jeunes Merreot à Harrisson-Castle pendant toute la durée de l'épidémie.

— Oh ! quel bonheur ! s'écria Marguerite quand elle eut compris ce dont il s'agissait. Mon Dieu ! comme nous allons nous amuser !

De fait, les circonstances qui les réunissaient n'ayant rien de bien grave, on pouvait se réjouir sans arrière-pensée. Vite on sonna Cramoizo qui accourut, stupéfait de voir les châtelains de Dunbroke en visite aussi matinale.

— Lord Robert et Miss Muriel s'installent ici, dit Marguerite ; fais vite préparer des chambres, mon bon Cramoizo.

— Pour toujours ? demanda le marin en ouvrant une bouche énorme et des yeux non moins étonnés.

— Oui, pour toujours, répliqua la folle petite fille en riant aux éclats.

— Le feu a donc pris à Dunbroke ?

Les rires redoublèrent.

— Non, mon bon Cramoizo, mais il y a une épidémie de fièvre scarlatine, et l'on met nos amis à l'abri de la contagion. Comprends-tu ?

Cramoizo inclina la tête en signe d'affirmation.

— Où faut-il loger Milord et Miss Merreot ? reprit-il, tandis que son maître traçait quelques lignes à l'adresse de la tante Maud, afin de lui apprendre l'heureuse arrivée de ses neveux et la remercier de vouloir bien les lui confier.

— Où faut-il les loger ? répéta Marguerite perplexe, mon bon Cramoizo, le plus près possible de moi ; donne à Miss Muriel la chambre rose à côté de la mienne, et à Milord Robert le cabinet de papa où l'on dressera un lit.

Ça vous va-t-il ? ajouta-t-elle en se tournant vers ses amis. Oh ! dame ! vous ne trouverez pas ici le luxe et le confort de votre *home ?*

— Méchante ! tu te moques de nous, fit Muriel en l'embrassant. Mais nous allons causer beaucoup d'embarras à ce pauvre Cramoizo : si nous aidions un peu au déménagement ?

Marguerite battit des mains :

— C'est cela ! ce sera très amusant !

Tandis que le vieux marin murmurait en hochant la tête :

— Ah ! bien, s'ils croient qu'ils vont m'aider ! — Au contraire, ils vont tout embrouiller et j'aurai double peine. Enfin, du moment que ça les amuse ! Faut bien que la jeunesse rie.

Les enfants, plus prompts encore que Cramoizo, s'emparèrent des oreillers, des draps et des couvertures ; même, Marguerite y mettait tant d'ardeur, que, la tête enfouie sous un édredon et les bras chargés de linge, elle trébucha dans le corridor et tomba ensevelie sous son fardeau plus encombrant que lourd.

— Tu ne t'es pas fait mal ? lui cria Muriel qui la suivait de près, également chargée.

De dessous l'édredon une petite voix répondit, étouffée par la plume et l'étoffe :

— Non, puisque je suis tombée sur du linge ; mais délivre-moi, Muriel : je suis empêtrée là-dedans et ne puis pas remuer.

Accouru aussi sur le lieu de la chute, Robert délivra sa petite amie, et les rires devinrent délirants quand on vit apparaître la tête de Marguerite, rouge, les cheveux emmêlés, les yeux brillant d'une gaité folle.

Grâce à Cramoizo et à Suzannah, le branle-bas prit fin et tout rentra dans l'ordre.

Certainement, pendant le séjour des jeunes Merreot à Harrisson-Castle, on travailla un peu sous la sage direction de lord Harrisson, mais nous devons avouer qu'on s'amusa encore plus.

Le maître de la maison voyait avec tant de plaisir le petit minois de sa fille s'épanouir d'aise et rayonner du matin au soir, qu'il n'avait pas le courage de diminuer les heures des récréations ; d'ailleurs, il avait soin de faire chaque jour à haute voix de longues lectures à la fois amusantes et instructives, tandis que les fillettes tiraient l'aiguille et que Robert sculptait des figurines de bois ou dessinait au crayon.

Il arriva même, pendant cette réunion qui dura presque tout l'été, que lord Harrisson eut une bonne idée et emmena toute la petite smala au bord de l'Océan, respirer un air bien pur.

Là aussi on fit de bonnes parties sur la plage ou sur la mer, et Marguerite, devenue plus brave, s'aguerrit contre le terrible mal qui l'avait tant secouée pendant sa première traversée.

Ce séjour lui rappela les saisons qu'elle passait autrefois avec sa tante à Dieppe ou à Biarritz, et elle dut convenir en elle-même qu'elle s'amusait infiniment plus aujourd'hui, en simples costumes de bataille, que lorsqu'elle marchait raide et gourmée aux côtés de la vicomtesse, ayant peur de mouiller ses beaux souliers vernis ou de froisser ses élégantes toilettes.

A présent elle savait admirer les magnifiques spectacles qui enthousiasmaient lord Harrisson et les jeunes Merreot : la mer aux teintes d'opale, les couchers de soleil mourant sur les flots, les clairs de lune blanchissant la grève.

Jadis aussi, elle craignait l'odeur de la marée, fuyant les pêcheurs qui, disait-elle, sentaient d'une lieue la sardine et le hareng ; à présent, comme Robert et Muriel, elle causait avec ces braves gens des chances probables de la pêche et se promenait dans leur barque sans en être écœurée, glissant ensuite sa petite aumône dans la main brune des pauvres marins.

Cramoizo, qui avait suivi la petite famille au bord de l'Océan, surveillait d'un œil vigilant les jeux des trois amis ; il les faisait nager lui-même, leur indiquant les endroits sûrs, tandis que l'ex-officier de marine fendait la vague d'un bras vigoureux et allait au large, à la grande inquiétude de sa fille.

XV

UN BON POISSON D'AVRIL.

Quand la misère ne l'étreint pas cruellement, l'Irlandais est gai en général.

Parmi le peuple du Connaught se trouvaient les partisans acharnés de la liberté de l'Irlande, les sombres, les ardents, qui criaient volontiers : « Sus à l'Anglais ! » comme ce certain Duncan que nous connaissons.

Il y avait les conspirateurs ténébreux, qui ne parlaient de rien moins que de chasser l'intrus de leurs terres et de révolutionner tout le pays.

Il y avait les modérés qui, tout en désirant le rétablissement de la liberté chez eux, se contentaient de rire des méfaits des Anglais, de railler l'autorité et de tourner en ridicule les représentants de la justice.

Parmi ces derniers, master Péréquiel, l'attorney de Dunbroke, homme de devoir peut-être, mais fort rude au pauvre monde, était particulièrement détesté.

Or, il avait récemment condamné un pauvre diable coupable seulement de n'avoir pu payer sa redevance.

Pareille chose arrive souvent en Irlande ; mais, cette fois, la mesure était comble et un petit noyau de révoltés jura de délivrer le paysan malheureux qu'on avait jeté en prison, et de punir le barbare attorney.

On savait que le même soir il devait se rendre dans le district voisin pour conférer avec un collègue; or, il n'y avait qu'une route à prendre pour y aller et les rebelles se voyaient toute facilité pour se saisir de lui et le châtier d'importance, après l'avoir forcé à signer une promesse de liberté pour le prisonnier. Duncan, on le devine, était un des promoteurs de la petite conspiration, et les compagnons se réjouissaient beaucoup de la vengeance qu'ils allaient exercer sur le pauvre Péréquiel.

Mais soudain l'un d'entre eux, garçon illettré, doux et inoffensif quoique ardent patriote, se sentit pris de remords quelques heures avant d'agir.

— Non, pensa-t-il, c'est trop lâche de nous mettre vingt contre un. Je ne peux pas laisser ce pauvre attorney, que je déteste d'ailleurs, s'aventurer seul et donner tête baissée dans le piège. Après tout, qui le saura? Je puis l'avertir secrètement sans trahir mes camarades. Je lui dirai que quelqu'un, qui en veut à sa tranquillité, doit l'attaquer ce soir quand il reviendra du district voisin, et qu'il renonce à sa course pour aujourd'hui.

Le brave garçon mit son idée à exécution et composa, bien péniblement, le billet suivant, fort mal écrit, ma foi ! et semé d'énormes fautes d'orthographe :

« MONSIEUR L'ATTORNEY,

« Je viens vous avertir que ce soir, lorsque vous reviendrez de votre course au district, des hommes embusqués vous attendront au carrefour de Woodgall, pas pour vous tuer, quoiqu'on serait bien aise de ne plus voir votre figure de vieux singe, mais pas pour vous faire du bien non plus, vous concevez.

« Voilà ce que c'est que de vous conduire comme vous vous conduisez, monsieur l'attorney; si vous étiez moins dur au pauvre monde, on ne vous voudrait pas de mal. Cette petite affaire puisse-t-elle vous ouvrir les yeux et vous ramener à de meilleurs sentiments! une petite leçon est toujours une bonne chose.

« Maintenant que vous voilà averti, prenez vos mesures en consé-

quence ; mais je ne vous conseille pas de toucher aux camarades, il
pourrait vous en cuire. Je ne vous aime pas non plus, mais je trouve
que ce n'est pas bien de s'attaquer plusieurs à un seul.

« Et je suis avec bien du respect, monsieur l'attorney, un de vos
ennemis qui vous veut du bien par hasard aujourd'hui. »

La lettre n'était ni datée ni signée, on le conçoit, et Péréquiel la
tenait encore à la main, très perplexe, lorsque sa fille, miss Florence,
entra en riant comme une folle dans son cabinet.

— Père, s'écria-t-elle, à quelle date sommes-nous aujourd'hui ?

— Aujourd'hui ? mais... tiens ! c'est le premier avril ! répondit Péréquiel en levant les yeux sur l'éphéméride suspendu devant son bureau.

— N'est-ce pas ? c'est ce que je disais à maman qui croit que nous
sommes encore au 31 mars.

— Non, non, c'est bien le premier avril.

— Eh bien, regardez le joli poisson que le courrier vient de m'apporter.

— Qu'est-ce ? dit Péréquiel en tendant la main à un petit paquet défi-
celé que tenait miss Florence.

— Une attrape, une surprise. C'était plié dans une quinzaine de
papiers, et je devine de qui cela vient.

— Qui soupçonnez-vous, Florence ? demanda l'attorney en faisant
papilloter sur ses gros doigts un petit bracelet nickelé.

— Oh ! j'ai reconnu l'écriture, pourtant déguisée, de Julia Héréon ;
ah ! au fait, papa, j'ai reçu un autre poisson d'avril, je ne sais de qui,
par exemple, mais ce n'est qu'une bêtise : une pomme en savon, fort
bien imitée, d'ailleurs.

— Ah ! ah ! c'est le premier avril, murmura l'attorney, songeur depuis
un instant.

— Oui, père ; auriez-vous reçu quelque chose, vous aussi ? Qui se
serait permis ? commença la curieuse en jetant les yeux sur le papier
fort mal écrit que Péréquiel avait déposé sur son bureau.

— Non, non, ceci est une lettre d'affaire, répondit-il en faisant un geste d'indifférence ; on n'oserait plaisanter avec monsieur l'attorney.

Toutefois, lorsque miss Florence eut quitté le cabinet, il reprit le fameux billet et, se renversant dans un fauteuil, se mit à l'examiner longuement.

— Il est positif que c'est un tour qu'on m'a joué, un poisson d'avril, comme dit Florence, murmura-t-il. Les auteurs de cette farce, je les connais bien, ou plutôt je les devine : ce sont mes collègues, Hartwell et Syrly, et ils me riront au nez demain si j'ajoute foi à cet avertissement et si je reste à la maison ce soir.

Or, je ne veux pas qu'on rie de moi et j'irai à Woodgall tout comme si je n'avais rien reçu. Il n'y a aucun danger à courir, d'ailleurs, puisque je suis le jouet d'une farce ; du moins je le serais si je m'y prêtais. Mais pas si sot, et l'on verra que je n'ai pas peur, ah ! mais non.

Je sais bien que je pourrais me munir d'armes ou emmener Gaspard avec moi, mais les domestiques, ça jase. La belle affaire ! je ne risque rien, encore une fois, puisque cette histoire n'est qu'une plaisanterie.

Fort de cette idée, Péréquiel expédia son courrier et ses affaires et, l'heure venue, partit allègrement à cheval pour aller conférer avec son collègue d'une chose importante, et boire avec lui quelques petits verres de brandy.

Ce brandy l'avait mis en gaîté, paraît-il, car, arrivé au carrefour de Woodgall, il chantait aussi fort que le lui permettaient sa voix grêle et sa poitrine étroite.

Tout à coup, sa monture poussa un hennissement d'effroi et lui-même un cri de douleur : quelque chose de dur l'avait frappé au visage.

C'était un des hommes embusqués qui lui avait jeté à la figure des pommes de pin.

Toute une troupe sortit de l'ombre ; les assaillants étaient masqués et, malgré tous ses efforts et la lumière projetée par les lanternes, l'attorney ne put en reconnaître aucun.

— Ce n'était donc pas un poisson d'avril ? gémit le malheureux qui se vit arracher de sa monture et déposer rudement sur le sol humide.

— Qu'est-ce qu'il nous chante de poisson? dit un des complices.

— Il a bu trop de gin et ce n'est pas la première fois que ça lui arrive, dit un autre.

— Mes enfants, voyons, mes enfants, qu'allez-vous faire ? reprit l'attorney dont les dents claquaient d'épouvante.

— Il nous appelle ses enfants ! ricana un vieillard qui avait vu son

Toute une troupe sortit de l'ombre (page 126).

fils, son unique soutien, partir pour les colonies, afin de servir l'armée anglaise. Ça fait bien dans le paysage, ce soir, mais ordinairement il nous donne les noms moins doux de « scamp (coquin), de canaille, de fils de chienne », et bien d'autres guère plus aimables.

— Je ne vous ai jamais fait de mal, pourquoi m'en voulez-vous ? s'écria Péréquiel plus jaune qu'une corbeille de coings mûrs.

Cette parole produisit un effet désastreux : un concert de malédictions s'éleva :

— Il ne nous a pas fait de mal, le monstre !

— La vipère !

— Le vampire !

— Le bourreau !

— Tu mens.

— Il n'est qu'une voix et qu'un cœur dans tout le district pour te maudire et t'exécrer.

— Qui donc a ruiné les pauvres Beringham d'Oughterurd ?

— Qui donc a fait enlever le jeune Calayen pour la conscription ?

— Qui donc a brûlé la maison des Hugonon, le mois dernier ?

— Qui a tué le chien de Patrick l'aveugle qui l'a pleuré toute une année ?

— Qui a soutiré tout l'argent des fermiers de Jalaruc ?

— Qui a fait porter faux témoignage à l'Anglais Corsener pour condamner la vieille Maby ?

— Qui pressure tous les jours les pauvres Irlandais pour leur faire rendre le peu d'argent qu'ils gagnent à la sueur de leur front ?

— Mes amis, mes bons amis, soyez humains, supplia Péréquiel qui tremblait davantage à mesure que s'énumeraient ses exactions.

— Es-tu bon ? es-tu humain, toi ?

— Je reconnais que j'ai été quelquefois un peu sévère, mais il est des obligations dans mon état.....

D'un coup de poing, Dunstan, méconnaissable sous la suie qui lui couvrait le visage, lui ferma la bouche.

— Des obligations ? Ne dis donc pas de bêtises ? cria-t-il.

— Parle donc aussi de tes bienfaits, de ta charité, de ton indulgence ! ricana un autre.

— Qu'est-ce que vous allez me faire ? gémit l'attorney en se débattant dans les liens qui l'enserraient.

Et en lui-même il ajoutait:

— Quel dommage que je n'aie pas pris avec moi mon revolver à six coups ! — Mais je croyais tellement au poisson d'avril !

Dans ce pays de sauvages, on ne devrait jamais sortir sans être armé jusqu'aux dents.

— Ce qu'on va te faire, misérable oppresseur du peuple irlandais ? Devine !

Et, ce disant, l'homme tirait de sa poche une longue et forte corde à laquelle il faisait un nœud coulant.

— Me pendre ? hurla l'attorney en reculant d'épouvante.

— Dame ! A quoi sert une corde, en général, du moins une corde de ce calibre, en votre doux pays d'Angleterre ?

Cependant nous nous hâtons de rassurer notre lecteur : les insurgés n'étaient pas à ce point sanguinaires et ne voulaient pas se porter à une telle extrémité.

Il s'agissait simplement d'effrayer Péréquiel jusqu'à lui donner la jaunisse, et non de lui ôter la vie.

La corde servit seulement à lier l'attorney au tronc d'un chêne, après que ses ennemis l'eurent amplement fustigé avec des branches de houx.

Le pauvre homme était donc en piteux état, quand il se vit attaché à l'arbre ; mais nous n'étonnerons personne en disant qu'il préférait cent fois ce genre de supplice à la pendaison.

Lorsque, bien ligotté et adhérent au tronc dont les rugosités excitaient l'insupportable cuisson de ses blessures dues à la fustigation, Péréquiel fut laissé à demi privé de sentiment au carrefour de Woodgall, les assesseurs se dispersèrent après avoir rendu la liberté au cheval qui ne jugea pas bon de tenir compagnie à son maître et qui prit la clé des champs.

Les amis se séparèrent à l'entrée du bourg, après avoir échangé quelques plaisanteries.

— Il ne passe guère de monde au carrefour de Woodgall, dit Dunstan ; le Péréquiel aura tout loisir de réfléchir à ses méfaits passés.

— Oui, et une fois délivré, il recommencera à nous opprimer, dit un autre.

— En ce cas, nous interviendrons de nouveau, et cette fois ce ne
sera pas pour plaisanter, conclut le doyen de la troupe.

— Que la nuit lui soit froide ! cria une voix dans l'ombre.

Et chacun s'en alla chez soi comme s'il revenait du travail, se gardant bien, une fois au home, de raconter l'équipée du soir, car, en
Irlande comme partout, la langue des femmes et des enfants est longue, et il aurait pu en cuire aux héros de cette petite scène.

Cependant la nuit s'avançait et l'on commençait à s'inquiéter à la
maison de l'attorney, car il n'avait pas coutume de rentrer aussi tard.

La mère et la fille se faisaient part de leur mutuelle anxiété, quand
miss Florence entendit dans la cour retentir le claquement d'un sabot
bien connu.

— Voilà papa ! s'écria-t-elle ; nous avions tort de nous tourmenter.

— Grâces soient rendues au ciel ! soupira mistress Péréquiel soulagée de sa crainte.

Mais, au bout de quelques minutes, Betsy, la domestique, vint dire à
ces dames que Polly, le cheval, rentrait sans son maitre, la selle de
travers, l'air très excité, et qu'il avait dû arriver un malheur. Mistress
et miss Péréquiel poussèrent des cris qui s'entendirent à un mille à la
ronde, et le pauvre Polly fut attelé au phaéton et dut reprendre la route
qu'il venait de faire, à son grand déplaisir.

Or, si l'attorney se félicitait d'avoir échappé à la pendaison, du moins
se trouvait-il fort mal à son aise, lié au chêne qui versait sur lui l'ombre et l'humidité à satiété.

Avril n'est pas chaud, la nuit surtout, en Connaught, et le pauvre
homme se disait amèrement qu'il ne s'en tirerait pas à moins d'une
fluxion de poitrine et d'un rhumatisme articulaire, sauf si la Providence ne mettait sur la route de Woodgall un paysan ou un promeneur avec sa charrette.

Et encore ! les Irlandais sont si rancuniers !... Qui pouvait dire si le
premier passant venu, en reconnaissant l'attorney, ne ferait pas la
sourde oreille à ses supplications ?...

Les heures s'égrenaient avec une lenteur désespérante, et Péréquiel se demandait avec horreur s'il n'allait pas mourir de froid là, à une si petite distance de sa maison, lorsqu'il aperçut au loin la lueur d'une lanterne.

Sa voix se refusait maintenant à passer au travers de sa gorge contractée, mais il eut la joie, au bout de quelques instants, de percevoir le trot d'un cheval ; puis il vit une petite voiture contenant deux ombres noires enveloppées de longs manteaux, et celle d'une troisième personne qui, à pied, semblait chercher quelque chose sur le sol à l'aide d'une lumière.

— C'est mon domestique ! pensa-t-il en reconnaissant son serviteur. Et voici ma femme et ma fille qui viennent me chercher. Dieu soit loué !

Et, ne pouvant crier assez fort, il produisit avec les lèvres un petit sifflement bien significatif, quoique peu en rapport avec sa dignité, et qui amena incontinent auprès du chêne : Polly et sa voiture, le domestique et les deux femmes.

Mistress Péréquiel poussa, en retrouvant son époux, des cris d'allégresse, auxquels répondirent seuls les échos d'alentour.

Plus maîtresse d'elle-même, miss Florence aida son père à se débarrasser de ses liens et à se hisser dans la petite voiture.

Ils rentrèrent au home sans que l'attorney, dont les dents claquaient, ait pu leur fournir la moindre explication.

La mère et la fille se figuraient qu'il avait été saisi et dépouillé par des voleurs ; mais comme il conservait sa montre et sa bourse dans son gousset, elles comprirent qu'elles étaient dans l'erreur et crurent à une agression due à une cause politique, ce en quoi elles se trompaient moins.

Mais Péréquiel, quoique promptement réchauffé par une tasse de thé au rhum et un lit savamment bassiné, ne put les renseigner de longtemps, car pendant quarante-huit heures il fut en proie à une forte fièvre et même au délire.

Dans ses divagations incohérentes, mistress et miss Péréquiel cru-

rent saisir les mots de : farce, châtiment, poisson d'avril, et la jeune
Florence se rappela avoir vu une lettre singulièrement écrite entre les
mains de son père, le matin même.

Certainement, on avait voulu jouer un tour à l'attorney : on lui avait
fait un poisson d'avril et, dupe de la plaisanterie, il était tombé dans le
piège. Mais cette plaisanterie était mauvaise, en vérité, et l'on saurait
bien quel en était l'auteur.

Eh bien, non, on ne le sut jamais ; après la fièvre et le délire vint la
jaunisse (et avouons qu'il y avait de quoi !) ; mais Péréquiel, dont le
caractère en demeura aigri éternellement, ne put jamais apprendre à
qui il avait eu affaire au carrefour de Woodgall, ni qui lui avait écrit
le billet que nous savons.

En vain demanda-t-il son changement, on ne jugea pas à propos de
lui attribuer une autre charge ou une autre résidence, et comme sa
place le faisait vivre, il ne voulait pas donner sa démission.

Hélas ! sa colère retomba plus encore sur ses malheureux administrés : il était égoïste, il devint méchant.

En tous ceux qui passaient sur la route publique, jeunes ou vieux,
travailleurs ou oisifs, agriculteurs ou artisans, il croyait voir un de
ceux qui l'avaient maltraité le premier avril.

Une haine sourde s'amoncela contre lui dans tout le pays ; une
révolte latente chauffa au sein de la misère qu'il augmentait par ses exi-
gences impitoyables, et, plus d'une fois, sa femme effrayée lui dit d'un
ton prophétique :

— Prenez garde, master Péréquiel ! n'allez pas trop loin : rappelez-
vous la vengeance qu'ont exercée un soir contre vous les gens d'ici !
une autre fois ils pourront être moins patients encore.

Mais l'attorney ne faisait que rire de ces avertissements qu'il appelait : « des terreurs de femme », et, avec quelques vilains êtres plate-
ment prosternés devant l'autorité et le pouvoir, il raillait les pauvres
Irlandais et leur faisait subir de lourdes punitions, dès qu'ils ne pouvaient payer leurs redevances, ou à la moindre infraction à la loi.

Il avait tort ; l'avenir prouvera que mistress Péréquiel avait raison de trembler et que toute patience humaine a des bornes.

Un jour, l'attorney rencontra lord Harrisson qu'il tenait en haute estime, et inquiet depuis quelque temps de l'attitude de certains gars du pays, il lui fit part de ses craintes.

— Monsieur l'attorney, lui répondit le châtelain qui ne déguisait jamais sa pensée, je comprends parfaitement l'esprit d'irritation qui règne dans la contrée et, si j'ai un conseil à vous donner, c'est de prendre vos administrés par la douceur et non par la dureté. Songez qu'ils sont hommes et qu'ils sont misérables, et traitez-les avec plus d'indulgence. Croyez-moi, vous y gagnerez et tout le pays avec vous.

Et il salua froidement et se retira, laissant l'Anglais peu convaincu.

XVI

OU LA VICOMTESSE DE MILLEREY REVIENT SUR LE TAPIS.

Ce matin-là, en descendant de sa chambre pour le premier déjeuner, Marguerite trouva son père en tête à tête avec son courrier, très perplexe, l'air un peu triste et tourmentant dans ses doigts une lettre écrite sur papier bleu pâle, amplement armoriée et parfumée.

Ce parfum réveilla un monde de souvenirs dans la mémoire de l'enfant.

— Oh ! s'écria-t-elle pendant que son père lui servait du thé, ça sent tante Millerey.

Lord Harrisson sourit avec un peu de contrainte.

— En effet, elle m'écrit. Sais-tu ce qu'elle me demande ?

— De revenir ici ? fit la fillette ahurie.

Lord Harrisson sourit.

— Ah ! non, l'essai qu'elle a fait une fois d'un voyage à Oughterurd n'a pas été heureux.

— C'était au printemps, murmura Marguerite ; peut-être que l'automne... — Oh ! je sais ! s'exclama-t-elle ; je sais, je devine ! Tante de Millerey se remarie !

Pour le coup, lord Harrisson rit de bon cœur :

— Tu as l'imagination prompte, fillette, dit-il. Si tante de Millerey avait voulu se remarier, elle n'aurait pas attendu d'avoir cinquante-six ans pour le faire. Non, ce n'est pas cela.

Elle est revenue de son voyage d'Allemagne et n'en parait pas très satisfaite ; elle se dit malade... Je ne sais quel est le degré de son indisposition... En définitive, tu ne trouves pas ce que ta tante me demande dans sa lettre ?

— Non, je ne devine pas, répondit Marguerite, toute songeuse.

— Elle me demande de t'envoyer à Paris auprès d'elle pour un certain temps.

Le premier mouvement de Marguerite fut de se réjouir : il ferait bon retrouver la vie dorée d'autrefois.

— Ainsi elle est de retour de son grand voyage ? reprit la fillette, cherchant à dissimuler ce sentiment peu filial.

— Oui, depuis un mois, comme je te l'ai dit.

— Et elle n'en est pas satisfaite ? Pourquoi ?

— Parce qu'elle en rapporte, dit-elle, une anémie et une maladie de nerfs.

— Bah ! fit Marguerite, le home et la vie de Paris vont la remettre. Pourquoi ne vient-elle pas nous voir encore, au fait ?

— Je crois que l'existence que nous menons à Oughterurd en hiver lui plairait peu, quoiqu'elle puisse lui être salutaire, répondit le châtelain en souriant.

— C'est vrai, elle s'y est tant ennuyée au printemps !

L'enfant demeurait pensive, trempant machinalement un biscuit dans son thé.

— Eh bien, finit par dire son père en pliant sa serviette et évitant de regarder sa fille, tu ne me dis pas ce que tu penses de cette proposition ?

— Quelle proposition ?

— Celle de ta tante.

— Père, fit la mignonne, troublée et rougissante, c'est à vous de décider...

Un peu de pâleur parut alors sur le front du châtelain.

— Cela dépend ; te plairait-il de retourner en France ?

— Avec vous, papa ?

— Il ne s'agit pas de moi, répliqua lord Harrisson un peu impatienté ; je ne saurais me faire à la vie de serre chaude et de plaisirs mondains qu'on mène chez ta tante ; et puis, nos intérêts communs me retiennent ici.

Marguerite baissa les yeux.

— Je ne voudrais pourtant pas vous quitter, papa, murmura-t-elle.

— Alors, tu refuses ? s'écria le châtelain radieux.

L'enfant hésita.

— Pas positivement... je n'ai pas réfléchi, puisque vous me laissez libre...

Le visage de lord Harrisson se rembrunit.

— En effet, réfléchis bien, ma fille : songe que voici venir l'hiver et que l'hiver n'est pas gai dans nos régions. Allons, je ne répondrai que demain à ta tante ; d'ici là tu aviseras.

Il se tut et un certain malaise sembla peser sur eux. Pendant le reste de la journée, le père et la fille se virent peu et parlèrent à peine.

Marguerite ne dormit guère, la nuit qui suivit cet entretien ; elle flottait cruellement entre ces deux alternatives : quitter son père, le laisser seul à Harrisson-Castle et retourner en France renouer sa vie de plaisirs, ou répondre négativement à la vicomtesse de Millerey et demeurer à Oughterurd. D'instinct, elle sentait que lord Harrisson souffrirait de son absence, lui qui ne vivait que pour elle, qui avait été privé si longtemps des joies de la famille.

Mais la saison s'annonçait rigoureuse, on ne s'amuserait pas beaucoup à Harrisson-Castle...

Ce serait agréable de passer l'hiver, puis le printemps à Paris, dans l'appartement bien chaud et bien gai de la rue Saint-Honoré.

Son père devina sa pensée quand elle lui dit, le lendemain matin :

— Papa, il est bien entendu que si je répondais au désir de ma tante, je ne resterais pas longtemps chez elle ?

— Tu y resteras ce qu'il te plaira de rester.

— Alors, pas plus d'un ou deux mois.

Lord Harrisson retint un sourire.

— Une fois que tu y seras ! commença-t-il.

— Mais papa, je vous saurai seul...

— Et puis, on n'entreprend pas un pareil voyage pour si peu de temps. Ainsi, la traversée ne te fait plus peur ? Rappelle-toi combien tu as été malade en passant la Manche et le canal Saint-Georges.

— Je me suis aguerrie depuis, père ; je suis plus brave qu'autrefois, répondit Marguerite d'un air câlin.

Sans ajouter un mot ni une question, lord Harrisson attira à lui un buvard et se mit à écrire.

Marguerite le regardait faire, son petit corps enfoui dans un vaste fauteuil, ses petits pieds sur les chenêts ; elle devinait que son père annonçait sa prochaine arrivée à la vicomtesse de Millerey, et maintenant que sa décision était prise, elle se sentait malheureuse.

Elle considérait son père et voyait son front, légèrement dégarni vers les tempes, se plisser sous l'effort d'une pensée amère.

— Je suis une égoïste, se dit-elle ; j'accepte avec sang-froid de quitter ce pauvre papa qui va demeurer tout seul ici.

Pour s'excuser elle ajouta :

« Au fond, c'est un peu lui qui m'y pousse. De moi-même, je ne sais pas si je me serais décidée. »

Mais sa conscience lui criait :

« Ton père t'a laissée tout à fait libre, seulement il a lu dans ton âme : or, tu meurs d'envie de te distraire et de revenir à la vie de plaisirs et d'adulations de Paris. »

Soudain elle releva la tête :

— Mais, papa, du moment que vous vous dérangerez pour m'accompagner à Paris, qu'importe que vous restiez un peu, puisqu'il faudra ensuite me ramener ici ? Mon séjour n'en sera que plus court, et ce sera tant mieux.

— Oh ! je ne t'ai donc pas dit ? Je ne te conduirai qu'à Dublin.

— Quoi ! papa, je voyagerai seule ? fit l'enfant, toute saisie.

Lord Harrisson secoua les épaules.

— Que tu es naïve ! est-ce que je t'abandonnerais ainsi ? Non, mais nos amis Phillis quittent Dublin pour la France le mois prochain : je te confierai à eux.

Marguerite esquissa une moue de dépit.

— Je n'aime pas beaucoup les Phillis, murmura-t-elle ; et puis, je les connais si peu !

— Lady Phillis est bonne, mais froide : quant à son mari, c'est un original. Toutefois, je sais qu'ils prendront soin de toi. Enfin, quoique la distance soit grande de Dublin au Havre, avec un bon steamer le voyage est court.

— Et pour le retour, papa ?

— Nous avons le temps de voir cela. Peut-être ta tante se décidera-t-elle à te raccompagner. Sinon, — je pourrai t'envoyer Cramoizo. Ou bien nous trouverons de nouveaux amis à qui te confier.

Marguerite pensa que les choses étaient assez compliquées et que son père agissait sans doute ainsi par économie.

L'après-midi, elle se promena toute seule dans les allées du parc, froissant sous ses petits pieds un tapis de feuilles mortes. Il se dégageait de toute cette mélancolique nature d'automne un parfum doux et triste, un charme tendre qui impressionna la fillette et dont elle ne pouvait se déprendre.

Depuis que la maudite lettre était partie, elle se sentait mécontente, inquiète, attristée ; elle eût voulu maintenant que son père répondît par un refus à l'invitation de Mme de Millerey.

Un vague malaise pesa pendant plusieurs jours sur Harrisson-Castle ; le père avait du chagrin, la fille du remords.

L'un se disait :

— Va-t-on me la reprendre tout à fait, la détacher de moi et en refaire une égoïste comme jadis ?

L'autre pensait :

— C'est curieux comme je ne suis plus contente du tout, depuis que je sais que je vais partir.

Cramoizo ouvrit une grande bouche quand on lui annonça le prochain voyage de sa jeune maîtresse, puis il la referma sans rien dire.

Cependant, quand il s'agit de faire les malles, de réunir le petit trousseau, de serrer les bijoux dans les écrins, Marguerite se secoua un peu ; ces préparatifs l'amusaient et sa coquetterie primitive reparaissait déjà.

Une après-midi que lord Harrisson mettait ses comptes en ordre dans son cabinet, il entendit dans le hall des voix jeunes, puis des exclamations et des bruits de soie froissée mêlés à un pétillement de baisers.

C'étaient les châtelains de Dunbroke qui arrivaient avant que les chemins ne fussent en trop mauvais état.

Ils firent irruption dans le cabinet de lord Harrisson.

— Qu'est-ce que Marguerite nous apprend ? que vous partez ? s'écria Muriel.

— Nous ne nous en doutions nullement, ajouta son frère.

— Non, *nous* ne partons pas, mais *elle* part, répondit l'ex-officier de marine en désignant Marguerite.

— Quoi ! sans vous ? ne put s'empêcher de dire Robert Merreot.

— Tu consens à abandonner ton père ? demanda Muriel à son amie avec plus de brusquerie.

— Ce ne sera pas pour longtemps... Ma tante désire... papa aussi... balbutia Marguerite toute confuse.

On passa la journée à l'aider dans ses préparatifs et l'on se sépara avec moins d'effusion que de coutume.

— Votre père sera bien seul en votre absence, Margaret, dit Robert en lui tendant la main ; comptez sur nous pour lui tenir souvent compagnie et pour le consoler un peu ; les mauvais temps d'hiver ne nous arrêteront pas, croyez-le.

— Ce pauvre lord Harrisson !... murmura Muriel, combien il va être triste et solitaire dans son grand logis qui aura l'air d'un nid d'aigle vide ! Il faudra qu'il vienne passer chez nous les fêtes de Noël.

Marguerite pressa les adieux ; elle se sentait mécontente du blâme tacite de ses amis ; mécontente aussi de sentir qu'ils chercheraient à la remplacer auprès de son père et rempliraient pour elle les devoirs filiaux auxquels elle se dérobait.

Rentrés chez eux, les jeunes Merreot racontèrent à leurs professeurs ce qui se passait à Harrisson-Castle.

— Pour moi, ajouta Muriel avec un peu d'indignation, je ne conçois pas que lord Harrisson ne s'oppose pas au caprice de sa fille.

— Vous ignorez, mes chéris, répondirent Mlle Gordrax et master Thistle, que les parents doivent se sacrifier souvent pour leurs enfants ; lord Harrisson voit peut-être en ceci l'intérêt de Marguerite ; sans doute il ne veut pas qu'elle néglige la famille qui lui reste du côté de sa mère. Puis, il tient à ce que l'enfant prenne un peu de distraction ; Oughterurd ne lui en offre guère.

— Bah ! elle a *nous*, riposta Muriel, ce qui fit rire son frère et les deux maîtres.

XVII

Sur le pont du *Prince of Wales*, steamer qui devait la transporter en Angleterre, et au moment de faire ses adieux à son père, Marguerite faillit renoncer à son voyage. « Si je ne partais pas, tout de même ? » se disait-elle. « C'est incroyable comme cette absence me pèse déjà en perspective ; je n'aurais pas cru cela. »

D'abord, elle sentit que son petit cœur se déchirait, et elle s'aperçut qu'elle aimait son père beaucoup plus qu'elle ne croyait.

— Je n'aurais jamais cru, pensait-elle encore, que je n'aurais pas plus de plaisir à quitter Oughterurd où j'ai si peu de distractions. Voilà, si je partais avec papa, ce serait bien différent ; mais ce pauvre papa ne veut pas quitter Harrisson-Castle.

Ensuite, les Phillis, ses compagnons de route, ne lui plaisaient pas.

Lord Phillis, homme grave et compassé, ne l'avait pour ainsi dire pas regardée ; une petite fille, est-ce que ça pouvait l'intéresser ?

Lady Phillis, tantôt brouillonne, bruyante et affairée, tantôt aussi nonchalante et froide que son mari, lui avait à peine tendu le bout de ses doigts effilés, et l'enfant avait saisi un demi-sourire au coin de ses lèvres minces, tandis qu'elle pleurait en embrassant son père.

Et cependant, quoi de plus naturel que d'avoir du chagrin quand on se sépare des siens ? Quoi de plus naturel aussi de le laisser voir ? Il y

en a bien d'autres qui pleurent en se disant adieu, et pour des sépara-
tions de courte durée.

Enfin, comme lord Harrisson était allé s'occuper des bagages, Marguerite surprit ce colloque entre les deux époux :

— J'espère que la gamine ne sera pas trop gênante, disait milord.

— J'en doute, répliqua milady en secouant ses boucles jaunes sous
son petit chapeau canotier. Son père m'a annoncé qu'elle craint le roulis.

— Ah ! diable ! c'est bien ennuyeux, une enfant qui a le mal de mer ;
j'ai voyagé avec des fauves, toute une ménagerie à bord : j'aime mieux ça.

— Bah ! ce ne sera pas un embarras pour nous : Anna s'occupera
d'elle.

Après avoir entendu cela, Marguerite se sentit plus seule et plus
découragée que jamais ; c'est pourquoi elle eut envie de reculer au dernier moment.

Mais son père l'aurait grondée de se montrer si indécise, et puis
enfin, maintenant que son passage était payé sur le *Prince of Wales*, ses
malles enregistrées, son arrivée annoncée à Paris, elle ne pouvait plus
guère changer d'idée.

Enfin l'ancre est levée et le vaisseau fend les eaux vertes ; l'hélice
mord les flots, les matelots chantent et les passagers reçoivent le vent à
tribord ; là, de nonchalantes voyageuses s'installent sur le pont avec
leurs rocking-chairs, leurs romans et leurs king's charles.

Ici une nourrice promène son bébé : un poupon qui ne pèse pas
vingt livres, mais qui a de bons poumons et hurle comme un possédé.

Les malades, ou ceux qui craignaient de le devenir, descendaient
dans leurs cabines ; le ménage Phillis s'organisa pour prendre les meil-
leures places et fit causer Marguerite pendant quelques minutes ; mais
la pauvre petite n'eut pas de chance dans ses réparties. Elle parla de
sa tante de Millerey, et les Phillis se dirent l'un à l'autre avec un sourire :

— Vous savez, Charly, cette vieille originale que nous avons rencontrée l'an passé à Naples ?

— Je me rappelle, dear. Pas amusante, la pauvre femme !

Marguerite rougit, blessée.

Elle reconnaissait forcément les petits travers de sa tante, mais elle était humiliée de voir les autres les reconnaître aussi et surtout en parler tout haut sur ce ton.

Ensuite, elle dépeignit sa vie en Connaught, lady Phillis l'ayant interrogée sur ce sujet, d'une voix languissante.

L'enfant oublia que ses interlocuteurs s'intéressaient peu à l'Irlande, et elle parla avec enthousiasme de ce pays devenu pour elle comme une seconde patrie.

Mais, voyant bâiller les Phillis, elle se tut, un peu confuse, et prit un livre pour laisser à ses deux compagnons la liberté de lire leurs journaux.

Elle souffrit peu pendant la traversée de la Manche ; mais, arrivée au Havre, elle fut satisfaite de voir terminé ce voyage accompli dans des conditions si désagréables ; il lui tardait d'être à Paris, afin de prendre congé de ces mentors si peu aimables.

Elle se réjouissait de revoir sa tante, de retrouver sa jolie chambrette et tous les objets familiers à son enfance.

A la gare Saint-Lazare, elle fut surprise de ne pas apercevoir la vicomtesse.

Elle reconnut seulement le coupé bleu aux armes des Millerey, dont le cocher la désigna, du bout de son fouet, à une femme de chambre qu'elle n'avait jamais vue.

— C'est vous qui êtes Mademoiselle Harrisson ? demanda à Marguerite cette fille à la toilette prétentieuse, à l'air arrogant.

— Oui, c'est moi. Ma tante est-elle malade, qu'elle n'est pas venue elle-même me chercher ?

— Oh ! malade — imaginaire, peut-être ; en tous cas, Madame ne sort presque plus.

Marguerite retint une exclamation d'étonnement, mais elle s'abstint d'interroger davantage cette soubrette au ton familier.

Elle remercia gentiment les Phillis de leurs soins et de leurs amabilités, tout en se disant que ces soins et ces amabilités ne leur avaient pas
coûté beaucoup de peine, et elle monta dans le coupé avec Léontine, la
femme de chambre.

Une sensation de tristesse l'envahissait peu à peu ; d'abord, Paris
semblait morne sous la pluie qui tombait et sous le ciel effroyablement
gris.

— C'est comme en Irlande pendant l'automne, soupira l'enfant.

Et puis, cette arrivée froide, sans que des bras amis ou protecteurs
se tendissent à elle, sans qu'un baiser ou une parole de bienvenue
réchauffât son cœur, lui paraissait mortellement triste.

L'hôtel semblait inhabité ; aucun mouvement, nul bruit joyeux ne l'ani-
mait ; les appartements qu'elle traversa lui parurent négligés, poussié-
reux.

Elle demanda à embrasser sa tante qu'elle s'étonnait de ne pas voir
accourir à sa rencontre ; on lui répondit que madame la vicomtesse
s'était endormie après un léger déjeuner et qu'elle recommandait toujours qu'on ne l'éveillât pas.

Marguerite se résigna alors à faire sa toilette dans sa chambre solitaire, et elle vida elle-même ses malles, après avoir refusé l'aide de Léontine, dont l'air impertinent l'agaçait et qui, depuis six mois, avait rem-
placé Hélène. Une collation lui fut servie, et ensuite, désœuvrée, fatiguée,
elle attendit, en regardant tomber la pluie, que sa tante la fît demander.

Mᵐᵉ de Millerey ne s'éveilla que vers quatre heures, et Marguerite put
enfin entrer chez elle.

Dès le seuil de la porte, elle fut saisie par une violente et désagréable
odeur d'éther, et elle avança sur la pointe du pied jusqu'auprès du grand
lit où la vicomtesse, noyée dans l'ombre des rideaux et enveloppée de
châles, se souleva à peine pour souhaiter la bienvenue à sa nièce.

— Vous souffrez beaucoup, ma tante ? demanda l'enfant étonnée de
ce luxe de précautions.

— Ah ! si je souffre ! — c'est le martyre perpétuel, et... je n'ai pas voulu l'écrire à ton père, mais je reste persuadée que c'est dans votre affreux Connaught que j'ai attrapé ce mal infernal.

— Qu'est-ce, ma tante ? fit Marguerite un peu froissée de cette confidence. Des névralgies ? Ce n'est pas dangereux si c'est douloureux ; on peut en guérir.

— Difficilement. On voit que tu ne sais pas ce que c'est.

— Oh ! si, j'ai vu Mlle Gordrax affligée de ce mal : elle ne pouvait sortir sans se couvrir de flanelle.

— Elle sortait ?... elle pouvait sortir ? Oh ! alors elle ne souffrait pas la moitié de ce que j'endure ! s'exclama la malade avec véhémence. Je ne puis plus supporter un souffle d'air ; le moindre vent...

— Qui d'aventure fait rider la face de l'eau... pensa assez irrévérencieusement la petite fille que fatiguaient ces descriptions de maladies plus ou moins imaginaires.

— Tu dis ?

— Rien, ma tante, répondit innocemment Marguerite.

— Je disais donc que le moindre vent, le moindre souffle, me cause d'insupportables douleurs, me tord les nerfs, me cloue sur mon lit. Il me faut alors user de remèdes violents, tels que bromure, salycilate, morphine. Tu sais ce que c'est ?

— Non, ma tante, personne n'en use autour de moi, répondit l'enfant en retenant un bâillement.

— Heureux êtes-vous !... soupira la vicomtesse qui retomba pesamment sur ses oreillers.

La malheureuse femme n'était pas aussi malade qu'elle le croyait ; mais, arrivée au déclin de la vie, dégoûtée du monde, sans époux et sans enfants, elle tombait dans ce travers des vieilles gens livrés à l'oisiveté : la préoccupation incessante de sa santé.

Quelques névralgies prises en voyage sur les bords humides du Danube la démoralisèrent totalement et la vieillirent tout à coup.

Peu à peu cependant, émergeant de ses innombrables châles et de son édredon, elle dit à sa nièce :

MISS HARRISSON.   10

— Voyons comme tu es, petite : place-toi en pleine lumière. Oh !
comme tu es changée ! — Ah ! tu te portes bien, toi ; tu as de la chance,
ajouta-t-elle d'un ton d'envie en considérant les joues roses et les membres gracieux et robustes de l'enfant qui s'était beaucoup fortifiée à
Oughterurd.

— Je t'ai fait venir pour me distraire, poursuivit la malade en bâillant;
je m'ennuie et tu me serviras de lectrice ; Léontine ânonne atrocement,
elle ; j'espère que tu as fait des progrès dans la lecture à haute voix ?

— Je pense bien avoir progressé en tout, répondit la fillette avec un
sourire...

— Bien ; à présent laisse-moi seule et dis à Léontine de venir m'habiller.

— Ah ! vous vous levez, ma tante ? Tant mieux !

— J'ai ce courage... pour toi, enfant, sans cela mes forces me trahiraient.

Marguerite se retira en se disant que la vicomtesse ne paraissait pas
bien malade, mais était devenue bien ennuyeuse ; comme la toilette de
sa tante fut longue, elle bâilla pendant une heure, le nez collé à la vitre de
sa chambre, n'osant aller et venir dans cette maison où elle régnait,
jadis, en souveraine, mais dont les serviteurs lui étaient tous inconnus
aujourd'hui, Mᵐᵉ de Millerey ayant renouvelé son personnel depuis son
retour de voyage.

Alors un mortel ennui la gagna en se voyant si froidement accueilli
et se sentant si seule en France, et elle pleura sur cette première déception.

Soudain elle entendit un pas inégal accompagné d'un bruit de béquille,
et bientôt une main maladroite heurta à sa porte.

— Entrez ! fit-elle un peu inquiète, ne sachant à qui elle allait avoir
affaire.

Mais la porte s'ouvrit devant la vieille Mamie qui, plus ratatinée que
jamais, lui tendit ses bras enkylosés.

— Mamie ! s'écria l'enfant. Quoi ! tu es encore ici ? Moi qui n'osais
m'enquérir de tes nouvelles, avec tous ces domestiques inconnus.

Mais je ne t'ai pas oubliée, va, et je suis joliment contente de te revoir !

Ce disant, Marguerite se jetait au cou de la vieille femme et l'embrassait à pleines lèvres.

Mamie était dans le ravissement.

— Comme vous êtes devenue belle et grandette, Miss Harrisson ! reprit-elle... Me permettez-vous de m'asseoir pour vous regarder à mon aise ? mes pauvres jambes sont si faibles !

— Je crois bien ! Tiens, prends ce fauteuil, Mamie, tu seras mieux ; et puis, ne m'appelle pas Miss Harrisson, mais comme tu m'appelais autrefois.

— Ah ! mon agneau du bon Dieu ! s'écria Mamie transportée, vous n'êtes pas seulement devenue belle, mais bonne comme les anges.

— Il me semble que toi tu deviens pas mal flatteuse, Mamie, fit Marguerite en souriant. Autrefois tu me grondais plutôt.

— C'est que... autrefois... autrefois...

— Oui, je sais, dit bravement la fillette, autrefois j'étais une petite égoïste, coquette et paresseuse, et je ne méritais que du blâme.

— Non, corrigea la vieille femme, vous aviez aussi des qualités ; seulement... on ne les voyait pas ; mais j'avais bien prédit, moi, que vous changeriez.

— Comme Cramoizo ; lui aussi se dit prophète, fit Marguerite en riant.

— Qui est Cramoizo ?

— Un ancien matelot de papa, qui est pour nous un vieil ami.

— Parlez-moi de votre papa, de vous, de votre nouveau pays, ma mignonne, voulez-vous ? demanda Mamie.

— Ah ! bien volontiers !

Et Marguerite, oubliant son récent chagrin, narra fidèlement à sa vieille bonne tout ce qui lui était arrivé depuis qu'elle avait quitté la France.

XVIII

— Est-ce que nous ne nous promènerons pas, ma tante ? demandait Marguerite Harrisson à la vicomtesse, huit jours après son arrivée à Paris.

— Non, ce temps gris m'attriste et me fatigue.

— Même en voiture, ma tante ?

— Certainement, même en voiture ; je suis bien mieux au coin de mon feu.

Un soupir léger s'exhala de la poitrine de l'enfant, mais elle ne protesta pas.

— Au fait, reprit soudain la vicomtesse en regardant sa nièce, tu prêches peut-être pour ton saint et tu as raison. Je ne puis t'imposer la réclusion que je suis forcée d'adopter ; et puis, tu es accoutumée à la campagne, toi, tu as besoin de respirer l'air.

— C'est vrai, ne put s'empêcher de répondre Marguerite.

— Alors, va t'habiller et tu sortiras.

— Avec qui ? demanda la fillette inquiète.

— Avec Léontine, naturellement. Cela ne te convient pas ? Tant pis, mon enfant, je ne puis te choisir une institutrice dans l'état où je suis.

— Ma tante, je ne demande pas cela, croyez-le, et je cours changer de robe.

Un instant après, elle reparut habillée de pied en cap ; Mme de Millerey mit son lorgnon et l'examina d'un œil scrutateur.

Elle critiqua la garniture du chapeau, la forme de la robe et celle des
chaussures, trouvant tout démodé et mal fait.

Etonnée, Marguerite se regarda dans la glace et ne se trouva cependant
pas trop mauvaise tournure.

Elle dit adieu à sa tante et, une fois dehors, respira l'air avec délice.

Habituée en effet à l'atmosphère saine et pure de la campagne, la pauvre petite souffrait, depuis son arrivée à Paris, du manque d'air et
d'exercice.

Enfermée soit dans le boudoir de la vicomtesse, dans une température de serre chaude agrémentée d'éther ou de parfums violents, soit
dans sa propre chambre dont les tapis et les tentures retenaient la
chaleur sèche du calorifère, elle commençait à pâlir et à souffrir de
malaises, d'étourdissements, de maux de tête.

Aussi se sentait-elle toute contente ce jour-là de pouvoir marcher d'un
bon pas sur les trottoirs et dans la bise qui fouette le visage.

Mais à peine avait-elle franchi dix mètres hors de l'hôtel, que Léontine lui dit :

— Mademoiselle désire sans doute un sapin ?

— Un ? — fit Marguerite, croyant avoir mal entendu.

— Une voiture, puisque Madame la vicomtesse n'a pas donné d'ordres au cocher.

— Mais, au contraire, je veux marcher.

— Par ce temps froid ?

— Justement, l'exercice est salutaire. Je vais aux Champs-Elysées, où
je compte rencontrer quelques-unes de mes amies d'autrefois.

— Mais nous n'en reviendrons pas à pied ?

— Pourquoi pas, Léontine ?

— Ah ! c'est que je ne suis pas marcheuse, je ne suis pas campa-
gnarde comme Mademoiselle, répondit Léontine d'un petit ton impertinent.

— Soit, mais la marche m'est recommandée ; il faut bien que vous m'accompagniez.

— Mademoiselle ne sait pas combien le service est pénible auprès de Madame la vicomtesse, dit la femme de chambre d'une voix plaintive ; Madame est si exigeante !

— Soit ; nous reviendrons en omnibus, répliqua la fillette qui avait bon cœur.

Puis, elle coupa court à ces jérémiades et marcha d'un pas alerte vers les Champs-Elysées, en dépit des soupirs de Léontine.

Elle ne retrouva que deux ou trois de ses petites amies d'autrefois ; les autres avaient déserté ce jardin pour le Bois de Boulogne ou quitté Paris avec leurs parents.

Or, ces demoiselles, tout en faisant bon accueil à leur ancienne compagne, se montrèrent *poseuses*, coquettes, bavardes, et Marguerite s'étonna de ne plus ressentir pour elles aucune sympathie.

« Voilà pourtant ce que j'étais jadis, ce que j'aurais pu devenir plus encore ! » pensait-elle, rendant grâces intérieurement à son père qui l'élevait d'une manière si différente.

Alors elle se rappela Cécile Joubert, cette sœur aînée d'une nombreuse famille, qu'elle n'appréciait guère autrefois, parce que Cécile était mise simplement et que ses parents ne donnaient jamais de fêtes.

Elle s'enquit aussitôt d'elle.

— Cécile Joubert ? dit l'une des fillettes habituées des Champs-Elysées ; elle n'est plus des nôtres depuis longtemps.

— Où est-elle ? A l'étranger, comme moi ?

— Au couvent, ma chère, fit dédaigneusement Mlle Alice Jocondy. — Tu conçois, dans les familles nombreuses on a besoin de faire des économies ; je crois même que ses parents vivent à la campagne, en Seine-et-Marne, avec les plus petits de la bande.

— Sais-tu dans quelle pension est Cécile ? demanda Marguerite J'aimerais à la revoir.

— Au Sacré-Cœur de la rue de Varenne, je crois. Je ne te savais pas tant de tendresse pour cette pauvre fille, souvent trop raisonnable et par conséquent ennuyeuse.

— J'ai gardé un bon souvenir d'elle, murmura Marguerite en prenant congé de ses amies.

Elle n'éprouva plus le désir de fréquenter ces dernières aussi souvent que par le passé; et lorsque, huit jours plus tard, la vicomtesse, se sentant mieux, proposa à sa nièce de donner une petite fête à l'occasion de son retour en France, l'enfant répondit en hésitant:

— Vous êtes bien bonne, ma tante, de penser à me distraire ; mais d'abord, il ne faut pas que ce soit pour vous une fatigue, ensuite...

— Ensuite ? dit Mme de Millerey, voyant qu'elle n'osait achever. Parle, petite ; si tu préfères avoir un autre plaisir, ne te gêne pas pour le demander.

— Eh bien, tante, beaucoup de mes amies sont dispersées ; celles qui me restent ici n'ont plus les mêmes goûts que moi... tandis que Cécile Joubert, que je n'ai vue l'autre jour qu'un tout petit moment au parloir du couvent, me plaît beaucoup. Est-ce que vous me permettriez de l'inviter à passer ici quarante-huit heures ? Elle va avoir un petit congé pour lequel ses parents ne peuvent la faire venir en Seine-et-Marne.

— Comme tu voudras, ma fille. Moi, j'aime autant cet arrangement qui me donnera moins de peine.....Je te laisse carte blanche pour amuser et promener ton amie ; tu peux même commander les repas à la cuisine et choisir les mets que préfère Cécile.

— Comme vous êtes bonne, ma tante ! s'écria l'enfant, ravie, en embrassant la vicomtesse. Je vais vite écrire à Cécile et elle sera bien contente.

Lorsque, quelques jours plus tard, les deux amies se trouvèrent dans la chambrette de Marguerite, la pensionnaire dit naïvement :

— Je n'aurais jamais cru éprouver pour toi tant d'amitié ; autrefois, il me semble me rappeler que je ne t'attirais pas beaucoup.

— Autrefois je n'étais qu'une petite sotte qui ne s'attachait qu'aux biens extérieurs ; aujourd'hui je te comprends mieux ; et puis, je te plains d'être au couvent : moi, je ne pourrais pas m'y accoutumer.

— Je le croyais comme toi avant d'y entrer, mais j'ai changé d'avis : j'y ai de bonnes maitresses et de gentilles compagnes ; et puis, deux de mes sœurs y sont également internées, c'est une consolation. Ah ! tu comprends, nous sommes beaucoup d'enfants à la maison, et mes parents ne sont pas riches.

— Pauvre Cécile !

— Je ne suis pas à plaindre, dit la fillette en souriant, car je me plais à la pension et je suis heureuse d'avoir tant de frères et de sœurs.

— Moi, j'ai des amis à Oùghterurd, reprit Marguerite, mais je donnerais beaucoup pour avoir une petite sœur ou un petit frère à dorloter et à chérir.

Au temps où je n'étais qu'une égoïste, je ne le souhaitais guère ; aujourd'hui je souffre un peu d'être seule.

— Tu es charmante, va, et l'on t'aime bien telle que tu es, dit Cécile en l'embrassant. Je ne te connaissais pas ce cœur d'or, car enfin c'est bien gentil à toi de me faire sortir pour ces courtes vacances où je ne peux aller chez nous.

— Te rappelles-tu comme j'étais peu aimable pour toi, il y a deux ou trois ans? Je te trouvais trop sage.

— Et pas assez élégante, n'est-ce pas, chérie? fit Cécile en éclatant de rire. Bah! n'y pensons plus ; on a de si drôles d'idées quand on est petite fille.

Les deux amies passèrent des heures fort agréables à babiller et à jouer; Marguerite eut soin de promener sa compagne et de lui offrir des goûters exquis ; puis, les enfants montèrent dans la chambre de la vieille Mamie, qui leur raconta de jolies histoires d'autrefois.

En ramenant son amie rue de Varenne, Marguerite eut l'aimable attention de l'approvisionner de bonbons et de fleurs ; sa tante avait garni sa petite bourse, il est vrai, mais on voit que la fillette égoïste que nous avons connue au début de cette histoire, avait fait place à une enfant pleine de cœur et de gentilles idées.

Une ou deux fois, Mme de Millerey, dont la santé paraissait s'améliorer un peu, conduisit sa nièce à de jolies fêtes parisiennes, de celles dont la mignonne raffolait autrefois ; mais Marguerite n'y trouva plus le même charme ; elle s'y amusa et y dansa de bon cœur, mais sans fougue, sans emportement ; ses anciennes amies lui parurent vaines et nulles, et elle ne causa intimement avec aucune d'elles comme elle le faisait avec Cécile Joubert.

Puis, le calme revint avec les névralgies de Mme de Millerey ; la bonne dame ne trouvait pas une grande distraction dans la société de sa nièce ; de quoi pouvait-elle parler, en effet, avec une fillette qui ne va pas encore dans le monde, qui passera encore plusieurs années avant d'y faire son entrée ?

Il est tant de questions intéressantes, de sujets mondains et amusants, desquels on ne peut traiter avec une enfant !

De son côté, Marguerite écoutait d'une oreille distraite les plaintes de la vicomtesse sur sa triste vie, ses maux successifs, et sur son désespoir de ne pouvoir mettre la main sur des domestiques à son gré.

Enfin, au bout d'un mois qui lui parut un siècle, Marguerite écrivit à son père cette lettre plus sincère que les précédentes :

« MON CHER PAPA,

« Jusqu'à présent je vous ai dit que j'étais assez satisfaite de mon séjour à Paris ; mais, voyez-vous, je mentais un peu, ou plutôt j'essayais de me tromper moi-même.

« Je vous supplie de venir me chercher, car je me meurs d'ennui chez tante de Millerey.

« Non, papa, vous n'avez pas idée comme elle est devenue ennuyeuse, la pauvre tante !... Je ne le dirais pas à d'autres qu'à vous, mais elle n'est plus la même qu'autrefois... ou bien, moi, j'ai aussi terriblement changé.

« Non seulement on ne s'amuse plus du tout ici, mais je ne sors qu'en voiture très fermée avec ma tante, ou bien avec Léontine, une femme de chambre nouvelle, encore plus pimbêche qu'Hélène.

« Je vous supplie de venir me chercher, car je n'y tiens plus, mon cher papa.

« Oh ! je le mérite bien, allez, car j'ai été une petite sotte, une ingrate, une égoïste en consentant à vous quitter.

« Maintenant je n'aspire plus qu'à vous embrasser, à revoir Harrisson-Castle, Cramoizo et tous nos amis, sans oublier les chiens.

« En vous attendant avec une impatience folle, je vous embrasse de tout mon cœur.

« MARGUERITE. »

Quand lord Harrisson ouvrit cette lettre, il était dans sa grande chambre, un peu austère comme celle d'un ancien marin, et garnie seulement de divans, d'un hamac, d'une mince couchette, de panoplies et d'armes de tous les pays.

Triste, silencieux, assis devant un feu à demi éteint, il regardait de loin la lourde et muette tombée de la neige.

« Ah ! ah ! murmura-t-il, l'enfant n'est pas heureuse là-bas ? Je ne devrais pas m'en réjouir, mais c'est une petite leçon pour elle, et toute leçon lui est bonne.

« Eh ! mon Dieu, elle me reviendra plus aimante et plus joyeuse. Seulement, je ne puis décemment pas l'enlever si vite à sa tante. La pauvre femme aurait le droit de m'en vouloir, et ce serait faire un trop court séjour à Paris pour un si long voyage. »

Il lutta toute la journée avec lui-même, le pauvre lord Harrisson, tant il avait envie de courir chercher sa fille, de la serrer dans ses bras et de l'enlever comme un voleur pour la ramener à Harrisson-Castle et l'y garder toujours; mais il sut maîtriser son désir, et il lui répondit qu'elle devait prendre patience encore un peu, car il ne pouvait partir en ce moment.

Marguerite en ressentit du chagrin, mais elle dissimula ce déboire à sa tante, on le devine ; seulement elle alla pleurer auprès de Mamie, qui eut quelque peine à la consoler.

XIX

Afin de tuer le temps qui lui semblait bien long, Marguerite lisait tant qu'elle pouvait ; elle avait pris goût à la lecture, et sa tante l'avait abonnée au *Journal de la jeunesse*, qui était en rapport avec son âge et qui l'amusait et l'intéressait tout ensemble.

Or, un jour qu'elle achevait le récit d'une *nouvelle* captivante à Mᵐᵉ de Millerey couchée sur sa chaise-longue, la porte du boudoir s'ouvrit tout à coup, et le valet de chambre dit, en contenant une folle envie de rire :

— Il y a au vestibule une espèce de femme de couleur, en madras, qui insiste pour parler à Madame la vicomtesse ; elle porte un enfant qu'elle prétend être le neveu de Madame.

— De moi ? fit Mᵐᵉ de Millerey en se soulevant à demi sur sa chaise ; qu'est-ce que cette histoire, Auguste ? ajouta-t-elle d'un air mécontent.

— Je ne sais pas, Madame, je répète ce que dit cette femme. — Ah ! j'oubliais : elle prétend aussi que Madame la vicomtesse a reçu une lettre qui annonce l'arrivée du petit. — Elle est difficile à comprendre, la moricaude, avec son langage zézayant, grommela Auguste entre ses dents.

La vicomtesse, fatiguée, retomba sur ses coussins.

— Va donc voir ce que c'est, Marguerite, dit-elle à l'enfant, qui ne se fit pas répéter l'ordre et bondit sur ses petits pieds, curieuse de savoir le fin mot de l'affaire.

A l'antichambre, elle aperçut une grande femme au teint olivâtre,

aux cheveux emprisonnés sous un mouchoir de couleur, avec des pen-
deloques de cuivre aux oreilles, des dents très blanches et un bon sourire qui prévenait en sa faveur.

Elle portait un amour de bébé de deux ans environ; brun de cheveux
et même de peau, aux traits harmonieux, aux lèvres rouges, aux splen-
dides yeux noirs largement fendus qui se fixèrent sur Marguerite avec
la hardiesse adorablement candide des petits enfants.

Marguerite le vit et oublia sa mission. — Oh ! qu'il est joli ! qu'il est
joli ! s'écria-t-elle en embrassant le petit garçon. A qui est-il ?

— Li être à personne maintenant; li avoir tante Millerey, oui, Millerey,
et li venir avec Mika.

— Qui est Mika ?

— Io (moi), fit la femme en montrant ses dents d'émail dans un large
sourire.

Elle parlait un mélange de français, d'espagnol et de nègre, assez
peu compréhensible.

— Et le bébé s'appelle ?

— Yanid Dorado y Castello y Plantos y...

— Tant de noms que cela ? dit la fillette en ouvrant de grands yeux.
J'aime mieux Yanid tout court. D'où venez-vous ainsi ?

— Grand bateau et puis grande voiture.

— Oui, mais, — de quel pays ?

— Mexique, Mexico.

— Je ne m'étonne plus que le mioche ait une pareille paire d'yeux
noirs, murmura Auguste, qui écoutait le colloque sans se gêner.

— Et que venez-vous faire ici ? reprit la petite Harrisson.

— Rester avec le niño chez bonne dame Millerey.

Marguerite n'y comprenait rien ; aussi, réprimant sa gaité débordante,
prit-elle le parti d'introduire Mika et son nourrisson dans le boudoir de
sa tante, au risque de mécontenter celle-ci.

— Mon Dieu ! qu'est-ce que cette armée de sauvages ?... s'écria la
malade avec un air de détresse comique.

Mika la sauvagesse s'assit cependant fort à son aise, et, avant d'expliquer le motif de sa visite, déboutonna son corsage et se mit à

A l'antichambre, elle aperçut une grande femme au teint olivâtre (page 155).

allaiter tranquillement le bébé qui réclamait sa pitance accoutumée.

On sait que dans les pays chauds on sèvre les enfants fort tard.

Outrée, Mme de Millerey s'agitait nerveusement sur sa chaise-longue ; Marguerite riait aux larmes.

— A-t-on idée d'une pareille outrecuidance ? murmurait la pauvre vicomtesse en portant à ses narines un flacon de sels anglais ; ces gens-là se croient chez eux, en vérité.

— Ma tante, il s'ap... il s'appelle Yanid, et elle... elle Mika, essayait de dire la fillette entre deux cascades de rire.

Quand la femme au madras vit son nourrisson bien attablé et occupé à boire, elle se carra sur sa chaise et débita tout d'une haleine :

— Voilà : li être Yanid, Io être Mika. Père et mère de li être morts de fièvre à Mexico.

Bon maître dire à Mika avant expirer : « Mika prendre le *niño* et li argent et aller France sur grand bateau. A Paris Mika trouvera bonne dame Millerey, et bonne dame Millerey garder le niño toujours, le niño être son neveu. »

— J'avais bien un cousin germain au Mexique, autrefois, murmura la vicomtesse, mais il ne s'appelait pas Yanid ; c'était un Espagnol.

— Yanid être nom du *niño*, interrompit Mika qui ne perdait pas plante facilement ; mais bon maître s'appeler Dorado y Castello y Plantos y san Lucas.

— Dorado ! c'est cela ! Moi, je me contente de dire Dorado, c'est suffisant. Eh ! quoi ! voilà son fils, mon neveu à la mode de Bretagne ?... Et ce pauvre cousin me l'envoie comme cela, sans dire gare ?

— Li n'avoir pas dit : « Gare ! » reprit la Mexicaine, prenant cette phrase au pied de la lettre, mais li avoir écrit à bonne dame Millerey.

Elle ajouta avec humilité :

« Mika pas savoir écrire, li *niño* non plus. »

— Ah ! je crois bien ! s'écria Marguerite, qui s'amusait franchement.

La vicomtesse ne riait pas, elle ; même, elle paraissait fort ennuyée.

— Je n'ai jamais reçu cette lettre, dit-elle d'un ton maussade.

— Li être perdue en route, répondit Mika sans s'émouvoir. Mais rien n'y fait, puisque petit Yanid bien arrivé chez tante avec Mika.

— Ainsi vous vous figurez que je vais vous garder tous les deux ici, chez moi ?

— Oh ! oui, ma tante, supplia Marguerite, qui reçut un regard courroucé pour réponse.

— Si, si, chez li bonne dame. Ici être plus joli que sur bateau, dit la mulâtresse en jetant un coup d'œil d'admiration autour d'elle.

— On n'a pas idée d'une naïveté pareille... murmura la vicomtesse.

Il y eut un instant de silence, pendant lequel Mika, fouillant dans ses vastes poches, en retira un portefeuille qu'elle tendit fièrement à la maîtresse de céans.

Ce portefeuille contenait les papiers du petit Yanid ; Mᵐᵉ de Millerey y vit ainsi la preuve qu'on ne la trompait pas et que le bébé aux yeux de velours noir était bien son neveu, un orphelin qui n'avait plus qu'elle au monde.

— Mon Dieu, mon Dieu ! quel ennui ! soupirait-elle, navrée ; comme si, dans l'état où je suis, je peux me charger d'un bambin, bruyant sans doute et capricieux... ces petits créoles sont toujours si mal élevés !

— Oh ! fit Mika avec orgueil, li avoir bonne poitrine. Li crier toute la journée à tue-tête.

La perspective redoubla la désolation de la vicomtesse, qui se promit d'envoyer au plus tôt l'enfant et la nourrice à la campagne.

Et voilà que, tandis qu'elle dressait ses plans, la mulâtresse tira d'une seconde vaste poche une miche de pain dans laquelle elle se mit à mordre à belles dents.

— Ici ? dans mon boudoir ? fit Mᵐᵉ de Millerey suffoquée de ce sans-gêne.

— Mika avoir faim. Mika devoir manger souvent pour nourrir le niño, dit la nourrice en continuant son repas avec sérénité.

— Marguerite, emmène-la et fais-la déjeuner confortablement à l'office, ordonna la vicomtesse. Et puis, tu m'enverras Mamie, avec laquelle je veux conférer de cet événement qui trouble ma vie.

La dolente mondaine, en général très autoritaire, ne craignait pas de demander parfois l'avis de sa vieille servante : elle savait que Mamie était de bon conseil.

Quand Marguerite eut installé à l'office Mika et Yanid, elle grimpa, aussi leste qu'un jeune chat, à la chambre de Mamie, qu'elle mit en deux mots au courant de la situation.

— Tâche de souffler à ma tante de garder ici cet amour de bébé : je serai sa grande sœur et je l'aimerai tant !

— Vous oubliez, ma mignonne, que vous n'êtes pas ici pour toujours; que peut-être même vous retournerez bientôt en Irlande.

— Je sais, je sais, Mamie, mais va, j'ai mon idée... Obtiens d'abord de ma tante qu'elle garde Yanid et Mika jusqu'à ce que papa vienne me chercher. Après, nous verrons.

— Que ne le lui demandez-vous vous-même, mon bijou ? Au fond, votre tante cherche toujours à vous faire plaisir, et elle est très bonne.

— Oh ! je ne me gênerai pas pour la supplier, va, Mamie. Le malheur, c'est que cette Mika a eu soin de nous prévenir que le bébé criait souvent et très fort.

— Enfin, nous nous arrangerons pour que Madame ne l'entende pas, conclut Mamie qui alla frapper chez sa maitresse.

Hâtons-nous de dire que la vicomtesse, qui éprouvait toujours le besoin de se plaindre, avait en réalité un cœur excellent sous une apparence frivole, et le pauvre petit orphelin lui faisait grand'pitié.

Aussi Mamie et Marguerite n'eurent-elles pas trop de peine à l'amener à leurs fins : Mika et Yanid achèveraient l'hiver à Paris ; au printemps, Mme de Millerey ne savait encore où elle dirigerait ses pas, mais elle installerait les deux exilés à la campagne et en bon air.

Or, le carnaval était clos, et si l'été se montrait précoce cette année-là, ils ne seraient pas longtemps encombrants.

La joie de Marguerite Harrisson fut donc grande et elle passa la majeure partie de ses journées à jouer avec le petit Yanid ou à apaiser ses petites colères d'enfant gâté.

Le bébé, d'ailleurs, se prenait de passion très vive pour la blondine, avec laquelle il formait un singulier contraste.

Il devenait même un fameux tyran, car il la voulait constamment auprès de lui et ne s'endormait que si elle consentait à chanter une chanson près de son petit lit. .

Les berceuses gutturales de Mika pouvaient l'amuser, mais depuis longtemps il était blasé sur ce plaisir-là, et les couplets de Marguerite l'endormaient beaucoup mieux.

Aussi, avec une complaisance qu'on n'eût jamais attendue d'elle autrefois, la fillette entamait-elle d'interminables chansons, les recommençant avec une patience inaltérable, si elles n'avaient pas produit l'effet désiré.

Elle était très fière aussi quand elle sortait avec Yanid et qu'on prenait celui-ci pour son petit frère.

— Seulement, faisaient observer quelques-uns, ils ne se ressemblent pas du tout : elle est blanche comme une petite Anglaise et lui brun comme un petit Arabe ; mais ils sont charmants tous les deux.

Elle-même s'amusait parfois à se figurer qu'elle était une grande sœur aînée très raisonnable et capable d'élever ce petit démon aux lèvres roses.

— Hélas ! se disait-elle souvent dans un gros soupir, que deviendra-t-il, le pauvre chéri, quand je repartirai pour le Connaught ? Il souffrira de mon absence et il me manquera énormément.

Oh ! si papa consentait à s'en charger, ma tante le lui laisserait peut-être volontiers ; ainsi Yanid deviendrait tout à fait mon petit frère, et je serais si contente de le faire connaître à mes amis, Robert et Muriel Merreot !... Et Cramoizo ?... Je suis sûre que Cramoizo le gâterait beaucoup.

Elle ignorait, la pauvre mignonne, que le cher bébé ne possédait presqu'aucune fortune et que si la vicomtesse, qui était riche, pouvait l'élever sans en être gênée, lord Harrisson n'était pas dans le même cas.

Mais l'enfance ne raisonne pas ainsi ; fort heureusement les soucis matériels lui sont légers.

Mika se faisait doucement sa place au milieu du personnel de la maison Millerey : elle amusait les domestiques par ses réflexions naïves et son langage incorrect ; puis elle s'était prise de vive amitié pour Mamie, qui le lui rendait bien et qui la *civilisait* peu à peu.

« Li être vieille et pas belle, mais li avoir cœur en or », disait Mika avec sa franchise un peu crue.

Par bonheur, la mulâtresse n'était jalouse ni de Mamie ni de Marguerite Harrisson, qui lui disputaient son cher nourrisson.

XX

LES COMPAGNONS DE LA CHAINE D'ACIER.

Liberté ! liberté
Pour notre Irlande !
L'ennemi détesté
Fuira dans la lande.
Mort aux oppresseurs !
Défendons nos mères
Et nos sœurs !
Nos fermes prospères
Reverront les beaux jours
Pour toujours.

Ces chants patriotiques s'élevaient, assourdis cependant par la muraille d'une sorte de caverne isolée dans la campagne et où se tenaient les réunions des « compagnons de la Chaine d'Acier. »

Ces compagnons étaient les patriotes irlandais qui, las du joug anglais, formaient en chaque district un groupe dangereux pour la sécurité du maitre.

Ceux d'Oughterurd et de Dunbroke n'étaient pas les moins chauds partisans de la liberté.

Mais cette liberté, cet espoir de la délivrance n'est, hélas ! qu'une utopie, car l'Anglais, qui pèse de tout son poids sur l'île vaincue, a trop de puissance, de richesse et de force aujourd'hui pour se voir chassé de sa conquête.

Toutefois, les jeunes surtout, plus ardents, fidèles à l'association dont

notre ami Duncan était un membre zélé, ne manquaient jamais de se-
réunir deux fois par semaine à la caverne de Snapp, pour y tenir conseil et parler du sujet cher à leur cœur : la délivrance du pays.

Ces réunions n'avaient pas lieu à jours fixes, afin de ne pas donner
l'éveil à la police ; et pourtant, maintes fois déjà ils avaient été pour-
suivis et traqués et n'avaient pu s'enfuir qu'à grand'peine.

Déjà, depuis que l'attorney Péréquiel se faisait haïr plus encore de ses
administrés, deux émeutes avaient eu lieu.

Dans l'une, les mutins avaient brisé les fenêtres de leur ennemi, à la
grande frayeur de mistress Péréquiel ; dans l'autre, ils s'étaient conten-
tés de parcourir les bourgs et la campagne en chantant des chants séditieux.

Disposant de forces minimes, vu le peu d'importance de son district,
l'attorney n'avait pu sévir comme il l'aurait voulu ; sa femme et sa fille
ne dormaient plus tranquilles et elles tremblaient dès que Péréquiel mettait le pied dehors, tant elles le savaient détesté et honni du peuple irlandais.

Du reste, presque tous les Anglais disséminés dans le pays ne s'y sentaient plus en sûreté devant la sourde rumeur qui courait dans les chaumières et les campagnes.

L'un d'eux, même, homme dur au pauvre monde presque autant que
l'attorney, vit, une belle nuit, sa demeure en proie aux flammes, sans
qu'on pût comprendre comment l'incendie s'était allumé.

Bien entendu, le méfait fut mis sur le compte des patriotes irlandais,
et l'on n'avait peut-être pas tort.

La victime se plaignit beaucoup, demanda vengeance, mais vainement, puisqu'on ignorait l'auteur du désastre et que les révoltés échap-
paient toujours à la police.

Jusqu'à présent le secret de leurs réunions demeurait inconnu, ou plutôt, si l'on s'en doutait, du moins ignorait-on le lieu où ils s'assemblaient.

Le jour où nous les retrouvons tous, compagnons de la Chaine d'Acier, ainsi nommés parce que l'insigne de la Société était une chaînette de métal pendant sur leur poitrine et retenant une sorte de médaille grossière sur laquelle étaient inscrites des paroles patriotiques, on chantait donc l'hymme de la liberté plus fort que de coutume, à la vive joie d'un policeman nouvellement arrivé à Oughterurd et plus zélé ou plus intelligent que ses confrères, qui, couché dans les broussailles non loin d'un soupirail, ne perdait pas un mot de l'intéressante conversation qui se tenait au-dessous de lui.

Quand le refrain fut chanté en chœur, une voix jeune et fraîche s'éleva, celle de Dunstan, et continua seule :

> C'est la misère,
> La peine amère
> Pour l'Irlandais ;
> Et pour l'Anglais
> C'est la richesse
> Et l'allégresse.
> Amis, cela peut-il durer ?
> Nous laisserons-nous torturer ?
> Non non, mort au barbare,
> Au rapace, à l'avare !
> Liberté ! liberté !
> Mort à l'Anglais détesté !

L'accent était mélancolique au début, vibrant et chaud à la fin, et tous répétèrent à l'unisson :

> Liberté ! liberté !
> Mort à l'Anglais détesté !

Le doyen des compagnons fit un discours ; les Anglais les plus méchants qui méritaient une punition furent cités, et, l'heure avançant, on se sépara en ayant soin de s'en aller deux par deux et dans différentes directions, afin de ne pas donner l'éveil à la police.

Hélas ! nul ne se doutait que cet éveil était donné désormais et qu'un agent, couché là tout près, avait fait son profit de ce qu'il venait d'entendre.

S'il n'avait soufflé mot, c'est que, seul contre une quarantaine d'hommes, il ne pouvait agir.

Seulement, en abandonnant la caverne Snapp, la plupart des compagnons de la Chaîne d'Acier croisèrent en route lord Harrisson qui, parcourant la campagne à pied et armé d'un fouet de chasse, cherchait un de ses chiens égaré.

— Il nous espionne ! il a découvert notre retraite ! s'écria l'un des Irlandais.

— C'est un Anglais ! je le reconnais ! s'exclama Dunstan dont les yeux étincelèrent de rancune ; c'est lord Harrisson, c'est celui qui m'a cravaché un jour sur la route d'Oughterurd ! — Vengeons-nous, ou bien il nous trahira.

— Non, dit un autre, lord Harrisson n'espionne personne, j'en suis certain. Au contraire, quoique Anglais, il aime et soutient les Irlandais, et je connais maintes familles pauvres qu'il a sauvées de la misère et du désespoir.

— N'empêche qu'il m'a humilié et frappé, insista Duncan; et le jour où je pourrai le lui rendre, je n'y manquerai pas.

Des regards méfiants et furieux tombèrent à l'envi sur le châtelain qui continuait à chercher innocemment son chien, sans se douter de l'orage qui grondait sur sa tête.

Le malheur voulut que le policeman zélé prît note du prochain rendez-vous, ayant tout entendu, et lorsque, le samedi suivant, les complices se réunirent de nouveau à la caverne de Snapp, ils n'eurent pas le loisir de discourir ni de chanter longtemps : bientôt un bruit de crosses de fusils, un cliquetis d'armes et le cri : « Rendez-vous à la loi ! » retentirent au-dessus de leurs têtes.

— Non, non, ne nous rendons pas ! s'écrièrent les compagnons de la Chaîne d'Acier avec une énergie magnifique. Mourons plutôt, mais ne nous rendons pas.

— Bouchons les issues ! dit l'un d'eux. Bouchons toutes les issues !

On courut aux ouvertures, où l'on roula de grosses pierres.

Vu la disposition du lieu, les agents de police et les soldats qui s'étaient joints à eux pour leur prêter main-forte, ne pouvaient y péne-

trer; mais la patience ne leur faisait pas défaut : ils s'assirent tranquillement autour de la caverne et se mirent à deviser et à plaisanter, tout
en gardant l'œil sur les rebelles.

— Quand ils étoufferont là-dessous, ils demanderont grâce, dit le
chef de la troupe.

Etouffer ?... C'était vrai, et les malheureux n'avaient pas songé à l'as-
phyxie en obstruant les issues.

Déjà quelques-uns d'entre eux pâlissaient ; l'air raréfié leur semblait
pesant.

Ils comprirent que c'était folie que de vouloir persister dans leur
mutinerie.

— Et pourtant, disaient les plus obstinés, nous remettre entre les
mains des policemen, c'est trop dur. D'abord nous serons châtiés trop
cruellement, nous pouvons nous y attendre, et ensuite c'est donner
barre sur nous à l'ennemi.

— Eh bien, proposa l'un d'eux, essayons de fuir par toutes les
issues ; nos poursuivants ne sont guère plus nombreux que nous...

— Oui, mais ils sont armés et nous ne le sommes pas, fit observer un
autre.

— Jouons le tout pour le tout ; bien sûr, on ne nous prendra pas tous,
et tant mieux pour ceux qui en réchapperont.

Il y eut un silence ; cette idée, assez bonne au fond, mûrissait dans
les esprits.

— C'est convenu ! dirent-ils ensuite à l'unanimité.

— Ceux qui auront la chance de se sauver porteront aux frères et
amis qui ne sont pas venus aujourd'hui la nouvelle de ce qui est
arrivé.

— Moi, dit un beau gars d'un trentaine d'années, si je suis pincé, je
recommande mes petits enfants aux camarades qui auront plus de
bonheur que moi.

— On leur donnera du pain, va, sois tranquille, répondit l'aubergiste
de Dunbroke, qui était un des fervents adeptes de la Chaîne d'Acier.

— Moi, je laisse derrière moi ma vieille mère, murmura la voix mélancolique de Dunstan.

— Moi, ma femme qui a un baby au sein, soupira un autre.

— Moi, mon père qui est infirme.

— Moi, deux petites sœurs.

— C'est bien ! c'est bien, cria le doyen, qui voyait l'attendrissement gagner ses compagnons peu à peu. Puisqu'on vous dit que ceux qui en réchapperont prendront soin des autres !... Et puis, je propose une chose.

— Laquelle ?

— Il va faire nuit bientôt ; si nous avons le courage d'attendre encore un peu, nous aurons l'obscurité pour favoriser notre fuite.

— C'est vrai. Attendons.

— Mais d'ici là nous pouvons être asphyxiés.

— Nous écarterons un peu ces grosses pierres, et l'air qui nous arrivera par la fissure suffira peut-être à prolonger nos vies.

— Soit ! A la besogne !

Ainsi fut fait, et de toutes les poitrines soulagées partit un soupir d'allègement.

Cependant la situation demeurait la même, puisque les assiégeants restaient là, certains de remporter la victoire ; mais le parti des rebelles était pris : ils tenteraient de se frayer un passage à coups de poings, et tous ne pouvaient pas succomber, surtout si l'ombre de la nuit protégeait leur entreprise.

Afin de se donner du cœur, ces derniers se mirent à chanter, reprenant en chœur le refrain que nous savons :

> Liberté ! liberté !
> Pour notre Irlande !
> L'ennemi détesté
> Fuira dans la lande.
> Mort aux oppresseurs !
> Défendons nos mères
> Et nos sœurs.
> Etc., etc.

Furieux d'ouïr ces chants séditieux, les soldats anglais se mirent à hurler le

God save the queen !

et comme les rebelles ne voulaient pas avoir le dernier et continuaient leur hymne patriotique, ce fut bientôt une cacophonie épouvantable.

Soudain, la voix jeune, fraîche, forte, dominant toutes les autres, s'imposa de nouveau avec tant de puissance, que toutes les autres se turent, et Dunstan improvisa le couplet suivant, qu'ennemis et amis écoutèrent avec une égale attention :

> « Dans la tannière,
> « Sous la poussière,
> « L'horrible Anglais
> « Tient l'Irlandais ;
> « Mais la partie
> « N'est pas finie !
> « Amis, laissons venir le jour,
> « Et nous vaincrons à notre tour.
> « Vive l'Irlande
> « Qui sera grande ! »

Le cri de :

God save the queen !

reprit de plus belle, et c'était ce que voulaient les révoltés ; car, tandis que les assiégeants braillaient à tue-tête, ils n'entendaient pas les Irlandais préparer sourdement leur fuite.

Aussi, quelle ne fut pas leur surprise, lorsqu'ils virent tout à coup les issues rouvertes rendre de tous côtés des fuyards qui jouaient à la fois des jambes, des poings, et même du couteau, pour ceux qui en étaient munis !

Leur étonnement fut si grand, que beaucoup d'Irlandais purent gagner la campagne et, sur une quarantaine d'hommes que la caverne de Snapp avait reçus dans son sein, huit à dix à peine furent capturés.

C'était un beau triomphe pour les rebelles et une grande honte pour les Anglais.

Très penauds, ceux-ci retournèrent à la ville et racontèrent... ce qu'ils voulurent à master Péréquiel.

Ce dernier eût vivement souhaité voir toute la bande prise au traquenard ; mais il fallait se contenter des quelques prisonniers amenés devant lui, et, les désignant dans un geste menaçant, il dit avec rudesse :

« Ceux-ci paieront pour les autres. »

Le malheureux attorney comptait sans ses hôtes, comme on dit.

Les Irlandais qui avaient eu la chance d'échapper à la capture n'eurent rien de plus pressé que de se répandre dans tout le district et d'ameuter leurs compagnons ; tout ce qui n'était pas anglais était pour eux, et ce fut une petite armée qui parut, une heure après l'échauffourée, sous les fenêtres de l'attorney, réclamant à grands cris les prisonniers et menaçant Péréquiel, s'il ne faisait tout de suite droit à leur requête, de le brûler vif dans sa maison avec sa femme et sa fille.

Furieux, l'attorney ne voulait pas céder ; il était brave et, de son balcon, il déchargea deux pistolets sur la foule des mutins amassés sous ses fenêtres ; par bonheur, il ne fit que blesser légèrement un jeune homme, et les cris redoublèrent avec des menaces plus violentes.

Soldats et policemen, quoique en nombre inférieur, avaient bien tenté de refouler les révoltés et de réparer leur échec précédent, mais on faillit les écharper, et ils comprirent que, s'ils ne voulaient pas amener une véritable effusion de sang, ils n'avaient qu'à se tenir tranquilles.

Cependant Péréquiel se laissa fléchir, moins par la crainte de se voir rôtir vivant dans sa demeure que par les supplications de sa femme et de sa fille ; les prisonniers furent délivrés et rendus à leurs compagnons qui les emmenèrent en triomphe.

La place redevint libre et silencieuse devant la maison de l'attorney, mais, ce soir-là, le gin coula un peu trop abondamment dans bien des logis, et les Irlandais, malheureusement trop enclins à la boisson, en général, fêtèrent trop copieusement leur victoire.

Les jours qui suivirent furent plus calmes : les compagnons de la Chaine d'Acier suspendirent leurs réunions clandestines pour un temps : d'ailleurs on avait à travailler dans les champs, et si l'été amenait plus de perturbation dans les cerveaux échauffés, il apportait avec lui de salutaires occupations.

Quelques-uns, cependant, demeuraient convaincus que le secret de leur retraite avait été livré par lord Harrisson à la police, car nous nous rappelons que le père de Marguerite s'était trouvé aux abords de la caverne, un jour de meeting.

Aussi, quoique le calme fût un peu revenu dans le pays, toutes les fois que certains des compagnons de la Chaine d'Acier, Dunstan surtout, rencontraient lord Harrisson cheminant ou chevauchant dans la campagne, ils lui lançaient de noirs regards qui n'émouvaient guère le châtelain.

Bien entendu, Cramoizo était enveloppé dans la même haine, mais lui ne s'en inquiétait pas non plus ; il se tourmentait seulement pour son maître, qu'il n'aimait pas voir sortir loin et seul.

— Mon commandant ferait bien de m'emmener avec lui quand il ira visiter ses fermes, lui dit-il un jour d'un air profond.

— Pourquoi cela, maître Cramoizo ? fit lord Harrisson étonné.

— Parce que le pays n'est pas sûr et que tout Anglais y court des dangers aujourd'hui.

— Bah ! te crois-tu en pleine Calabre ?

— Ma foi ! la Calabre et la Sicile sont peut-être plus sûres à présent que le Connaught. Eh bien, oui, je n'aime pas quand mon commandant va tout seul au loin, sans même emmener les chiens ou son vieux Cramoizo.

— Mais que diable veux-tu qu'il m'arrive ?

— Dame ! ce qu'il arrive quand la contrée est semée de gens en révolte.

— Je la croyais rentrée dans l'obéissance, ou tout au moins calmée ?

— Faut pas s'y fier, mon commandant, faut pas s'y fier. Y a des mur-

mures en sourdine, et puisque mon commandant est Anglais, y devrait
se précautionner.

— Eh! que veux-tu, mon brave? je ne peux pourtant pas sortir avec
une cuirasse ou une cotte de mailles sous mes vêtements.

— Non, mais avec un revolver chargé, toujours, et puis, si mon commandant le permet, je le suivrai.

— Mais, mon ami, je t'assure que tu te fais des idées, des idées......

— Ben non ; mon commandant ne voit pas, mais moi j'ai l'œil ouvert,
et y a des galopins dans Oughterurd et Dunbroke qui nous regardent
de travers.

— C'est possible.

— Et s'il arrivait quelque chose ? — Précaution ne nuit jamais. Heureusement que la petite demoiselle n'est pas ici en ce moment.

— Oui, tu as raison, répondit lord Harrisson ; moi aussi, je suis bien
aise de la savoir à l'abri pendant quelque temps ; elle a beau s'ennuyer
à Paris et demander instamment à revenir ici, je l'y laisserai un mois
ou deux encore, si cela plait à sa tante, bien entendu.

— Et mon commandant veillera sur lui-même, n'est-ce pas ? conclut
le matelot avec une affectueuse insistance. Que mon commandant songe
qu'il est père et que, s'il lui arrivait quelque chose, la petite demoiselle
serait navrée.

— Sois tranquille, mon brave, je ne serai pas imprudent, je te le
promets, mais je comprends un peu l'irritation des Irlandais contre les
Anglais.

— Moi aussi, gronda Cramoizo, seulement je n'admets pas qu'ils s'en
prennent aux innocents ; c'est pas juste d'en vouloir à ceux qui leur font
du bien, qui les soutiennent dans leur misère et n'exigent d'eux que du
respect et de la politesse. Ça m'horripile, ça ; c'est comme si les gens
de Dunbroke en voulaient au jeune lord Merreot et à la jeune Miss
Muriel. Ça serait-y équitable, voyons, mon commandant ?

— J'espère bien qu'on ne veut aucun mal aux jeunes Merreot, dit
vivement Harrisson. Mais tu es naïf, mon pauvre Cramoizo, si tu te

figures qu'on ne recueille que de la gratitude pour les bienfaits qu'on sème. Certes, dans tous ces malheureux il y a des cœurs reconnaissants, mais l'envie se glisse partout, et, après tout, beaucoup d'entre eux sont aigris par les exactions qu'on a exercées contre eux, et il faut leur pardonner, mon vieux Cramoizo, s'ils ne peuvent aimer les Anglais.

— On tâchera, mon commandant, fit le matelot en hochant sa grosse tête.

XXI

UNE BALLE PERDUE.

Il y a grand tapage aujourd'hui à Dunbroke, et depuis bien des années le vaste castel n'a paru aussi animé.

Lord Randoce, tuteur des jeunes Merreot et frère de Miss Maud, est venu passer quelques jours auprès de sa sœur et de ses pupilles ; c'est en son honneur qu'une belle chasse a été organisée dans le bois attenant au parc de Dunbroke, et naturellement, au premier rang des chasseurs, aux côtés de lord Randoce, on voit : lord Harrisson que passionnent tous les exercices du corps ; Cramoizo, qui le suit toujours fidèlement, et notre gentil ami Robert, qui a obtenu facilement l'autorisation de prendre part à la chasse, muni d'un excellent fusil, présent de son oncle.

La journée promet d'être magnifique. On n'ignore pas que les jeunes Anglais sont dressés de très bonne heure à ce genre de sport, et qu'ils s'y intéressent autant que leurs parents.

Muriel, un peu enrhumée, demeurait à la maison avec tante Maud et Mlle Gordrax ; autrement, elle eût accompagné à cheval les sportsmen avec un plaisir évident.

Une chasse privée attenant aux domaines des Merreot fournissait en abondance daims et chevreuils ; la meute des chiens courants hurlait de telle sorte que ses échos en arrivaient jusqu'au château, et Muriel plaignait tout bas les jolies bêtes que l'on allait exterminer.

Sous bois, on s'en donnait à cœur joie : déjà un cerf avait été forcé, une biche immolée ; maintenant on poursuivait un admirable chevreuil qui fuyait, éperdu, sentant les chiens acharnés à sa trace, traversant les ruisseaux, bondissant par-dessus les obstacles, et pleurant déjà, la pauvre bête, sa compagne en danger.

Soudain, un coup de feu retentit à gauche de lord Harrisson (page 176).

Lord Harrisson le vit passer si brusquement que son cheval en fit un écart et faillit le désarçonner ; il eût pu alors ajuster facilement le fugitif et l'abattre, mais une grande compassion lui vint au cœur à l'aspect du malheureux animal affolé.

— Décidément, murmura-t-il en relevant le canon de son arme, ce ne sera pas moi qui signerai son arrêt de mort.

Et, tout joyeux de cette bonne action qui lui eût valu les applaudissements de Marguerite, si la mignonne eût été là, il tourna bride et s'enfonça dans une contre-allée, en entendant accourir la troupe des chasseurs acharnés.

— Forward! sus ! sus! Go one, Princess ! hop ! Knox! Black! Snapp! Courage, mes chiens ! criaient les piqueurs.

Soudain, un coup de feu retentit à gauche de lord Harrisson, dont la monture se cabra ; lui-même avait tressailli et murmuré, tandis que la commotion le faisait chanceler sur sa selle :

— Quel maladroit ! vouloir tirer le chevreuil et...

Il n'acheva pas : une chaleur étrange remplaça aussitôt l'impression de froid qu'il venait de ressentir ; quelque chose de tiède et d'humide mouilla son vêtement : il essaya d'y porter la main et ne le put ; la tête lui tourna et il glissa de sa selle au moment où les cavaliers les plus avancés débouchaient dans le chemin.

Ils arrivaient à temps et arrêtèrent net leurs montures en voyant lord Harrisson, pâle et ensanglanté, rouler sur le sol.

— Grand Dieu ! qu'y a-t-il ? s'écria Robert dont le visage blêmit. Lord Harrisson est blessé ?

— Quel est le maladroit qui a commis cette faute ? gronda lord Randoce en mettant précipitamment pied à terre.

— Mon maître ! Seigneur ! Mon pauvre maître ! gémit Cramoizo qui, moins bon cavalier, arrivait un peu en arrière. Et Miss Margaret qui n'est pas là !...

— Il n'a peut-être qu'une blessure légère, reprit le tuteur de Robert en examinant lord Harrisson. Cependant, le sang coule en abondance.

— Prenons nos mouchoirs et tamponnons la plaie en attendant un véritable pansement.

Le jeune Merreot sanglotait; Cramoizo jetait autour de lui des regards sombres ; suspendant la chasse, tous les chasseurs, valets ou invités, s'approchaient du blessé et discutaient tristement.

Ordre fut donné de cesser la poursuite des fauves, de raccoupler les chiens et de rentrer au château. Lord Randoce, qui ne perdait pas la tête, envoya un piqueur à la ville la plus proche, afin d'en ramener un chirurgien, et un autre à Dunbroke pour envoyer au bois des hommes et une civière.

Le retour de chasse fut lugubre, on le conçoit, et Miss Maud, Muriel et Mlle Gordrax devinrent pâles et tremblantes quand on leur apprit l'accident dont lord Harrisson était la victime.

Avec toutes sortes de précautions, le blessé fut apporté au château et couché dans le meilleur lit ; le chirurgien mandé arriva avec toute la célérité possible, retira la balle de la plaie et affirma qu'il n'existait pas pour le malade de danger immédiat ; néanmoins la fièvre était violente et il fallait veiller à ce qu'elle n'empirât pas.

La consternation était dans cette demeure tout à l'heure si joyeuse ; on sait combien lord Harrisson était aimé et respecté de tous ; quant à Cramoizo, tout en soignant son maître, il faisait une enquête au sujet du maladroit qui avait fait le coup.

Mais on ne pouvait rien savoir : les jeunes châtelains de Dunbroke, bons jusqu'à la faiblesse, ne punissaient jamais les braconniers qui venaient *travailler* sur leurs domaines ; or, on était à peu près sûr qu'un de ces vagabonds avait tiré sur le chevreuil assez près de lord Harrisson, et le plomb, faisant balle, avait atteint le malheureux lord.

On disait même qu'on avait aperçu Dunstan, l'arme en main, comme la chasse débouchait dans le bois ; mais nul ne l'affirmait.

Or, Dunstan, on s'en souvient, était ce jeune débauché qu'un jour de promenade Cramoizo avait si bien cravaché sur la route d'Oughterurd, Dunstan, l'un des plus zélés compagnons de la Chaîne d'Acier, que nous avons retrouvé à la caverne de Snapp, et que, depuis ce temps, la police n'avait pas inquiété, mais qui conservait une profonde rancune contre l'Anglais en général et contre lord Harrisson qui, croyait-il, l'avait frappé, un soir, de son fouet.

Qui pouvait dire si, profitant de la chasse de Dunbroke et de la liberté laissée aux braconniers et aux paysans du district, l'Irlandais ne s'était pas glissé dans les taillis avoisinant le château, pour ajuster et blesser grièvement celui qu'il appelait « l'ennemi » et qui ne demandait qu'à lui venir en aide, à lui faire du bien ?

Cramoizo gardait pour lui ses réflexions, se promettant d'éclaircir cette affaire un peu plus tard, quand son commandant serait guéri. Pour le moment, il se contentait de veiller nuit et jour son maitre bien-aimé, et de grommeler entre ses dents qui ne connaissaient plus le goût de la pipe :

— Si mon commandant m'avait écouté ! Je lui avais bien dit de faire attention, que ces gredins d'Irlandais le regardaient de travers ! Mais voilà, on traite Cramoizo d'exagéré, on prétend qu'il divague et qu'il se fait des idées. Elles n'étaient pas si bêtes, les idées, la preuve en est là.

Par bonheur, la forte constitution du malade résista au choc ; au bout de quarante-huit heures, il se trouva un peu mieux et témoigna le désir d'être transporté chez lui.

Les Merreot eussent bien voulu le garder encore à Dunbroke, mais le docteur conseillait de ne pas contrarier son client, et l'on satisfit à son vœu.

XXII

Un matin que Marguerite Harrisson faisait manger au petit Yanid une excellente bouillie et se laissait patiemment tirer les cheveux par les doigts capricieux du mignon, Léontine lui apporta une lettre d'Irlande que la fillette se hâta de décacheter en y reconnaissant l'écriture allongée de son amie Muriel.

— Papa aurait bien dû m'écrire aussi, murmura-t-elle avec une petite moue d'impatience.

Hélas ! aux premiers mots qu'elle lut, elle pâlit affreusement et ses yeux se remplirent de larmes, à la profonde stupéfaction du bébé qui croyait avoir seul le droit de pleurer. Voici ce qu'écrivait Muriel :

« DEAR MARGARET,

« Tu vas être bien chagrine d'apprendre que ton papa est malade ; *qu'un peu* seulement, ne t'effraie pas ; le médecin dit qu'il va vite guérir, et il est bien soigné, je t'assure, car, outre Cramoizo qui le veille jour et nuit, nous sommes venus nous installer à Harrisson-Castle : tante Maud qui, quoique sourde, seconde merveilleusement ton vieux matelot, puis Robert et moi, avec Mlle Gordrax et master Thistle.

« Tu vois d'ici cette maison ; seulement tante Maud et Robert seuls y couchent ; Mlle Gordrax, master Thistle et moi n'y allons que tous les deux jours passer douze heures.

« Ton papa a été blessé à la chasse, dans le bois de Dunbroke, par la maladresse d'un chasseur, disent les uns ; d'autres soupçonnent un mauvais garnement du nom de Dunstan, qui abhorre les Anglais, d'avoir aidé au hasard. Mais ce sont certainement des racontars, et je ne te dis cela que pour que tu ne sois pas étonnée si, de retour ici, tu entends parler de cette affaire.

« Je t'écris de Dunbroke, mais nous partons tous à l'heure pour Oughterurd, et je ne cachète pas ma lettre, afin de te donner des nouvelles plus fraiches encore. Je t'embrasse en attendant.

« Ton amie,

« Muriel.

« P.-S. — La nuit n'a pas été très brillante, à cause de la fièvre qui a repris. Ton papa, qui délire dans ces moments-là, t'appelle tout le temps. Je te dis ça pour que tu voies que tu es toujours son unique préoccupation.

« Bien entendu, il ne sait pas que nous t'instruisons de cette maladie, car il veut que tu t'amuses sans arrière-pensée, sans inquiétude. Mais nous croyons que tu nous en voudrais si nous gardions le silence là-dessus.

« Tous les tenanciers d'Harrisson-Castle forment une véritable procession au château en venant chaque jour demander des nouvelles de leur cher lord.

« Les Moore sont plus assidus que tous, et Daisy vient souvent aider tante Maud à soigner le malade. Encore adieu ; ne te fais pas de tourment : je te récrirai. Bien des choses de la part de Robert, de mademoiselle Gordrax, de tante Maud et de master Thistle. »

Quand Marguerite eut terminé la lecture de cette lettre, elle se leva, toute blanche, et courut à la chambre de sa tante qu'elle réveilla en sursaut.

Sans écouter les malédictions et les plaintes de la vieille dame, elle lui montra le papier qu'elle tenait à la main.

— Eh bien, qu'est-ce ? lis-moi cela ; est-ce que je le puis, moi ? j'y vois à peine. — J'espère que ce n'est pas une mauvaise nouvelle que tu m'apportes ?

Mais la fillette avait la gorge si serrée et tremblait tellement, qu'elle ne put articuler un mot

Ce que voyant, Mme de Millerey tira elle-même ses rideaux, lui prit des mains la lettre de Muriel Merreot et la lut avec une grimace d'inquiétude.

— Allons, petite, dit-elle ensuite en repliant la missive et assez troublée elle aussi, il ne faut pas te rendre malade pour cela ; te voilà toute verte. Assieds-toi là, je vais te donner à boire un peu d'eau et de fleur d'oranger.

La bonne dame sauta du lit aussi vite que le lui permirent ses jambes paresseuses, mais Marguerite réclamait avant tout un indicateur des chemins de fer, car elle voulait partir tout de suite.

— Partir ? mais avec qui, ma pauvre enfant ? Moi, je ne suis pas en état de voyager ; je ne te confierais, certes, pas à Léontine, et la vieille Mamie est impotente et ne te serait d'aucun secours. Et puis, ton papa n'est pas en danger, que je sache.

— Non, grâce à Dieu, mais ma place est auprès de lui. Du reste, vous l'avez lu dans la lettre de Muriel : il m'appelle sans cesse.

— Mais je t'assure...

— Je vous en prie, tante, n'insistez pas ; laissez-moi agir, je me débrouillerai bien toute seule.

Grelottante, Mme de Millerey se remit au lit et Marguerite courut dans sa chambre, où elle rédigea le télégramme suivant :

« Robert Merreot. — Harrisson-Castle, par Oughterurd, Connaught, Irlande.

« Envoyer immédiatement Cramoizo me chercher par voie la plus rapide. Ici personne pour m'accompagner. Si Cramoizo ne peut quitter, partirai toute seule.

« MARGUERITE. »

— Oh ! je le ferai, murmura-t-elle en pliant le petit papier, quand bien même ma tante me le défendrait. Après tout, j'ai fait ce trajet deux fois, je saurais bien me tirer d'affaire, et je ne puis plus me souffrir ici, depuis que je sais ce qui se passe là-bas.

Elle donna son billet au valet de chambre et lui dit en lui glissant une pièce de vingt francs dans la main pour stimuler son zèle :

— Courez au télégraphe le plus vite que vous pourrez, réglez la dépense et gardez pour vous ce qui restera de monnaie.

Puis, elle attendit dans une fiévreuse impatience, et les heures lui semblaient avoir cent vingt minutes au lieu de soixante.

Mais, le même soir, elle recevait la dépêche suivante :

« Père mieux. Cramoizo lui est utile, mais mademoiselle Gordrax, en route pour Paris, vous ramènera. Amitiés de tous. Robert. »

Lorsque Marguerite eut reçu ces nouvelles, elle se sentit plus calme : d'abord son père était mieux, c'était l'essentiel, et l'idée qu'elle allait pouvoir partir, grâce à cette excellente Mlle Gordrax, la remplissait de joie.

Tout cela lui permit d'essuyer ses larmes et de dormir un peu la nuit suivante, après avoir beaucoup avancé ses préparatifs de voyage.

« Mon Dieu ! quels délicieux amis j'ai là, à Dunhroke ! pensa-t-elle, envoyant une muette bénédiction et une caresse imaginaire aux Merreot. Qu'aurais-je fait sans eux ? et où rencontrerai-je jamais des cœurs aussi dévoués et aussi délicats ! Comme ils sont bons pour moi, qui ne leur ai jamais rendu de véritable service ! »

Le troisième jour qui suivit cette matinée d'émotions vit arriver, rue Saint-Honoré, Mlle Gordrax, bien fatiguée d'un voyage aussi rapide, mais prête à le recommencer en sens inverse.

Elle ne voulut prendre que quelques heures de repos et repartit, emmenant Marguerite qui lui témoignait sa reconnaissance par mille démonstrations de tendresse.

La vicomtesse, Mika et Mamie virent s'éloigner la fillette, le cœur serré ; quant au petit Yanid, nous renonçons à peindre son désespoir ;

pendant bien des jours il devait l'appeler à grands cris, mais en vain.

Certes, Marguerite l'aimait bien, son petit Yanid, mais pour le moment elle ne pensait qu'à son père, ne voyait plus que lui.

Enfin, dévorée d'angoisses, elle aborda en Connaught après un pénible voyage avec l'institutrice de Muriel.

La pauvre fillette n'en pouvait plus et elle reconnaissait que, s'il lui avait fallu entreprendre seule ces deux traversées, elle ne serait peut-être jamais arrivée au bout.

Aussi se montrait-elle attentionnée, pleine de soins pour sa compagne de voyage qui, elle-même, avait pitié de son angoisse et cherchait à remonter son courage.

Mais plus Marguerite approchait du home, plus elle se sentait remplie de crainte et de trouble, comme il arrive trop souvent quand nous accourons dans une demeure qu'a visitée la maladie.

Sa petite imagination en feu lui représentait son père beaucoup plus malade qu'on ne lui avait dit, la maisonnée en deuil et lord Harrisson lui-même plein de chagrin et de rancune de ce que sa fille chérie l'eût abandonné si longtemps. Sans prendre une minute de repos, les voyageuses coururent à Oughterurd : Marguerite trouva son père encore malade, mais hors de danger.

— Oh ! papa ! que j'ai eu de peine !...

Ce fut tout ce que put dire l'enfant en se jetant dans ses bras ; son émotion fut telle, qu'elle y perdit connaissance, et il fallut l'emporter hors de la chambre, pour que son père ne s'agitât pas trop.

Mais quelle douceur eut ensuite le réveil dans la jolie chambrette qui, tout ensoleillée ce jour-là, semblait sourire à l'enfant prodigue de retour pour jamais !

Et puis, Muriel, Robert, Mlle Gordrax étaient là, donnant des soins à la mignonne et la couvrant de caresses.

— Oh ! mes amis, mes amis, disait Marguerite, comment ai-je pu m'éloigner de vous ? Ah ! que j'ai été punie !

Elle voulut se relever pour aller soigner elle-même le malade et on le lui permit, à condition qu'elle se coucherait de bonne heure, afin de se remettre des fatigues passées.

D'ailleurs, lord Harrisson n'avait plus besoin d'être veillé la nuit, et Cramoizo pouvait enfin prendre à son tour un peu de repos.

— Mon bon Cramoizo, disait Marguerite, le soir de son arrivée, en plantant un gros baiser sur la joue bronzée de l'ancien matelot, je n'oublierai jamais comme tu as soigné papa.

— Dame! Mademoiselle, répondit le brave homme, très fier de l'approbation qui lui était donnée, je n'aurais laissé à personne ma place auprès du lit de mon commandant. C'était à moi, son matelot, de veiller au grain et de tenir le gouvernail.

Quinze jours plus tard, Harrisson-Castle avait retrouvé son aspect habituel; même, il paraissait plus riant que jamais.

L'âme et la joie de cet intérieur, c'est-à-dire Marguerite, y étaient revenus; le châtelain, rajeuni, guéri, presque fort, jouissait délicieusement de son enfant chérie; ses beaux yeux bleus, débordants de tendresse, s'attachaient sur sa fille, comme pour la remercier d'être à lui pour jamais.

Oh! oui, bien pour jamais, car Marguerite aimait maintenant Oughterurd et la pauvre Irlande plus que Paris et que Londres.

Que lui importaient désormais les grandes villes, et les boulevards, et les beaux magasins, et les fêtes?

D'une façon enjouée, presque comique, mais sans railler la pauvre vieille maniaque qui l'avait tant gâtée jadis, elle raconta à son père et à ses amis les petits événements de son dernier séjour à Paris.

Elle n'omit aucun détail, disant ses petits ennuis, ses humiliations et les scènes amusantes où la vicomtesse et Yanid avec sa bonne avaient joué le principal rôle.

— J'aime bien la France, conclut-elle en embrassant lord Harrisson; mais j'ai bien souffert à la fin, quand je vous ai su malade, père. Jusqu'alors je n'avais jamais versé que des larmes sans amertume, je n'avais ressenti que des chagrins d'enfant ; aujourd'hui je crois que je connais la véritable peine, ce qu'on appelle l'*angoisse*.

— Peine envolée à présent, ma mignonne, dit le châtelain en caressant les cheveux soyeux de son enfant. Mais il est bon, dans la vie, de connaître un peu d'amertume ; trop de sucre en l'existence ne peut tremper l'âme, et après les heures chagrines nous goûtons mieux la douceur qui les suit.

Marguerite restait sérieuse. On eût dit qu'une question lui brûlait les lèvres, qu'elle n'osait formuler.

Ce ne fut que le lendemain qu'elle se décida à demander :

— Père, savez-vous le nom du chasseur imprudent ou maladroit qui vous a blessé à Dunbroke ?

— Oh ! mon Dieu, non, je ne m'en suis pas inquiété, répondit lord Harrisson avec insouciance.

L'enfant n'insista pas, mais elle pensa :

— Moi, je saurai bien ; si papa ne s'inquiète pas de ça, moi j'y pense, et je suis sûre que Cramoizo en fait autant.

Il est inutile de dire qu'une intimité plus grande encore unit Harrisson-Castle à Dunbroke ; on établit même un téléphone d'un château à l'autre, afin de communiquer plus souvent.

Au moins vingt fois par jour le timbre d'appel résonnait, et l'on entendait l'appel rieur des jeunes voix :

— Halloo ! Halloo !

— Comment va lord Harrisson ?

— Toujours mieux. Il vient de déjeuner.

— Vous recevrez demain matin des œufs de nos poules chinoises et des gâteaux que tante Maud a faits de ses propres mains.

— Me sera-t-il permis d'en goûter ?

— Comment donc, gourmande ! nous doublerons la provision, mais vous feriez bien mieux de venir les manger chez nous.

— Je ne crois pas que papa sorte aujourd'hui ; et puis Ménélas boite un peu ;

— Alors c'est nous qui irons vous trouver.

— Tant mieux! et merci pour papa et pour moi.

On allait clore la conversation, lorsque le « Halloo! » résonna de nouveau.

— Qu'y a-t-il?

— J'oubliais de vous prévenir que la famille O'Méana s'est annoncée pour cette après-midi.

— Oh! alors, nous remettons notre visite à un autre jour, n'est-ce pas?

— C'est convenu.

Bref, la douce vie recommença, très agréable, partagée entre l'étude et le plaisir à Oughterurd et à Dunbroke ; les jeunes Merreot et Marguerite semblaient maintenant comme frère et sœurs, et lord Harrisson se figurait parfois avoir un fils et deux filles, au lieu d'une enfant unique.

XXIII

LA LOUVE.

Il n'y avait pas que Dunstan et Claddys de très malheureux, en Connaught et à Ougtherurd. Au loin, perdu dans la campagne humide et
triste, au bout du hameau de Westgall, s'élevait une hutte de terre
glaise et de branchages qui abritait sous son toit insuffisant une grande
et belle fille de vingt ans, quatre petits garçons de dix à cinq ans, et
une misère affreuse.

La belle fille s'appelait Christia de son vrai nom ; mais on la désignait
toujours sous celui de *la Louve*, à cause de son regard de feu, de son
caractère indépendant, sauvage et fier.

Cette créature étrange avait pourtant un grand mérite : robuste et
laborieuse comme elle l'était, elle aurait pu « se placer en condition »,
ainsi qu'on dit à la campagne, et gagner de l'argent ; mais pour cela il
eût fallu envoyer les quatre petits frères dans un de ces *Workhouses* où
les pauvres petits ne lui auraient plus appartenu, et d'où ils seraient
sortis ensuite pour grossir la foule des vagabonds et des misérables
des villes.

La Louve n'avait pas voulu cela. Son père était mort, sa mère également, et elle demeurait seule pour soutenir et élever la nichée.

Les petits frères l'adoraient et ne voyaient rien au-dessus d'elle.

La Louve se levait dès l'aube pour aller vendre à la ville les fagots et
les pommes de pins résineux qu'elle ramassait l'après-midi avec l'aide

des deux plus grands garçons ; elle revenait juste à temps pour tremper la soupe et faire cuire des pommes de terre. Son petit commerce lui rapportait juste les quelques sous nécessaires pour l'empêcher de mourir de faim avec les petits.

Et encore Christia se couchait-elle bien souvent sans souper, afin de laisser à ses frères une plus grosse part de pain.

Et pourtant les privations et le travail pénible auquel elle se livrait, n'altéraient pas sa beauté.

Christia était superbe avec les lignes pures de son corps mince et allongé, avec sa tête aux traits à la fois fins et énergiques, adoucis par de grands yeux bleus aux longs cils noirs ; ses cheveux bruns moussaient sur son front ambré, et sa voix, brève et impérative à l'ordinaire, prenait des notes infiniment douces pour parler aux petits.

Elle était bonne aux humbles, aux faibles, aux malheureux, aux animaux.

Toute pauvre qu'elle était, elle avait recueilli un pauvre chien errant qui mourait de faim et de froid et, pour le nourrir, elle devait rogner encore sa propre pitance.

Mais au temps de la chasse, souvent Caraï courait la campagne et rapportait à la maison un lapin sauvage ou un coq de bruyère. Alors on faisait bombance dans le pauvre logis, et les joues des petits frères redevenaient roses pour quelque temps.

Christia n'était pas aimée dans le pays : on la disait un peu sorcière, et le peuple irlandais est superstitieux.

Elle détestait l'Anglais de toutes ses forces, lui attribuant tous les malheurs de son pays.

Quelques-uns, plus pitoyables que les autres et qui admiraient son courage et son dévoûment, lui avaient bien dit que si elle s'adressait aux châtelains de Dunbroke, elle se verrait puissamment aidée et protégée ; mais la fière Irlandaise n'avait tenu aucun compte de ce conseil ; elle préférait vendre ses fagots à ses compatriotes qu'aux Anglais qu'elle abhorrait.

Telle était la Louve.

Robert Merreot avait entendu parler d'elle et essayé de pénétrer jusqu'à la pauvre famille ; mais il ignorait le chemin de sa demeure, et Christia, qu'il avait rencontrée une fois, l'avait intimidé par son grand air farouche.

Cependant la misère redoublait toujours aux approches de l'hiver, car la louve fournissait la même quantité de fagots et de pommes de pins, et il en eût fallu davantage aux ménagères, qui s'adressaient de préférence aux vendeurs mieux fournis.

Ah ! si Christia avait eu une charrette et un petit âne, quel ouvrage elle eût fait, quel argent elle eût gagné !

Mais il n'y fallait pas songer, puisque le peu qu'elle récoltait suffisait à peine à nourrir la nichée, et ce n'était que par des prodiges d'écono- mie, d'ordre et de soins ingénieux qu'elle l'habillait.

L'*habillait* est encore un trop beau mot pour exprimer la manière dont les pauvrets étaient défendus du froid : c'étaient des haillons qui les couvraient, et en toute saison ils marchaient nu-pieds.

Cependant la louve, connaissant le lieu de réunion des compagnons de la Chaîne d'Acier, eût pu gagner une somme rondelette qui eût ap- porté beaucoup de bonheur au nid ; mais Christia se fût laissé couper en morceaux plutôt que de souffler mot de ce qu'elle savait.

Et pourtant la misère était là, terrible, impitoyable.

Oh ! mon Dieu ! pour elle-même la louve l'eût supportée, vaillante, le défi au front, jusqu'à en mourir ; mais les petits, Seigneur, les petits !

Une après-midi qu'elle était retournée à la ville, voir si elle ne pou- vait pas s'associer avec une vieille femme trop débile pour ramasser beaucoup de fagots et de pommes de pins, mais qui avait l'inexprima- ble bonheur de posséder un âne et un petit char, les quatre petits frères demeuraient au logis, qu'ils nettoyaient tant bien que mal, sur l'ordre de la grande sœur.

Tommy lavait à grande eau le linge de la famille... et il n'y en avait pas beaucoup ; Ethel triait des pommes de terre ; Pawel balayait ;

Edward mettait en ordre les rares meubles de la maison et les frottait à outrance.

Ils n'avaient eu chacun qu'une tranche de pain sec à déjeuner, les pauvres chéris ; mais ils travaillaient quand même de toutes leurs forces, pour faire plaisir à celle qui remplaçait la mère absente.

Tout à coup, un trot de chevaux se fit entendre non loin de là ; or, c'était chose rare que des promeneurs à Westgall ; si rare, même, que les quatre petits frères se précipitèrent à la porte pour les regarder passer.

Or, ils étaient si gentils, les pauvrets, alignés le long de la masure, avec leurs cheveux d'or, leurs grands yeux étonnés et leurs haillons, sans compter le grand chien Caraï qui ne les quittait pas une minute en l'absence de la louve, que les promeneurs, de passage en ce lieu perdu, descendirent de voiture pour les photographier.

C'était justement Robert Merreot avec sa sœur, master Thistle et Mlle Gordrax.

Robert, étant muni d'un excellent appareil photographique, voulut donc portraicturer les mignons, à la vive joie de Muriel qui adorait les bébés.

Ceux-ci, un peu effrayés, ouvraient de grandes bouches ; mais la vue d'un paquet de gâteaux que Miss Merreot déplia devant eux y amena un sourire.

Muriel les bourra de bonnes choses, et les pauvres petits assouvirent ainsi leur faim, sans compter qu'ils n'avaient jamais rien goûté de si exquis.

Les Merreot, ayant projeté de luncher en pleine campagne par cette journée d'automne, avaient rencontré des amis qui les avaient forcés à déjeuner chez eux: aussi rapportaient-ils leurs vivres au complet, pensant les donner aux premiers ouvriers qu'ils verraient.

Ils n'en avaient encore aperçu aucun et furent heureux de trouver ces quatre pauvres marmots sous leur main.

Muriel et Mlle Gordrax les firent causer.

Leur histoire n'était pas longue à raconter, aux chers mignons ; ils n'avaient ni papa, ni maman, et c'était Christia qui prenait soin d'eux.

— Et qui est Christia ? demanda Miss Merreot.

— Notre grande sœur, répondit Tommy.

Ils étaient si gentils, les pauvrets, alignés le long de la masure (page 190).

— Celle qu'on appelle la louve, ajouta Edward.

— Et pourquoi ce surnom ?

— Parce qu'elle est forte et grande, je pense, dit Ethel.

— Oh ! fit Robert en s'approchant, la Louve ? cette courageuse mais farouche fille que j'ai tant cherchée avec master Thistle ? — Je suis bien aise de connaitre enfin sa demeure et ses petits frères.

« Pauvre demeure et pauvres petits! » poursuivit-il en secouant la tête.

— Elle n'est pas ici ? reprit Muriel en caressant les enfants.

— Non, elle est allée à Dunbroke pour s'arranger avec une femme qui a un âne et une charrette.

— Pourquoi faire, cet âne ?

— Eh ! pour porter ses fagots et ses pommes de pins, donc. Nous en ramassons tous les jours, et Christia les vend à la ville ; mais c'est lourd à porter sur le dos, et si elle en vendait davantage, on aurait tous les soirs des pommes de terre à manger.

Les deux femmes déballèrent au plus vite les provisions demeurées inutiles ; les Anglais ont bon appétit : il y avait là des viandes froides, des petits pains, des biscuits, des conserves, du chocolat, des fruits et du vin.

— Tout cela est pour vous, mes trésors, leur dit Muriel ; allons, allons, mettez-vous à table et mangez.

Les plus petits firent le geste de tirer à eux du pain et de la viande ; leurs yeux brillaient de convoitise ; Tommy, l'aîné, les arrêta brièvement.

— Nous ne toucherons pas à ces bonnes choses, dit-il, avant que Christia soit de retour.

— Pourquoi ? demanda Muriel étonnée. Il y en a de reste pour vous et pour elle, et vous lui laisserez sa part.

— Oh ! bien sûr, répliqua Tommy : aussi ce n'est pas pour cela, mais nous jouirons de sa surprise en trouvant toutes ces bonnes choses à la maison ; elle arrivera bien fatiguée et ça lui fera du bien de voir ça.

— Soit ! dit Muriel émue jusqu'aux larmes.

Et, tirant sa bourse de sa poche, elle en examina le contenu : or, la bourse renfermait trois souverains en or et un peu de monnaie.

« De plus, reprit-elle, vous lui offrirez ceci : elle aura de quoi acheter un petit âne et un petit char. »

— Oh ! fit Tommy avec admiration.

Le bonheur lui coupa la respiration pendant quelques secondes ; puis, un nuage passa sur sa petite figure éveillée et douce :

— Est-ce que vous êtes des Anglais ? demanda-t-il, méfiant,

— Oui, moi du moins, répondit Muriel.

— Alors reprenez votre bourse, soupira l'enfant en tendant l'argent à Miss Merreot.

— Pourquoi ça ?

— Parce que Christia déteste les Anglais. Elle dit que c'est à cause d'eux que le pays est malheureux et que nos parents sont morts de misère.

— Mais nous ne voulons que du bien aux pauvres Irlandais, nous, protesta Muriel.

— Ça ne fait rien. *Elle* gronderait et jetterait l'argent, si nous l'accep-tions.

Le pauvre petit avait les larmes aux yeux, lui, car il eût trouvé très doux de se voir presque riche tout à coup ; mais il savait sa grande sœur impitoyable, inflexible sous ce rapport.

— Comment faire ? dit Muriel en italien à son institutrice.

Celle-ci eut une idée magnifique, et, prenant les souverains d'or et les mettant dans la main de Tommy :

— Christia déteste-t-elle aussi les Français ? demanda-t-elle avec douceur.

— Non, dit Tommy ; moi, je n'y connais rien, mais elle dit toujours que la France aime les opprimés et qu'il faut aimer la France.

— Eh bien, de moi vous pouvez tout accepter, car je suis Française, reprit l'institutrice.

Indécis, le petit bonhomme la regardait sans répondre.

— Je n'ai jamais menti, dit-elle d'un accent ferme.

L'enfant referma ses petits doigts sur les pièces brillantes.

— *I thank you*, dit-il enfin avec un sourire joyeux. Oh ! elle va être si contente !

— Oui, elle va être si contente ! répétèrent les autres petits frères comme un écho.

Et ils se mirent à danser en rond autour de Robert qui arrangeait ses plaques photographiques.

Nous aurons fait des heureux, dit Muriel en remontant en voiture ; — mais il nous faudra apprivoiser cette *Louve* farouche, et ce ne sera pas facile. Enfin, pour le moment ils ont de quoi manger pour plusieurs semaines.

Lente, lasse et découragée, Christia rentrait au logis. Ses pieds saignaient d'une trop longue course dans la lande ; son cœur saignait aussi, car elle n'avait pas réussi dans sa tentative : la vieille femme avait refusé de prêter son âne et de partager le bénéfice.

La Louve marchait, le sourcil froncé, l'air abattu. Comment faire, mon Dieu ! avec l'hiver qui venait et les petits qui grandissaient et qui avaient toujours si faim ?

Les petits? justement ils accouraient au-devant d'elle, les joues roses, les yeux brillants : qu'avaient-ils donc ?

— Sœur, dépêche-toi, lui dirent-ils tout joyeux ; il y a une surprise à la maison.

Elle hâta le pas, croyant trouver une plus grosse provision de pommes de pins ramassée ; mais elle demeura stupéfiée à la vue des provisions étalées et des souverains d'or trônant au milieu.

— On vous a donc fait l'aumône ? demanda-t-elle, les sourcils froncés.

— Mais non, répondirent les enfants, de fort bonne foi ; c'est des Français qui ont passé par ici et qui ont fait notre portrait. Y avait bien avec eux une dame anglaise, mais nous n'avons pas voulu de ses présents ; c'est l'autre qui nous a donné ça.

La Louve se rasséréna ; elle avait accoutumé ses frères à la plus entière franchise, et elle se livra, sans contrainte alors, à la joie de se voir riche.

— Je comprends, pensa-t-elle, ce sont des peintres étrangers qui ont passé par ici : les petits leur ont servi de modèles et ont été récompensés généreusement. Mon Dieu ! merci ! la Providence veillait sur eux quand je me désespérais justement, et nous voilà hors de misère pour la mauvaise saison au moins.

Ainsi tout s'arrangea et l'aumône de Muriel porta son fruit. Avec les souverains d'or, la Louve put acheter une petite charrette d'occasion, avec un gentil petit âne doux et robuste ; les enfants, mieux nourris, eurent plus de vigueur pour faire de gros tas de menu bois et de pommes de pins, que leur grande sœur alla vendre sans fatigue à la ville.

Elle n'usa pas ses forces dans un labeur excessif, eut le quadruple de marchandises à écouler, et le pain de chaque jour à rapporter à ses chéris.

Comme ceux-ci n'avaient jamais vu les châtelains de Dunbroke, elle ne se douta pas qu'elle devait à des Anglais, en définitive, sa prospérité présente.

D'ailleurs, moins soucieuse et mieux portante, elle fut moins farouche, moins *louve*, et s'humanisa un peu, mais en conservant toujours son amère rancune contre *l'usurpateur*.

XXIV

NOUVELLE CONSPIRATION.

A présent, les Compagnons de la Chaine d'Acier ne se réunissaient plus à la caverne de Snapp, mais ils n'en conservaient pas moins leur aversion contre l'ennemi et leur désir de voir l'Irlande libre.

Hélas! ces pauvres exaltés ne comprenaient pas que l'Anglais est le plus fort, et que jamais la malheureuse ile opprimée ne se relèvera de sa faiblesse, à moins... — Que sait-on des desseins d'en haut?

Bref, les patriotes, un peu découragés, avaient choisi un autre lieu de réunion; mais, ne sachant que dire, n'ayant autre chose à faire qu'à proférer des menaces, ils dirigeaient toute leur rancune contre le seul Anglais dont la position pût exciter leur envie : lord Harrisson.

Il y en avait certainement d'autres que lui à Oughterurd et Dunbroke ; mais il était le plus en vue, celui sur lequel pouvaient le mieux tomber les représailles des révoltés.

Et cependant, si ceux-ci eussent réfléchi, ils se fussent dit que lord Harrisson n'avait pas non plus lieu de se louer de ses compatriotes : ne l'avait-on pas disgracié injustement, sur le venimeux rapport d'un collègue jaloux ?

Ses années de dévoûment étaient oubliées, ses services repoussés. Nous savons que, grâce à cause de sa fille, cette disgrâce lui avait peu pesé; toutefois il n'en était pas moins victime de l'injustice et de l'ingratitude.

Mais la haine ne réfléchit guère.

Beaucoup n'ignoraient pas, parmi les Compagnons de la Chaîne d'Acier, que lord Harrisson était humain et miséricordieux, et que sa générosité dépassait la mesure que lui indiquait un maigre revenu; mais c'était un Anglais, et cela suffisait pour qu'il fût honni et payât pour les autres.

Les jeunes Merreot étaient trop jeunes pour qu'on fît attention à eux: on ne s'attaque pas à des adolescents; mais on enviait leurs grandes richesses, et il est probable que, si l'occasion se fût présentée, on leur eût facilement causé quelque ennui.

Quant aux O'Méana, ils étaient Irlandais, pas riches et inoffensifs.

— Le bonhomme a seulement besoin qu'on lui raccourcisse la langue, disaient les Compagnons de la Chaîne d'Acier. S'il nous demandait d'entrer dans notre association, il n'y aurait qu'à lui refuser cette faveur, quoiqu'il soit un bon patriote; malgré lui, il publierait tous nos secrets sur les toits.

L'attorney Péréquiel se tenait coi, le pauvre homme, depuis qu'à la suite du fameux poisson d'avril que nous savons, il avait vu l'émeute et la révolte répondre à ses essais de fermeté.

Bien lui en prenait, d'ailleurs, de rester tranquille, car les Compagnons de la Chaîne d'Acier n'étaient pas patients et lui auraient fait un mauvais parti.

— Camarades, dit tout à coup Dunstan, dont l'œil bleu étincelait, j'ai une proposition à vous faire.

— Concernant quoi? dit nonchalamment l'un des compagnons.

— L'Anglais dont nous voulons nous venger... Voulez-vous m'écouter?

— Soit. Parle.

— Voulez-vous me charger, moi tout seul, de votre vengeance?

— Toi tout seul, c'est un peu scabreux! grogna le plus âgé des rebelles.

— Et si tu ne réussis pas ?

— Je réussirai, parce que j'irai patiemment, j'attendrai l'occasion.

— Et si tu es pris ?

— Je fais d'avance le sacrifice de ma liberté. Et puis, n'êtes-vous pas là pour me délivrer et aussi pour me venger, s'il m'arrive malheur ?

Les compagnons se consultèrent. Au fond, ils ne demandaient pas mieux que de se décharger sur un seul du soin de « faire justice », comme ils disaient.

Ils n'avaient pas grand'chose à se communiquer et se demandaient tout bas pourquoi ils s'étaient réunis.

La proposition de Dunstan fut donc accueillie à l'unanimité ; on le savait bon patriote et extrêmement rancunier. La misère l'aigrissait plus encore, car il ne trouvait pas facilement de travail, et à Harrisson-Castle et à Dunbroke, les deux endroits où il se serait employé avec le plus de bénéfice, on ne le tenait pas en haute estime.

Les Compagnons de la Chaîne d'Acier se dispersèrent donc, ne sachant où ni quand ils s'assembleraient de nouveau, et ils s'éloignèrent avec plus de précautions encore qu'à l'ordinaire, explorant les broussailles et interrogeant la route, afin de s'assurer que nul espion ou ennemi ne les attendait à l'affût. Dunstan partit le dernier et s'en alla, le front penché, à travers la campagne humide et triste.

De grandes prairies monotones s'étendaient devant lui ; le ciel était bas et lourd, aussi lourd que le cœur du jeune homme.

Il se disait que penser à sa vengeance, c'était très bien, du moins pour lui ; mais cela ne mettait pas de pennies dans sa bourse ni de pain dans la huche. Et la pauvre vieille mère pâtissait là-bas dans le misérable logis, attendant l'enfant prodigue, qui revenait toujours les mains vides et le murmure à la bouche.

Soudain un pas très léger retentit à côté de Dunstan, qui releva la tête et aperçut une jeune fille à la démarche souple et ferme.

— C'est la Louve, dit-il ; voilà une travailleuse infatigable, dont le courage devrait faire honte à ma paresse. Bonjour, Christia, dit-il poliment, quoiqu'il n'aimât pas beaucoup cette belle fille farouche et indomptée. Comment vont les petits ?

— Très bien, répondit-elle dans un sourire qui montra de magnifiques dents blanches. Grâce à Dieu, le pain ne manque plus chez nous et les pauvrets ne grelottent plus sous des habits trop minces.

Dunstan la regarda avec étonnement : elle était plus rose, plus souriante que d'habitude ; elle avait engraissé, son front avait perdu le pli soucieux qui le fronçait, et sa robe propre et presque neuve lui allait bien.

— Vous avez donc fait un héritage ? lui demanda-t-il, mi-plaisant, mi-sérieux.

Et s'apercevant qu'elle portait un panier assez lourd, il le lui prit des mains pour l'en décharger.

Elle secoua les épaules.

— Un héritage ? Non, répliqua-t-elle ; vous savez bien que nous sommes sans parents ; et qui donc penserait à nous ? Mais j'ai un âne et une charrette à présent ; cela me permet d'écouler beaucoup plus de marchandises ; c'est pourquoi les petits ont du pain et des pommes de terre tous les jours.

— Ça n'est pas comme chez nous ! ne put s'empêcher de soupirer Dunstan.

Christia le regarda en dessous.

— Pourquoi ne travaillez-vous pas, aussi ? fit-elle d'un ton de reproche un peu âpre. Surtout quand vous avez votre vieille mère à nourrir ?

Il haussa les épaules et répondit :

— Je fais de la politique. Ça n'avance à rien, je le sais ; mais le pays a besoin de défenseurs.

— Moi aussi, je pensais comme vous, dit la Louve, toute songeuse ; mais depuis quelque temps je trouve qu'il faut travailler et subir son sort tant que l'occasion ne se présentera pas de secouer le joug. Qu'espérez-vous ? qu'attendez-vous ? Le pain ne vous tombera pas tout cuit du ciel pendant que vous vous croiserez les bras.

Dunstan soupira très fort sans répondre ; il trouvait qu'elle avait raison et il l'admirait en secret d'être si vaillante.

— Quand vous travaillerez, vous ne souffrirez plus de la misère, et quand vous ne souffrirez plus, vous serez moins aigri, moins nerveux, et vous supporterez facilement ce qui vous semble insupportable aujourd'hui.

— Peut-être, murmura-t-il, peut-être ; j'essaierai...

Mais le souvenir du coup de cravache de Cramoizo lui revint et, secouant sa tête obstinée, il ajouta :

« Mais je veux d'abord me venger. »

Cependant ils arrivèrent à la porte de la masure où logeait la Louve avec ses quatre petits frères.

— Voulez-vous les voir ? dit-elle gentiment en ouvrant la porte pour que Dunstan posât son panier sur la table.

Il fut étonné de la propreté de cet intérieur et le compara avec le sien, misérable, presque sordide.

Depuis qu'elle gagnait plus d'argent, la Louve avait acheté deux lits quelques chaises et un peu de vaisselle.

Quand les enfants eurent présenté à Dunstan leurs frimousses bien nettes et éveillées, le jeune Irlandais souhaita le bonsoir à Christia et s'apprêta à s'éloigner.

Mais la jeune fille le retint et, lui mettant un petit paquet dans les bras :

— Je vous prie de remettre ceci à votre mère de ma part, lui dit-elle.

Il n'y fit pas attention, croyant que c'était un de ces petits travaux d'aiguille et de crochet que les femmes échangent souvent entre elles ; mais, une fois chez lui, il remit le paquet à Claddys qui l'ouvrit et vit avec autant d'étonnement que de plaisir deux belles tranches de viande froide accompagnées de deux petits pains blancs.

Dunstan fronça le sourcil.

— Va-t-elle pas nous faire la charité, maintenant ? murmura-t-il.

— Ça n'est pas cela, répondit l'Irlandaise, et nous aurions mauvaise grâce à refuser ce petit présent qu'elle fait de si bon cœur.

Dunstan se laissa convaincre, et ils mangèrent de bon appétit.

XXV

LA VENGEANCE DE DUNSTAN.

Six mois environ après les événements que nous venons de narrer, une nouvelle stupéfiante arriva à Oughterurd : celle de la mort presque subite de la vicomtesse de Millerey.

A force de vouloir consommer des remèdes violents que son médecin lui refusait pourtant avec énergie, la pauvre femme s'était, un jour, trompée de dose, et était morte en quarante-huit heures, au milieu de souffrances atroces.

Elle avait eu le temps, par bonheur, de mettre ordre à ses affaires spirituelles et temporelles.

Reconnaissant qu'elle avait un peu négligé sa petite nièce dans ces dernières années, la vicomtesse de Millerey lui léguait toute sa fortune, y compris la jolie maison de la rue Saint-Honoré où la mignonne avait passé une partie de son enfance.

Quand lord Harrisson annonça cette nouvelle à sa fille, elle eut un sourire triste et dit en soupirant :

— Pauvre tante de Millerey ! au fond, elle m'aimait, et si elle m'a fait quelquefois de la peine, c'est bien sans le vouloir, j'en suis sûre.

— Enfin, grâce à elle, te voilà riche désormais, ma mignonne, reprit le châtelain.

— Eh ! mon Dieu, oui, papa. Quand je pense combien autrefois je tenais à la fortune, me figurant que cela procurait le bonheur !... Que j'étais sotte ! A présent, l'argent me laisse froide.

— Et pourtant tu aimes à en avoir pour gâter tes amis, les petits pauvres, et faire sourire les malheureux, n'est-ce pas ?

— Oh ! c'est vrai, papa. Je ne pensais pas que plus nous serons riches, plus nous donnerons de joie aux autres. Mais cet argent est à vous avant d'être à moi. Je ne suis qu'une petite fille et n'ai besoin de rien.

— Soit ! mais, ne songes-tu pas que, à l'avenir, rien ne nous oblige plus à vivre ici en solitaires ?

— Oh ! papa, nous ne vivons pas en solitaires, puisque nous avons de bons voisins et des amis surtout ? N'est-on pas très heureux à Harrisson-Castle ?

— Ainsi, tu ne désires pas repartir pour la France et vivre à Paris dans le luxe, comme au temps de ta petite enfance ? Tu grandis, mignonne, et il viendra un temps où la vie à la campagne, en province, comme on dit dans les grandes villes, ne te sourira plus.

— Non, père, répondit Marguerite sans hésiter ; j'aime l'Irlande comme tu l'aimes ; j'aime Oughterurd avec sa pauvreté poétique et fière. Eh ! je ne dis pas que plus tard, quand je serai une grande jeune fille et que j'aurai fini mes études, je ne veuille pas voyager avec vous, voir de beaux pays nouveaux pour moi, mais sans vous quitter jamais, et chaque été nous ramènera à Harrisson Castle, n'est-ce pas ?

— C'est tout à fait ce que je pense, mignonne, fit lord Harrisson en baisant sa fille sur ses beaux cheveux d'or.

Les Merreot se réjouirent avec leur amie de l'héritage qui venait de lui échoir, et l'on profita de la circonstance pour faire aux Irlandais malheureux une ample distribution d'aumônes.

Ce qui fut moins gai, ce fut le départ de lord Harrisson pour le continent, où il devait aller régler les affaires de succession concernant sa fille. Comme Marguerite était mineure, il n'avait pas besoin d'elle pour les signatures et les dispositions à prendre ; il lui proposa bien de l'emmener, mais l'enfant préféra rester en Connaught.

Outre qu'il lui aurait répugné de rentrer en maîtresse dans ce logis où, six mois auparavant, elle avait vu sa pauvre tante pleine de vie, elle comprit qu'elle gênerait plutôt son père qui ne pourrait s'occuper que de choses sérieuses ; et puisqu'il devait demeurer absent le moins de temps possible, elle l'attendrait tranquillement à Dunbroke, où ses amis Merreot la recevraient avec allégresse.

Tout s'arrangea donc ainsi, et lord Harrisson partit pour remplir sa mission.

Le soir même du départ de son maître, Cramoizo se présenta, rayonnant, devant sa jeune maîtresse qu'il accompagnait à Dunbroke.

— Je l'ai rossé, Mademoiselle ; oh ! je l'ai rossé de la bonne manière.

— Qui ça, Cramoizo ?

— Eh ! le Dunstan, donc, ce gredin que je soupçonne avoir tiré sur mon commandant au bois de Dunbroke.

— Comment, sans preuves, tu as osé.....

Cramoizo fendit sa large bouche dans un vaste sourire.

— En Angleterre, on a la boxe prompte, répondit-il ; j'ai la main leste et le poing solide. Je lui ai proposé une partie... Or, il a reçu toute ma tête dans son estomac, et ma tête est d'un dur ! Il en a dans l'aile pour huit jours, certainement.

— Tu n'aurais pas dû faire cela, Cramoizo ! soupira la jeune fille.

— Tiens, pourquoi ?

— C'est mal de nuire à son prochain.

— C'est pas mon prochain, fit dédaigneusement Cramoizo, et c'est pas un gros péché que de le détériorer un brin. Mademoiselle est une demoiselle et par conséquent ne comprend pas ces choses-là, de même que, nous autres hommes, nous ne concevons pas ses délicatesses et ses petits remords de conscience.

Marguerite ne riait pas, elle ; elle demeurait inquiète et songeuse.

— Et s'il se venge, cet Irlandais, dis, Cramoizo ? reprit-elle.

Le matelot se rengorgea.

— Il peut essayer de s'en prendre à nous, il trouvera à qui parler ;
je lui ai déjà prouvé que je suis plus fort que lui.

Cramoizo avait tort, cependant, de tant compter sur sa vigueur, et
Marguerite avait raison de se tourmenter.

A présent le pays semblait tout à fait pacifié ; sans cela lord Harrisson n'y eût jamais laissé sa fille ; mais des ferments de haine demeuraient encore chez quelques-uns.

A quinze kilomètres environ d'Harrisson-Castle, au bord d'un maré-
cage malsain, s'élevait la maisonnette misérable habitée par Dunstan
et sa vieille mère.

Celle-ci, triste, résignée, honnête ; celui-là révolté, farouche, vagabond.

Ce soir-là, Dunstan gémissait sur le mauvais matelas de varech qui
lui servait de lit ; par les fentes du toit, la pluie filtrait jusque sur l'u-
nique couverture en haillons sous laquelle il grelottait.

Sa mère lui tendait une tasse ébréchée où fumait une tisane sans
sucre, agrémentée de quelques gouttes de gin.

Hélas ! l'Irlandais trompe souvent sa misère par l'ivresse ; chez Dunstan, on n'avait pas souvent de quoi manger, mais il s'y trouvait quelquefois de quoi boire.

La fièvre faisait briller les yeux ardents du jeune homme ; mais le
délire ne le possédait pas, et les paroles qui venaient à ses lèvres
étaient sensées quoique violentes.

— Je me vengerai, je me vengerai ! répétait-il, menaçant du poing
un ennemi absent. Oh ! ces Anglais, tous les mêmes ! Celui-ci m'a
démoli les côtes ; mais je le lui revaudrai, à lui et à l'autre.

— Qui ça, *l'autre?* demanda l'Irlandaise. Je croyais que tu n'en voulais qu'à ton adversaire, cet ancien matelot...

— Il a travaillé pour le compte de son maître, je le devine, allez,
mère.

— Et pourquoi le lord t'en voudrait-il, mon fils ? On le dit bon et
généreux.

— Il ne l'a jamais été pour moi. Ensuite, on prétend que c'est moi qui ai blessé lord Harrisson à la chasse...

— Et ce n'est pas toi, n'est-ce pas ? fit la vieille Claddys avec un doute angoissé dans la voix.

Dunstan se souleva sur son séant, malgré la douleur que lui causaient ses membres endoloris.

— Je jure que ce n'est pas moi, dit-il en étendant la main.

Il ajouta, dans un sourire amer, en retombant sur sa couche :

— D'ailleurs, je n'ai pas de fusil, moi !

— On peut emprunter celui d'un camarade, reprit l'Irlandaise ; mais je te crois, mon fils, si tu m'affirmes sur l'honneur que tu n'es pas l'auteur du coup.

— Celui qui l'a fait, murmura Dunstan à voix basse, c'est Bobby ; vous savez, Bobby, qui était mon camarade ? Ça ne lui a pas porté bonheur, sa lâcheté, car on l'a trouvé mort dernièrement, écrasé sur la route par quelque véhicule. Bobby avait bu...

— Tu bois aussi, toi ! dit la mère avec douceur ; mon Dunstan, prends garde que pareille chose ne t'arrive.

— Moi, fit le jeune homme en s'animant ; je bois aussi, c'est vrai, et alors je vois rouge ; je suis un rebelle, c'est vrai, et j'aime à me venger ; mais je ne suis pas un lâche : je ne frapperais jamais un homme par derrière, cet homme fût-il mon ennemi.

Claddys eut dans l'ombre un soulagement.

— Je ne comprends pas pourquoi Bobby a tiré sur lord Harrisson : il lui en voulait donc ?

— Bobby s'est trompé certainement, ou bien, je vous le répète, il avait les fumées de l'eau-de-vie dans la tête; autrement je ne conçois pas son crime ; il braconnait souvent à Dunbroke, et le garde avait l'œil sur lui, quoique le jeune lord ne soit pas dur au pauvre monde, ça, faut le reconnaitre. Bobby aura-t-il cru tirer sur ce garde en apercevant un cavalier seul sur le chemin, ou bien a-t-il voulu venger l'Irlande en blessant grièvement un lord, un Anglais ? Voilà ce que je ne puis deviner... Après tout, cette dernière supposition est assez naturelle, car...

Ici, Dunstan se pencha un peu et, baissant la voix comme s'il craignit d'être entendu par d'autres que sa mère, il acheva :

— Car Bobby était un Compagnon de la Chaîne d'Acier.

— Oui, oui, et tu vois à quoi toutes ces histoires t'ont mené, mon pauvre garçon ! murmura Claddys d'un ton chagrin.

— Mère, fit Dunstan avec orgueil, c'était pour le bien du pays et le bonheur de nos frères. On m'a confié le soin de châtier l'Anglais.

L'Irlandaise secoua mélancoliquement la tête.

— Maintenant, mon Dunstan bien-aimé, dit-elle, promets-moi de te tenir tranquille et d'oublier tes griefs contre les habitants de Harrisson-Castle, sinon contre l'Anglais en général.

— Cela, jamais ! gronda le malade d'un ton farouche. Mère, ne me prêche pas le pardon ; vois-tu, c'est inutile, car il faut que je me venge. Deux fois j'ai été frappé et humilié par ces gens-là, je veux des représailles sévères.

— Que feras-tu ?

— Je ne sais encore ; va, l'occasion s'offrira d'elle-même.

— Allons, dors, mon pauvre enfant, dit la mère en ramenant sur lui les couvertures usées. Dors, et que Dieu te garde !

Dunstan s'endormit ; mais, même en son sommeil, il proférait des menaces et des paroles de haine.

Le nom d'Harrisson revenait sans cesse sur ses lèvres avec colère et indignation.

Claddys priait ; de grosses larmes roulaient dans ses rides, et de longs soupirs soulevaient sa maigre poitrine sous l'étoffe élimée de sa robe de coton.

La nuit s'avança, le froid devint aigre et âpre ; la porte fermait si mal, que le vent qui entrait par les fentes faisait voltiger sur la muraille de pauvres images grossièrement coloriées qui y étaient fixées.

La vieille femme détacha son unique jupon sous la robe amincie et elle l'étendit sur les pieds du dormeur.

Elle soupirait douloureusement ; autour d'elle tout parlait de misère et de navrement, et cependant Claddys n'avait pas toujours été malheureuse,

Elle songeait au temps passé, alors que son mari vivait encore et que la maisonnée était joyeuse et la huche pleine. Alors le logis résonnait de chants joyeux et de rires argentins ; alors des petits pas légers couraient dans le jardinet plein de pommes et de poires...

Et puis le malheur était venu : le père de famille était parti trop tôt, hélas ! ainsi que la fille aînée et les premiers-nés.

Enfin Claddys, demeurée presque seule, avait montré trop de faiblesse en élevant le petit-fils qui lui restait ; il avait vécu en enfant gâté, faisant tout ce qu'il voulait, adorant sa grand'mère et son pays.

Il professait, tout jeune, une sorte de culte pour l'Irlande et d'aversion pour l'usurpateur.

Inquiète de voir se développer en lui ces sentiments violents, la vieille Claddys ne les réprimait pourtant pas, et maintenant elle se disait en soupirant :

— Je l'ai trop aimé, je l'ai trop gâté, mon pauvre Dunstan, et je suis cause qu'il est aujourd'hui un vagabond et un révolté.

Trois jours plus tard, Dunstan était sur pieds ; mais sa rancune n'avait pas diminué.

XXVI

DISPARUE.

Le lecteur doit se demander ce qu'il advenait de Mamie, de Mika et du *niño*, puisque la vicomtesse était morte et la maisonnée dispersée.

Eh bien, Mme de Millerey avait légué une rente viagère à Mamie et une certaine somme à son petit-neveu, somme insignifiante, comparée à la fortune dont elle avantageait Marguerite Harrisson.

« Mais, se disait-elle en faisant son testament, ce petit bonhomme me tient moins au cœur que ma petite nièce, et enfin un garçon se tire toujours d'affaire. »

Bref, Mamie devait finir ses jours un peu tristement à la campagne, chez sa belle-sœur avec laquelle elle sympathisait peu ; mais il fallait bien vivre quelque part.

Quant à Yanid, la vicomtesse de Millerey lui donnait pour tuteur lord Harrisson ; or, cette tutelle n'était pas bien lourde pour le moment, le bébé venant à peine d'être sevré.

Lord Harrisson était donc libre de le laisser en France sous la garde de Mika et la surveillance de Mamie ; mais, le jour de son départ pour Paris, Marguerite lui avait sauté au cou en lui glissant à l'oreille :

— Papa, ramène-nous Yanid, Mika et Mamie : je serai si contente, et Yanid sera mon petit frère !... Vous le pouvez bien, maintenant que nous voilà riches.

Lord Harrisson n'avait répondu ni oui ni non, se réservant de réfléchir pendant son voyage ; mais sa fille connaissait son cœur, et tranquillement, à Harrisson-Castle elle faisait préparer des chambres et un tout petit lit d'enfant où elle avait dormi étant bébé.

Afin de leur en laisser la surprise, elle ne disait rien de cela à ses amis Merreot.

Voilà donc Marguerite encore une fois à Dunbroke, mais joyeuse comme Robert et Muriel, car elle sait que l'absence de son père sera de courte durée et qu'elle reçoit journellement de bonnes nouvelles de Paris.

Lord Harrisson disait même, dans sa dernière lettre, qu'il s'apprêtait à quitter la France après avoir réglé toutes les affaires concernant la succession de la vicomtesse de Millerey.

De Yanid et de Mamie il ne disait rien ; mais ce silence semblait à Marguerite d'un heureux présage ; aussi achetait-elle en sourdine quantité de jouets qu'elle confiait à Cramoizo, demeuré dans le secret.

— Sapristi ! disait parfois le vieux marin, y a de quoi amuser toute une armée de mômes avec ces bibelots !

Le brave homme partageait son temps entre Harrisson-Castle qu'il fallait surveiller et Dunbroke où il venait chercher des nouvelles de son maître.

Une nuit qu'il était justement retourné à Oughterurd, le cri : « Au feu ! au feu ! » retentit d'une façon lugubre autour du château de Dunbroke.

Etait-ce la maison qui flambait ? nul ne le savait, mais tout le monde se leva précipitamment et se réunit dans la grande cour, malgré l'obscurité intense et un froid assez vif.

Une certaine agitation se produisit ; la cloche d'alarme ayant été sonnée par un domestique affolé, les grilles du parc et les portes de la cour furent ouvertes et laissèrent entrer et sortir les curieux ou les gens venus au secours des châtelains. Un instant, Robert crut entendre comme un cri étouffé, mais ce pouvait être une servante épeurée qui le poussait, et le jeune homme, pensant avant tout au salut de tous, s'occupait à donner des ordres.

Or, il fut prouvé, un instant après, que l'accident n'était qu'une fausse alerte, peut-être une invention d'un mauvais plaisant, et le jeune Merreot se proposait d'ouvrir une enquête le lendemain à ce sujet.

— Ce n'était rien, tu vois, Marguerite, dit Muriel qui étreignait peureusement le bras de son institutrice.

Puis, n'apercevant pas sa compagne auprès d'elle, la fillette ajouta :

— Cette frileuse ! elle ne nous a pas attendues pour courir se remettre dans ses draps.

— Marguerite ! appela Mᵉˡˡᵉ Gordrax saisie d'une vague inquiétude.

Et comme aucune réponse ne suivit cet appel, tous rentrèrent dans la maison, où déjà les serviteurs préparaient une boisson réchauffante. Muriel et son institutrice coururent à la chambre de Marguerite qu'elles n'y rencontrèrent pas.

— Où peut-elle être ? murmurait la jeune fille.

— Mon Dieu ! soupira seulement Mᵉˡˡᵉ Gordrax en entraînant Muriel dans le hall.

On battit toute la maison et les alentours, la cour, les communs, en appelant l'absente.

De tous les côtés retentissait ce cri :

« Margaret ! Margaret ! where are you ?

« Margaret ! answer to us ! »

(Marguerite, où êtes-vous ?)

(Marguerite, répondez-nous !)

Qu'était-elle devenue dans la bagarre

Prise d'effroi, elle avait pu se trouver mal dans quelque coin et, l'obscurité aidant, y demeurer sans qu'on s'en doutât.

Mais l'hypothèse n'était pas fondée, puisque Marguerite resta introuvable.

Elle ne répondait pas, et tante Maud, à laquelle on avait essayé de cacher le malheur, commençait à deviner l'angoisse sur le visage de tous ceux qui l'entouraient.

Des hommes furent envoyés dans toutes les directions, master Thistle à leur tête, et la contrée fut fouillée, mais en vain.

Les O'Méana, avertis de l'incendie par le bruit public, s'étaient hâtés d'accourir et d'offrir leur aide aux victimes du sinistre.

Mais l'accident n'avait pas eu de suites, ainsi que nous l'avons dit, et, si les O'Méana eurent le plaisir de trouver le feu à peu près éteint, ils poussèrent un cri d'horreur en apprenant la disparition de la pauvre Marguerite.

Serviable et bon, M. O'Méana se joignit aux hommes qui faisaient les perquisitions, tandis que sa femme et sa fille tenaient compagnie aux châtelaines.

Pâle comme un mort, Robert voulait faire partie de l'expédition ; il fallut employer la force pour l'en empêcher.

— Il est évident, dit Mlle Gordrax, que notre chère enfant a disparu pendant le trouble causé par le prétendu incident, imaginé sans doute par les ravisseurs ; or, je soupçonne fort les patriotes irlandais qui vous détestent, d'avoir préparé ce coup. En ce moment, on ne parle pas trop de leurs méfaits ; mais qui sait s'ils ne sont pas les auteurs du rapt ?

— Et ils vont nous la tuer ? — sanglota Muriel que rien ne pouvait consoler.

— Non, mignonne ; nous ne sommes plus au temps des représailles sanglantes et des assassinats cruels ; ils la garderont probablement comme otage jusqu'à ce qu'ils aient obtenu une forte rançon.

— Heureusement que nous sommes riches, murmura la fillette.

— Oh ! s'ils lui font le moindre mal ! rugit Robert en serrant les poings.

— Ne craignez pas : on ne maltraite guère une innocente enfant ; mais elle doit beaucoup souffrir de se voir captive et surtout de se représenter notre propre angoisse.

Mlle Gordrax cherchait à rassurer le frère et la sœur, mais elle était aussi inquiète que miss Maud et master Thistle, et la nuit se passa dans des transes affreuses. Mon Dieu ! que répondre au malheureux père qui allait revenir et qui réclamerait son enfant à ceux auxquels il l'avait confiée ?

C'était épouvantable.

Et l'on ne pouvait le rappeler par dépêche ; lord Harrisson était peut-être en ce moment sur mer, peut-être à Londres, peut-être à Holyhead, on ne savait.

Certes, on comptait bien retrouver Marguerite avant son retour, dussent les ravisseurs exiger une somme énorme pour sa rançon ; mais qui pouvait l'affirmer ?

Le lendemain matin, parut Cramoizo que l'on avait averti en hâte.

Le pauvre homme semblait sortir d'une longue maladie, tant l'affreuse nouvelle l'avait bouleversé.

— Mon commandant ! que dira mon commandant ? murmurait-il d'une voix creuse, les yeux hagards, la bouche sèche.

Soudain, recouvrant son énergie habituelle, il se munit d'un revolver et d'un poignard écossais, et partit à l'aventure.

A Dunbroke, chez les Merreot, on avait achevé la nuit en prières, les femmes du moins, car, sauf quelques hommes demeurés là pour garder la maison, tous étaient employés en recherches.

On sonda la rivière, on fouilla les bois environnants et la campagne ; toute la journée des émissaires se croisèrent sur la route de Harrisson-Castle, au cas où la fugitive, échappant à ses ravisseurs, aurait pu rentrer à Oughterurd.

Les téléphones furent détraqués à force d'être employés ; le personnel des deux châteaux était sur les dents ; les fermiers eux-mêmes se mettaient à l'œuvre, car l'événement était maintenant connu, et lord Harrisson et Marguerite étant aimés autant que les Merreot, sauf de ceux qui ne les connaissaient pas ou de quelques ingrats comme il s'en rencontre partout ; chacun prenait une vive part au malheur. Nous devons confesser qu'en cette circonstance l'attorney Péréquiel ne montra pas une attitude bien loyale.

Son devoir était de prêter son aide et d'activer les recherches ; or, il ne le fit que mollement et apporta une lenteur extrême à donner ses ordres.

Cela, parce qu'il en voulait à lord Harrisson, qui lui avait reproché froidement, un jour, sa dureté envers les Irlandais.

— Ah! ah! pensait-il avec une arrière-pensée de satisfaction, à présent qu'on lui a volé sa fille, il verra s'il avait raison de me conseiller l'indulgence. Je sais mieux que lui comment je dois me conduire ; ce peuple ne peut être mené qu'avec des verges de fer, et c'est tant pis pour ceux qui ne récoltent qu'ingratitude après avoir semé le bienfait. Bah ! elle se retrouvera toujours, la petite fille, et la leçon sera peut-être salutaire à l'orgueilleux lord.

XXVII

Nous devons expliquer maintenant l'étrange disparition de Marguerite Harrisson.

Tandis qu'affolés par les cris : « Au feu ! » les châtelains de Dunbroke s'assemblaient dans la cour du sud, Marguerite, en essayant de rejoindre son amie Muriel, s'était tout à coup sentie vivement saisie et emportée par des bras robustes.

Elle avait poussé alors cette exclamation étouffée que Robert avait remarquée au milieu du tapage commun.

Le premier moment, elle s'effraya peu, pensant qu'un serviteur zélé cherchait à l'entraîner loin du danger ; mais bientôt un mouchoir fut appliqué sur sa bouche pour l'empêcher de renouveler ses appels ; vainement elle tenta de desserrer les lèvres, d'arracher cet odieux chiffon : elle n'y put parvenir.

Des mains brutales comprimèrent ses mouvements ; épuisée, elle ne tenta plus de lutter, de se débattre, de se défendre. Hélas ! elle manquait de forces, et son ravisseur eut bien vite raison d'elle.

Elle comprit qu'on l'avait attirée dans un piège et qu'on allait l'emporter peut-être bien loin.

— Papa ! oh ! papa ! cria-t-elle dans son cœur affolé, tordu par l'angoisse.

« Muriel ! Robert ! Cramoizo ! »

Elle appelait en elle-même, la pauvrette, tous ceux qui lui étaient
chers ! et, à la pensée de ce qu'ils allaient souffrir en ne la trouvant plus
à leurs côtés, à demi asphyxiée par son bâillon, brisée par l'émotion,
épouvantée de l'obscurité et de cette fuite rapide, elle perdit tout à fait
connaissance.

Lorsqu'elle reprit ses sens, un brouillard confus enveloppait son
esprit ; les yeux ouverts, la tête vide, elle se demandait où elle était et
quel événement venait d'arriver.

Le lieu où elle se trouvait était sombre et humide ; un lumignon
tremblotant fiché en terre jetait des ombres intermittentes et de fugaces
lueurs sur une muraille nue.

La couche sur laquelle on l'avait déposée semblait bien dure ; à côté
d'elle deux voix alternaient : celle d'un homme, celle d'une femme.

Depuis les quelques années qu'elle habitait le Connaught, Marguerite
avait appris à entendre un peu le patois en usage dans le peuple : aussi
put-elle saisir quelques lambeaux de phrases dans la conversation qui
avait lieu si près d'elle.

— Que veux-tu que j'en fasse, mon Dunstan ? gémissait la voix fémi-
nine, et pourquoi as-tu apporté ici cette pauvre colombe ?

— C'est ma vengeance, mère, ma vengeance que je tiens enfin !
répondit l'accent joyeux de Dunstan.

— Et tu t'es attaqué à une enfant ?

— Dame ! on fait ce qu'on peut. J'ai enlevé la fille pour châtier le père.

— Que t'a fait celui-ci ?

Le jeune homme grinça des dents.

— D'abord il est Anglais; ensuite j'ai eu sur ma figure la marque de
son fouet.

— Peut-être le bravais-tu ?

Dunstan garda le silence.

— Et que veux-tu que je fasse de l'enfant ? reprit la vieille femme.

— Ma foi ! je n'en sais rien, s'écria l'Irlandais. Nul ne la découvrira

Elle s'était sentie emportée par des mains robustes (page 215).

ici. Je veux simplement que son père et ses amis la cherchent et la pleurent.

— C'est d'un mauvais cœur, cela, mon fils.

Dunstan se rapprocha de sa mère ; cette fois, Marguerite s'habituait à leur langage et comprenait mieux.

— Ma mère, fit le jeune rebelle avec une exaltation croissante, ils m'ont humilié et frappé ; ils peuvent bien souffrir à leur tour : n'avons-nous pas assez souffert, nous ? Avez-vous donc oublié nos jours d'atroce misère, la neige entrant dans notre logis, mon père et ma sœur malades ; le froid, la faim ?

— Ça n'est pas la faute du lord, murmura doucement l'Irlandaise, pendant que Marguerite Harrisson se disait :

— Oh ! les pauvres gens ! les pauvres gens ! comme je leur pardonne de bon cœur leur rancune injuste ! Ils ont tant pâti !

— Ainsi, je garde cette petite fille ? reprit Claddys comme à regret.

Elle ajouta plus bas ces mots que Marguerite devina plus qu'elle ne comprit :

« Il faudra la nourrir et il y a déjà si peu de pain pour nous deux ! »

Chose singulière, Marguerite avait reconquis tout son sang-froid depuis qu'elle avait saisi l'entretien de la mère et du fils.

Après tout, elle savait qu'on ne lui ferait pas de mal ; que son père, naviguant autour de l'Irlande, ignorerait quelques jours encore la catastrophe, et que ses amis la chercheraient avec vigueur ; elle se sentait donc assez calme, et elle tâta sa petite poche dans laquelle un objet passablement épais formait une proéminence sous la robe.

— J'ai ma bourse, tant mieux ! pensa-t-elle.

Et elle tendit l'oreille encore.

— Maintenant, je vais repartir, fit Dunstan qui se leva et s'enveloppa d'un mauvais manteau ; il faut qu'on me voie loin d'ici ; autrement on devinerait que je suis l'auteur du rapt et où j'ai caché ma prisonnière.

— Tu ne manges pas ? tu n'as presque rien pris hier, dit l'Irlandaise en ouvrant une armoire d'où elle retira un morceau de pain grossier.

Dunstan hésita une seconde, puis répondit d'une voix douce :

— Non, mère, garde cela; moi, je trouverai à manger chez les camarades.

— Alors ce sera pour l'enfant : elle aura faim demain matin.

Le jeune homme se retourna brusquement et, d'un ton dur :

— Bah ! les enfants de riches, ça mange toujours plus qu'à leur faim ; elle peut jeûner pour une fois.

Soudain une petite voix harmonieuse s'éleva dans l'ombre :

— Ne vous privez pas pour moi : j'ai de l'argent. Tenez, pauvres gens, tenez !

Et une main mignonne et très blanche tendait à Dunstan un porte-monnaie bien garni.

— Tonnerre ! elle nous espionnait ! rugit le jeune homme. Moi qui la croyais évanouie et endormie !

— Je me suis éveillée et j'ai compris ce que vous disiez. Oh ! je ne vous en veux pas, allez ! Je vous plains seulement parce que le vainqueur de votre pays vous a mal traités et que vous êtes aigris par le malheur.

Je constate seulement que vous êtes injuste aussi, vous, Dunstan, car enfin, moi je ne vous ai jamais fait de mal ; au contraire, j'aime les Irlandais, et nos tenanciers n'ont qu'à se louer de nous.

— Mais le lord votre père m'a frappé de sa cravache, un jour, et cela, je ne puis le lui pardonner, gronda le jeune homme avec colère.

— Oh ! non, s'écria l'enfant indignée. Cela ne peut être vrai : mon père n'a jamais touché à un malheureux, jamais rudoyé personne, même ; il en est absolument incapable, je vous l'affirme.

— Alors, murmura Dunstan un peu déconcerté, c'est le grand diable qui était avec lui en voiture : un garçon énorme, avec un visage tanné comme un vieux cuir et des boucles dorées aux oreilles. Pour celui-là, vous ne pouvez pas le nier.

« C'est Cramoizo ! pensa Marguerite. Au fait, il est emporté et imprudent ; avec lui tout est possible. »

— Vous reconnaissez cet homme au portrait que je vous en fais, n'est-ce pas ? demanda Dunstan.

— Oui, répondit franchement la fillette ; mais ce n'est pas une raison pour nous en vouloir à tous. Cramoizo est un fidèle serviteur, bon, dévoué, mais trop prompt, que son zèle emporte souvent trop loin ; au fond c'est le meilleur des hommes.

— Tout cela m'est égal, gronda de nouveau l'Irlandais ; ça n'empêche pas qu'il m'a cravaché ; j'ai porté sur ma figure pendant plusieurs jours les marques de son fouet. Mais ce n'est pas tout encore, Miss Harrisson, et, la semaine dernière, ce grand diable m'a broyé les côtes.

— Vous a-t-il provoqué le premier ?

— Oui, le premier, parce qu'il me soupçonnait...

— De quoi ? demanda la fillette, voyant qu'il s'arrêtait court.

— D'avoir tiré, à la chasse, sur le lord son maitre, sur votre père.

— Eh bien, était-ce vrai ? fit Marguerite qui se dressa, toute blanche et frémissante.

— Devant Dieu et ma mère, je jure que c'est faux ! s'écria Dunstan en étendant la main. Je braconne souvent, je l'avoue (il faut bien vivre), et, le jour de la chasse, je me suis trouvé un moment dans le bois de Dunbroke ; mais je n'ai pas tiré un coup de fusil. Le maladroit qui a blessé lord Harrisson est mort à l'heure qu'il est: c'était Bobby, un de mes camarades.

Marguerite retomba sur sa paillasse de varech.

— Je vous crois, dit-elle simplement. Au fond, vous n'êtes pas méchant.

— Si, je le suis, gronda-t-il. Rien ne rend mauvais un homme comme de se voir accusé et châtié injustement.

— Cramoizo a eu tort et réparera cela, reprit l'enfant, et vous redeviendrez bon.

Dunstan voulut protester de nouveau ; elle ne lui en laissa pas le temps.

— Prenez cette bourse, dit-elle à Claddys qui écoutait ce colloque avec un étonnement suprême ; partagez-en le contenu avec votre fils ; il faut qu'il puisse manger à sa faim. Vous garderez le reste pour vous, pauvre femme ! Est-ce que j'ai besoin d'argent, moi ?

— Mais c'est un ange du bon Dieu ! s'écria l'Irlandaise.

Son fils jeta à l'enfant un regard méfiant.

— Elle veut nous corrompre pour que nous lui rendions la liberté, ou pour profiter de notre absence et s'enfuir, gronda-t-il.

— M'enfuir ? répliqua Marguerite. Et où irais-je par cette nuit froide? Je ne sais même pas où je me trouve, ni quel trajet on m'a fait faire sur le cheval qui m'a apportée ici avec mon ravisseur.

Elle ajouta avec une certaine tristesse, en regardant autour d'elle le misérable réduit qu'éclairait mal la chandelle de suif :

— Dans ma vie encore courte, j'ai bien vu quelques malheureux, les Moore par exemple, des tenanciers que mon père a sortis de la misère ; mais je n'ai jamais touché d'aussi près l'indigence, le malheur. Que voulez-vous ? ce qui est à déplorer dans la société, c'est qu'en général bien peu de riches comprennent et voient la pauvreté, la véritable misère. Ils ne connaissent que celle qui tend la main dans les rues et non celle des logis sans pain et sans feu. Ils ne se la figurent pas. Autrement ils donneraient davantage. Ce n'est pas toujours d'avarice qu'il faut accuser le riche, mais d'égoïsme, d'indifférence, d'ignorance surtout. Oh ! moi, j'étais ainsi jadis. Avant de venir en Irlande, avant que mon père ne dirigeât ma vie et mon éducation, je ne pensais guère qu'à moi, et l'on m'eût bien étonnée en me montrant une masure comme celle que vous habitez.

Vous vous demandez sans doute pourquoi je me montre si indulgente envers des gens qui m'ont enlevée à mon *home* et à mes amis ?

C'est justement à cause de votre malheur; parce que, aussi, je me rappelle ce que j'étais autrefois, c'est-à-dire égoïste et vaniteuse ; ce souvenir rend le pardon plus facile. Et pourtant, c'est bien mal, allez, ajouta la jeune fille dans un grand soupir, c'est bien mal de m'avoir arrachée aux miens pour me jeter sous un toit inconnu et misérable. Je souhaite que mon père, qui est miséricordieux et pieux, vous pardonne comme moi et vous fasse du bien.

Dans le fond de la chambre, on entendit un sanglot : c'était Claddys qui pleurait, la tête cachée sous son tablier.

Quant à Dunstan, la gorge serrée par l'émotion, la poitrine oppressée, le pas chancelant, la voix étranglée, il sortit en faisant claquer la porte et en criant :

— Oh ! que Dieu me punisse ! J'ai mal fait ! J'ai mal fait !

Rampant jusqu'au lit où reposait l'enfant, la vieille Irlandaise chercha sa main dans l'ombre et y colla ses lèvres ridées.

Confiante, presque tranquille, Marguerite s'endormit, brisée d'émotions, sur la couche même où, quelque temps auparavant, Dunstan le rebelle, battu par Cramoizo, lançait des imprécations contre lord Harrisson.

L'aube parut, pâle, triste, et comme ce matin où elle regardait dormir son fils malade et enfiévré, Claddys contempla la fillette dans son paisible sommeil.

— Je voudrais la ramener chez elle, pensait l'humble femme ; mais je n'oserais jamais, on me mettrait en prison ; et puis, je ne connais pas la route de son château.

Quand la lumière du jour s'accentua, elle sortit doucement en fermant la porte, et elle ne reparut qu'au bout d'une demi-heure, chargée de provisions.

Une partie de l'argent de Miss Harrisson était dépensé ; Claddys avait acheté du joli pain blanc, une bouteille de lait, un petit morceau de viande et quelques onces de beurre.

Quand la fillette s'éveilla, elle put se chauffer à un bon feu de brindilles et boire une tasse de lait bien chaud.

La vieille Irlandaise avait pour elle des soins vraiment maternels, tout en lui témoignant une grande déférence.

Ainsi elle regardait Miss Harrisson boire son lait et manger son pain, mais sans s'occuper d'elle-même ; et pourtant la faim torturait ses entrailles.

— Et vous? dit l'enfant à son étrange geôlière, pourquoi ne mangez-vous pas? n'avez-vous point d'appétit ?

La pauvre femme n'osait commencer son repas avant que la prisonnière eût terminé le sien ; mais, sur l'invitation qui lui fut faite, l'œil brillant de convoitise, elle se jeta sur le reste du pain et du lait, et Marguerite se sentit le cœur affreusement serré, à la vue de cette voracité témoignant hautement de longs et cruels jeûnes.

— Que ne mangez-vous de cette viande qui est toute cuite et qui vous donnerait plus de force ? lui demanda-t-elle.

L'Irlandaise rougit et balbutia une phrase confuse ; en réalité, elle voulait garder la viande pour son Dunstan, qui n'en mangeait pas une fois par semaine maintenant.

Marguerite devina sa pensée et n'insista pas, comparant en elle-même la cruelle misère de ces pauvres gens à son bien-être matériel à elle, et à toutes les douceurs auxquelles on l'avait accoutumée.

La matinée s'écoula et l'inquiétude se mit à hanter la captive. Dunstan ne revenait pas ; les Merreot ni Cramoizo ne donnaient signe de vie. Allait-elle demeurer longtemps dans ce taudis ?

XXVIII

PLUS DE TOURMENT.

« En avant ! Juno ! Néro ! Faro ! En avant, mes bons chiens ! cher-chez votre petite maîtresse ! Retrouvez-la ! »

Master O'Méana, au milieu de trop nombreux et inutiles discours, avait eu une bonne idée :

— En Amérique où j'ai passé un certain nombre d'années, j'ai vu des Yankees employer les chiens dont le flair est immanquable pour retrou-ver des prisonniers, des gens enlevés par les Indiens : une fois, par exemple, que nous nous rendions dans le Kentucky en troupe nom-breuse, le chef de notre.....

Mais on ne l'écoutait plus, car on savait qu'il en avait pour une heure à discourir ainsi ; on sauta sur son idée qui était pratique et on le planta là.

Cramoizo faisait rarement un pas sans être suivi des chiens préférés de Marguerite. Les braves bêtes l'avaient accompagné à Dun-broke, inquiètes, flairant un malheur, et lorsqu'elles trouvèrent la mai-sonnée en larmes, elles poussèrent des hurlements lugubres.

Quand O'Méana eut parlé, Cramoizo les lança en avant, après leur avoir fait flairer une paire de gants appartenant à Miss Harrisson. Elles filaient comme le vent, tenues en laisse par l'ancien matelot et par un domestique de Dunbroke. Elles allaient le nez à terre, l'oreille flottante, cherchant la trace de la petite maîtresse adorée.

On fit ainsi bien du chemin, sans résultat ; pourtant on savait que Marguerite n'était pas noyée : le lac Corrib est loin de Dunbroke ; la rivière, bien sondée, n'avait rendu aucun corps ; interrogé de même, l'étang d'Oughterurd ne recélait rien dans son lit. Aussi Cramoizo commençait-il à se désespérer, malgré l'ingénieuse idée de prendre les épagneuls et de leur faire chercher la trace de l'enfant enlevée, puisqu'on ne trouvait rien.

Et la fatigue abattait maintenant les hommes et les pauvres bêtes en chasse depuis l'aube ; la fatigue et aussi le découragement. Midi allait sonner à l'église du village ; aucun des valets ou des paysans envoyés en recherche ne revenait satisfait; on avait visité toutes les maisons suspectes, arrêté, puis relâché quelques vagabonds. Le pays était en rumeur, car on aimait Marguerite et l'on chérissait lord Harrisson, du moins en général.

— Si encore c'était un bébé, on aurait plus de peine à la retrouver, murmurait le brave Moore accouru à l'aide de Cramoizo ; mais notre demoiselle sait se défendre... Il faut qu'on l'ait rudement cachée pour qu'on ne retrouve pas sa trace.

A ce moment, Juno, qui donnait des signes d'agitation de puis quelques minutes, poussa un aboiement joyeux et s'élança en avant. La secousse fut telle, que la corde faillit échapper aux mains de l'ancien matelot.

Les compagnons de Juno flairèrent également le sol, aspirèrent le vent, aboyèrent aussi à pleine gorge et suivirent le brave animal.

— Je crois que nous y sommes ! cria Cramoizo.

— Enfin ils tiennent une trace ! dit Moore presque joyeux.

— Dieu soit loué ! fit un troisième.

— Nous voilà au bout de nos peines ! soupira un autre.

— Pourvu que nous la trouvions vivante et bien portante ! murmura l'ancien matelot.

— Seigneur ! venez-nous en aide ! suppliait-on de tous côtés.

Et l'on courut en avant, pleins d'espoir, cette fois.

. . . .

La porte s'ouvrit brusquement et les beaux épagneuls, etc. (page 229).

Dunstan réfléchissait douloureusement, son menton dans sa main hâlée, les sourcils froncés, et assis sur un mauvais escabeau, tandis que la vieille Claddys rangeait les reliefs du repas et que Marguerite Harrisson, rêveuse, elle aussi, cherchait le moyen de fléchir son geôlier ou de faire parvenir un message à ses amis de Dunbroke.

Tout à coup, un certain tumulte se produisit aux abords de la masure. Marguerite tressaillit, Dunstan ne broncha pas ; il n'avait accepté de manger le pain de l'ennemi, comme il disait, que parce que Miss Harrisson elle-même l'en avait supplié ; autrement son orgueil et sa rancune eussent tenu bon.

Enfin des aboiements violents parvinrent à l'oreille de la captive ; la porte s'ouvrit brusquement et les beaux épagneuls se jetèrent sur leur maîtresse avec de telles démonstrations de joie que, à la fois riant et pleurant, elle ne put se faire entendre ni de Cramoizo ni de ceux qui l'accompagnaient.

Mais, tout à sa rancune, l'ancien matelot, sans prendre le temps de féliciter sa jeune maîtresse, braquait son pistolet sur Dunstan en criant :

— Si tu bouges, tu es un homme mort.

Dunstan ne cherchait pourtant pas à se défendre ; calme, impassible, il répondit à Cramoizo :

— Ah ! tu peux me tuer, va ! j'en ai assez de cette vie de misère !

Alors, une petite main toucha le bras de Cramoizo et une douce voix murmura :

— Ami, ne leur fais pas de mal : ils m'ont bien traitée, et ils allaient me rendre la liberté. Ce Dunstan a fait un coup de tête dont il s'est repenti tout de suite.

Allons, ne perdons pas de temps en représailles inutiles et courons vite rassurer mes pauvres amis de Dunbroke.

— Mais, Miss Margaret, dit le Moore avec tout le respect que lui permettait son indignation, nous n'allons pas laisser ce misérable impuni ?

— Ah ! mais non ! déclara Cramoizo.

— Je suis seule juge du châtiment qu'il faut leur infliger, reprit Marguerite, puisque c'est moi qui suis leur victime. Or, je déclare n'avoir pas eu à me plaindre de ces gens. Dunstan a été poussé par un accès de rage et par le désir de se venger. Il m'a tout confessé, et il y a beaucoup de malentendu en tout ceci. D'abord, Cramoizo, il paraîtrait que tu lui as mis ta cravache sur la figure, un soir que papa t'avait emmené avec lui en voiture.

— Ça, oui, répondit le matelot avec franchise ; aussi, il nous barrait le passage ; il était un peu gris.

— Ça ne valait tout de même pas le coup de fouet, dit Marguerite en souriant. Ensuite, ses compagnons et lui accusaient à faux mon pauvre père d'avoir découvert et livré le secret de la retraite où ils tenaient leurs réunions patriotiques.

Furieux, Cramoizo bondit vers l'Irlandais.

— Mon commandant faire une chose pareille ! Ah ! misérable ! tu ne le connais pas, on le voit bien ; sans cela ! rugit-il.

— Ne menace pas, mon vieux Cramoizo, dit Marguerite de sa voix douce. Troisième grief, tu accusais Dunstan d'avoir tiré sur ton maître, à la chasse, et en conséquence tu l'as rossé ; et pourtant il était innocent du crime que tu lui imputais ; n'est-ce pas, Dunstan ? ajouta-t-elle en regardant le jeune homme.

— Je le jure, fit celui-ci, les yeux dans les yeux de l'ancien marin.

Cramoizo se gratta la tête.

— J'ai peut-être été un peu vif, murmura-t-il, déjà apaisé ; mais ce diable de garçon vous a enlevée, toujours, et ça suffit.

— Il se repent, va, je te l'affirme. N'est-ce pas, Dunstan ? dit encore Marguerite.

Pour toute réponse, le jeune révolté s'agenouilla sur le sol et baisa le bord de sa robe.

— Allons, conclut-elle, de toute cette affaire il résulte une mauvaise nuit pour nous tous. Maintenant, que tout soit oublié. Partons vite pour Dunbroke, afin de rassurer mes pauvres amis qui me croient perdue et

qui se lamentent, sans doute. Oh ! quel bonheur que mon père ne soit
pas encore de retour ! Comme il aurait souffert de tout cela !

Elle ajouta en elle-même :

« Et comme les pauvres Claddys et Dunstan eussent été châtiés !

Elle se dirigea vers la porte, tandis que Cramoizo et Moore grondaient
sourdement avec les chiens en regardant l'Irlandais et sa mère.

— Si notre lord était ici, les choses ne se passeraient pas aussi en
douceur que cela, dit le premier.

Car leur rancune ne pouvait s'apaiser si vite, en dépit de ce que leur
disait Miss Harrisson.

Avant de s'éloigner, celle-ci se retourna vers la pauvre Claddys et lui
glissa à l'oreille :

— Quand vous n'aurez plus d'argent, venez m'en demander à Oughterurd : je vous promets qu'il ne vous sera fait aucun mal.

— Merci, ange du bon Dieu ! répondit la vieille Irlandaise en pleurant.

Quand Marguerite se retrouva dehors, au grand air, sous le ciel libre
et entourée de ses bons serviteurs, une faiblesse la prit : la pauvre
petite avait dépensé toute son énergie dans la masure de Claddys, puis
à tenir tête à Cramoizo ; maintenant elle sentait une réaction s'opérer
dans ses nerfs ; mais ce fut court, et comme Cramoizo, inquiet, ne
voulait pas qu'elle essayât de marcher, en dépit de ses protestations on
emprunta la carriole d'un fermier et l'on fit ainsi une rentrée triomphale
à Dunbroke.

Nous laissons à penser si les chiens furent choyés, caressés et même
embrassés pour leur flair merveilleux.

XXIX

Dans une angoisse inexprimable, tante Maud, Mlle Gordrax et Muriel attendaient des nouvelles de Marguerite, tantôt priant, tantôt pleurant, assises près de la fenêtre du salon, afin d'interroger plus facilement la route.

Robert et son précepteur avec deux domestiques et M. O'Méana, qui avaient suivi une autre piste que Cramoizo et Moore, rentrèrent bredouilles de leur expédition.

Les dames O'Méana avaient dû regagner leur *home*, par discrétion d'abord, afin de ne point imposer leur présence aux châtelains fatigués et navrés, puis parce qu'elles avaient affaire chez elles ; mais elles se promettaient de revenir à Dunbroke le plus tôt possible.

Les suppositions les plus extravagantes traversaient l'imagination enflammée de Muriel, et Mlle Gordrax avait bien de la peine à entretenir un peu d'espoir dans ce petit cœur découragé.

Les gentlemen, de retour de leurs perquisitions dans le pays, étaient exténués de fatigue et de besoin : on leur servit le thé tout de suite, car ils parlaient déjà de se remettre en route.

Midi avait sonné depuis longtemps, et personne n'avait encore songé à prendre un peu de nourriture ; on s'attabla au hasard des places, silencieux, désolés, et l'on mangea pour soutenir des forces bien nécessaires, afin de poursuivre la tâche compliquée de retrouver la fugitive.

Pâle, morne, incapable de prononcer une parole, Robert semblait désespéré.

— Son père nous l'avait confiée, pensait-il ; que répondrons-nous à ce malheureux, s'il revient et nous redemande son enfant ? Et elle-même, la chère mignonne, presque notre sœur, Dieu sait ce qu'elle souffre en ce moment ! Dieu sait les tourments qu'on lui fait subir ! — Peut-être la maltraite-t-on, elle si délicate, si fine, si jeune encore !...

Le pauvre garçon s'abimait dans les réflexions les plus noires ; d'ailleurs, celles de ses voisins n'étaient guère plus roses ; master O'Méana seul tenait d'amples discours que personne n'écoutait, racontant mille histoires d'enlèvements, toutes moins réjouissantes les unes que les autres.

Tout à coup, Muriel quitta précipitamment sa chaise et bondit vers la fenêtre ; ses yeux de lynx avaient aperçu, très loin sur la route si souvent déserte, quelque chose comme un nuage de poussière.

— Qu'est-ce ? s'écria-t-elle.

— Du monde, certainement ! ajouta master Thistle.

— Bah ! soupira Robert, ce ne sont que les ouvriers commandés pour réparer les dégâts causés par le feu la nuit dernière.

— Je ne crois pas que ce soit cela, murmura Mlle Gordrax.

— D'ailleurs, Milord Robert, dit un domestique qui servait et qui écoutait la conversation des maîtres, les ouvriers sont arrivés il y a près d'une heure : ils sont déjà au travail.

— Alors ce ne peut être que la troupe de Cramoizo, ou bien les policemen qu'on a envoyés battre le pays.

— Et s'ils reviennent, soupira Robert, c'est que, pas plus que nous, ils n'ont réussi dans leurs recherches.

On attendit un instant, afin de mieux distinguer le groupe de voyageurs.

— Il y a une voiture ! s'exclama Miss Merreot.

Robert pâlit davantage.

— S'il y a une voiture et qu'ils la ramènent, dit-il, c'est qu'elle est blessée, ou malade, ou.....

Il n'acheva pas. Sa sœur lui prit le bras avec force et s'écria :

— Oh! tais-toi! tais-toi! ne dis pas de pareilles choses. Tu n'as donc pas foi en Dieu?

Robert ne répondit pas, son cœur se brisait dans sa poitrine; il s'attendait à voir un affreux spectacle.

La petite caravane avançait lentement, vu la pénurie et la rusticité de l'attelage ; mais les chiens couraient en avant, malgré leur fatigue extrême, et leur attitude n'exprimait pas l'abattement, loin de là.

— S'ils revenaient bredouilles, fit observer le précepteur de Robert, ils auraient l'oreille basse et la queue entre les jambes. Tandis que, regardez-les plutôt, ils courent et gambadent joyeusement.

— C'est vrai, fit la voix d'O'Méana.

Et il n'entama pas de récit, par extraordinaire, parce que tous les esprits étaient tendus vers un seul point et qu'on serait demeuré sourd à ses narrations.

Enfin Robert n'y tint plus et, nu-tête, les vêtements souillés et en désordre, il courut au-devant des arrivants.

Les chiens vinrent à lui en jappant et en remuant la queue; ils semblaient ravis.

Robert ne s'arrêta pas à les féliciter, on le conçoit, et après une caresse rapide donnée à leurs museaux affectueux, il continua sa course.

Du plus loin que Marguerite aperçut son ami, elle agita son petit mouchoir, et le cœur du jeune garçon bondit dans sa poitrine, quand il comprit qu'elle était là, saine et sauve.

— Dieu soit loué! soupira-t-il, elle est ici, elle nous est rendue!

Il arriva hors d'haleine, arrêta la voiture, embrassa Marguerite, Cramoizo, Moore; il eût, ma foi, embrassé le cheval qui ramenait la fugitive.

Robert courut au-devant des arrivants (page 234).

— Qu'y a-t-il eu ? demanda-t-il dès qu'il put parler.

— J'ai été enlevée tout simplement par un des patriotes irlandais qui en veulent aux Anglais, et celui-ci avait ou croyait avoir, plutôt, des griefs particuliers contre papa...

— Et contre moi qui me suis conduit comme une huître dans tout ceci, acheva Cramoizo d'un air contrit et piteux qui fit rire la fillette.

— Mais continuons notre marche, reprit celle-ci qui avait hâte d'arriver au château. Ne devons-nous pas aller rassurer tout à fait nos pauvres amies ? Quant au récit de mon enlèvement, je vous le ferai à tous ensemble, une fois à la maison.

Déjà, les habitants du castel, imitant Robert, accouraient au-devant de Miss Harrisson. Si elle fut embrassée, choyée, caressée, questionnée, on le devine aisément.

Dès qu'elle entra dans la vaste salle à manger, aux vives acclamations des serviteurs réunis, on lui servit du thé excellent, puis un bon bain lui fut préparé, et enfin, quand elle se vit restaurée, reposée, rafraîchie, elle commença le récit de son accident.

— Mais, fit observer Muriel qui tenait dans les siennes une main de son amie et ne la lâchait pas, comme si elle eût peur qu'on ne la lui prît encore, quand tu t'es sentie arrachée et emmenée loin de nous, comment n'as-tu pas appelé au secours ?

— J'ai bien poussé un cri, mais un seul, répondit-elle, car ensuite on m'a fermé la bouche avec un bâillon.

— Dire que j'ai entendu quelque chose, moi, et que je n'ai pas compris, pas deviné ce qui se passait ! murmura Robert avec désespoir.

— Vous ne pouviez pas présumer un pareil attentat, fit doucement Marguerite. Mais tout est bien qui finit bien ; je n'ai pas été trop malheureuse ; j'ai souffert surtout de l'idée de votre inquiétude, car une fois sous le toit de mon ravisseur, j'ai été bien traitée ; j'ai pu dormir et manger un peu. Je voyais qu'on ne me ferait pas de mal.

— Je voudrais bien savoir pourquoi ce misérable Dunstan s'est attaqué à toi plutôt qu'à mon frère ou à moi, dit Muriel.

— Parce que Cramoizo l'avait cravaché, puis rossé, un jour, et il se figurait que papa y était pour quelque chose.

— C'est égal, cet Irlandais va recevoir un rude châtiment, s'écria Robert, les yeux étincelants de courroux.

— Non, dit Marguerite avec fermeté, il restera impuni, je le veux. J'ai causé avec lui et avec sa vieille mère ; ces gens-là ne sont qu'aigris par le malheur, ils ne sont pas méchants au fond. Je leur ai promis qu'ils ne seraient pas inquiétés, on ne peut pas me faire manquer à ma parole.

— Vous êtes trop bonne, murmura Robert boudeur.

Elle le regarda avec malice :

— Qui donc m'a donné l'exemple de la bonté et de l'indulgence, si ce n'est vous, mes amis, avec papa ? dit-elle.

Et ils ne trouvèrent rien à répondre.

XXX

LE PARDON.

« Venez voir mon bébé chéri, comme il est gentil » ! écrivait Marguerite Harrisson revenue de ses émotions et réinstallée à Oughterurd auprès de son père, heureuse comme une petite reine entre sa vieille Mamie retrouvée et Yanid et Mika.

On le devine, lord Harrisson n'avait pas eu grand'peine à décider l'ancienne servante des Millerey à le suivre en Connaught.

— Quoi ! Monsieur me permettrait de finir mes jours auprès de l'enfant de mon cœur, auprès de cette mignonne Marguerite que j'aime tant ! répétait Mamie en joignant avec extase ses mains ridées.

— Certes oui, Mamie, à condition, toutefois, que ce changement de vie, un peu brusque, ne nuise pas à votre santé.

Et en effet, à l'âge de Mamie, ce pouvait être une chose à considérer. Mais Mamie se mit à rire.

— Ma santé, Monsieur? Ah! elle ne m'inquiète guère, je vous assure!... Je me porte bien partout où je suis heureuse, et je serai heureuse avec vous et avec votre enfant. Seulement...

— Seulement quoi, Mamie ?

— Je serai un peu comme une cinquième roue à un char ; je suis vieille et plus bonne à rien ; je tâcherai bien de me rendre utile dans la mesure de mes moyens, mais...

Lord Harrisson l'interrompit brusquement :

— Ne parlez pas de cela, Mamie, dit-il ; nous avons assez de monde
là-bas pour nous servir ; nous serons tous contents de vous avoir, Marguerite surtout, cette Marguerite que vous avez soignée jadis et à laquelle vous n'avez jamais donné que de bons conseils.

— Elle a toujours été si mignonne, Monsieur !

— Mignonne peut-être, fit lord Harrisson en souriant, mais pas très
commode.

Enfin je suis fier de ma fille aujourd'hui, car elle s'est corrigée de tous
ses petits défauts et elle est la joie de ma vie.

Quant à Mika, elle fit ses paquets avec philosophie.

— Encore grand bateau et pays plus froid, soupira-t-elle, mais Mika
et Yanid revoir petite *senorita* Margarita; nous contents.

Yanid, lui, ne comprenait pas très bien ce qu'on faisait, et le voyage
l'énerva un peu ; mais lorsque, en arrivant à Oughterurd, il aperçut sa
grande amie de Paris, il poussa des cris d'allégresse tels qu'il fallut le
faire taire, sous peine de ne pouvoir s'entendre.

Marguerite ne savait à qui aller, dans son bonheur de retrouver son
père, Mamie et *son petit frère*, et nous laissons à penser si ce retour fut
à la fois joyeux et touchant.

Par exemple, la grosse voix de Cramoizo épouvanta le bébé qui
poussa des cris perçants quand l'ancien matelot voulut le prendre dans
ses bras.

— Bah ! fit le brave homme sans s'émouvoir de cet accueil, je ne lui
donne pas trois jours, au moucheron, pour raffoler de Cramoizo. Je
parie que la semaine prochaine il sera toujours dans mes jambes.

Disons tout de suite que la prédiction se réalisa de point en point.

Puis, voyant la pauvre Mamie chanceler de fatigue sur ses vieilles
jambes, Cramoizo lui offrit galamment son bras :

— Appuyez ferme au gouvernail, la mère, lui dit-il, vous n'êtes pas
plus solide qu'une mouette, mais le roulis va cesser dès que vous vous
serez reposée. Et, mille sabords ! vous allez voir la jolie cabine que
notre mignonne vous a préparée.

Ce que Cramoizo appelait *cabine*, en style de marin, était une chambrette chaude et gaie que Marguerite avait arrangée fort gentiment pour sa vieille bonne, au rez-de-chaussée, afin qu'elle n'eût pas à monter.

De plus, la malicieuse avait eu soin d'installer l'appartement de Yanid tout près du sien, afin de jouir le plus possible du mignon.

Tout le monde fit bon accueil aux arrivants, et Harrisson-Castle fut déclaré délicieux par ceux-ci.

Les jeunes Merreot, qui se tenaient discrètement à l'écart pendant les premiers instants du retour, ne tardèrent pas à reparaitre dès que leur petite amie les y eut invités, et maitre Yanid donna à tous, royalement, son pied et ses joues à embrasser, car le *niño* avait l'habitude, commune du reste à beaucoup d'enfants, d'enlever son soulier et sa chaussette pour jouer avec son petit pied rose.

Quand les voyageurs furent un peu reposés et installés chacun chez soi, le jeudi qui suivit leur heureux retour, un grand diner réunit les châtelains de Dunbroke et les habitants d'Harrisson-Castle ; les serviteurs ne furent pas oubliés, et une immense table fut dressée sous les arbres du parc, où les gens du pays purent venir se restaurer et boire à la santé des bons maitres.

Yanid lui-même trempa sa langue menue dans un doigt de vin d'Espagne, ce qui le mit en gaité folle.

Les Merreot et Marguerite avec Cramoizo avaient convenu, sur le conseil de leurs professeurs, de taire pendant un certain temps à lord Harrisson l'aventure tragique arrivée à sa fille en son absence.

Aussi ne se douta-t-il de rien.

Mais, environ deux mois après les événements que nous venons de retracer, inquiète de n'avoir aucunes nouvelles de Dunstan et surtout de Claddys, Marguerite proposa à son père une chevauchée du côté de leur demeure.

— Il y a ici de pauvres gens que je voudrais visiter, lui dit-elle.

Et, sans arrière-pensée, lord Harrisson consentit à l'excursion.

Ils trouvèrent la mère et le fils dans la plus profonde misère. Depuis son équipée, le jeune homme ne buvait plus, mais il n'osait quêter du travail dans le pays. Quand Marguerite franchit leur seuil, précédant son père, elle mit un doigt sur ses lèvres, et Dunstan et Claddys comprirent que lord Harrisson ignorait tout encore.

Celui-ci interrogea le jeune homme sur ce qu'il pouvait faire ; mais il ne voyait pas trop le moyen de l'employer à Harrisson-Castle.

— Si nous avions un peu d'argent, nous émigrerions, soupira l'Irlandais ; ce serait encore le meilleur moyen de gagner notre pain. Mais comment s'expatrier sans ressources ? S'il n'y avait que moi, je m'arrangerais toujours ; mais la mère n'est plus jeune, elle souffrirait.

Ce fut un éclair pour lord Harrisson : il les engagea à partir pour l'Australie, où Dunstan pourrait acquérir par son travail et son intelligence sinon une fortune, du moins une certaine aisance qui lui permettrait de revenir vivre en Irlande au bout de quelques années ; car on sait que l'Irlandais, bien souvent forcé par la misère de partir pour l'exil, ne peut se décider à mourir loin du pays si pauvre mais si aimé.

Beaucoup y reparaissent sur la fin de leurs jours, les uns presque aussi pauvres qu'ils sont partis, les autres plus riches.

Du regard, Dunstan interrogea sa mère, craignant que la proposition ne lui agréât point, à cause de son âge et de son antipathie pour les voyages lointains.

Mais Claddys avait trop souffert en Connaught, et puis, elle y vivait dans des transes continuelles, étant donné la nature belliqueuse et révoltée de Dunstan.

Le jeune homme lut sur son visage que ce projet lui souriait, et il en fut heureux, car lui aussi ne demandait pas mieux que de quitter ce pays où il ne trouvait pas à employer ses bras et son intelligence.

La mère et le fils accueillirent la proposition de lord Harrisson avec encore plus de joie et de reconnaissance, lorsque le châtelain ajouta qu'il se chargerait des frais du voyage et même leur donnerait une petite somme pour parer aux éventualités d'une première installation à l'étranger.

Comme il allait s'éloigner après avoir remis un chèque en règle aux
pauvres gens, il fut tout surpris de voir l'Irlandais se jeter à ses genoux
en pleurant et en criant :

Misérable! bégayait-il (page 244).

— Pardon ! pardon !

— Pardon ? —et de quoi ? fit lord Harrisson toujours étonné.

—Oui, pardon ! Si vous saviez !... Oh ! vous devriez nous haïr !

Toute rougissante, Marguerite fut bien forcéede raconter en quelques mots à son père l'aventure que nous savons.

Très pâle, les sourcils contractés et les lèvres tremblantes, le châtelain se dressait debout, dans toute sa grandeur, au milieu de la pauvre chambre, et foudroyant du regard le coupable :

— Misérable ! bégayait-il, suffoqué par une légitime colère. O misérable !... Eh ! quoi ! avoir osé toucher à ma fille chérie, l'enlever ! — lui faire passer une nuit d'épouvante dans ce taudis !... Elle si douce, si bonne aux malheureux !... Oh ! quel crime ! quelle infamie !

Marguerite cherchait en vain à calmer le ressentiment de son père, à pallier les torts de Dunstan.

— Non, non, ne me dis rien ! grondait lord Harrisson hors de lui. Oh ! si j'avais su cela plus tôt !

Dunstan, la tête baissée, tendit la main comme pour rendre le chèque ; mais miss Harrisson repoussa doucement cette main.

— Si vous aviez su cela plus tôt, père chéri, dit-elle de sa voix si pure et si insinuante, vous auriez tout de même rendu le bien pour le mal ; allez, je vous connais assez ! ajouta-t-elle câlinement en lui baisant la main.

Un sourire détendit enfin les traits sévères de lord Harrisson, mais une lutte violente s'était livrée dans son cœur pendant quelques minutes.

— Allons, soupira-t-il, je ne puis ni te blâmer ni me plaindre, mon enfant bien-aimée : tu es devenue telle que je te souhaitais, c'est-à-dire bonne et miséricordieuse.

Relevez-vous, je veux bien oublier tout ceci, ajouta-t-il en s'adressant à Dunstan ployé sur le sol, écrasé par le repentir et la honte ; et que désormais vous rachetiez le passé par une conduite parfaite.

L'Irlandaise et son fils remercièrent chaleureusement lord et Miss Harrisson et, pleins d'espoir et de joie, huit jours plus tard, ils s'embarquaient pour Melbourne.

XXXI

Le petit Yanid était donc venu prendre sa place dans le cercle de famille, à la vive joie de Marguerite et quoique lord Harrisson se dit parfois, en secouant la tête, que c'était pour lui une grosse responsabilité et que maintenant qu'il avait presque accompli sa tâche avec Marguerite, formé son cœur et son esprit, il lui fallait recommencer avec le petit étranger, comme s'il fût son fils.

Heureusement, Marguerite tenait à partager cette tâche avec son père ; elle serait son institutrice et sa petite maman jusqu'au jour où le collège prendrait le petit garçon.

Mais maintenant qu'on était riche, on ne pouvait se dispenser de voyager un peu, de temps à autre, d'abord parce que les voyages sont chose utile à la jeunesse qu'ils forment et instruisent ; puis, c'était assez agréable, quand venait la mauvaise saison, de fuir les brumes et les pluies des pays britanniques pour aller chercher du soleil.

En ce cas, on emmenait Yanid et Mika, pour lesquels l'air du midi et la température tiède de Nice ou de Cannes étaient chose urgente ; mais on laissait à Harrisson-Castle la vieille Mamie, dont le grand âge s'accommodait mieux de sa chambre bien close tout l'hiver, que des pérégrinations sur le continent.

Si, des villes hivernales, on rayonnait un peu alentour, on laissait

Yanid avec sa nourrice à la villa louée pour plusieurs mois, et cette vie réglée lui convenait mieux que de perpétuels changements.

Le lecteur devine facilement que les jeunes Merreot partageaient les plaisirs de leur petite amie.

Les Anglaises voyagent volontiers, et Miss Maud trouvait fort de son goût ce genre de vie : les deux familles réunies virent ainsi ensemble, outre le midi de la France, le nord et le centre de l'Italie, le Caire et Alexandrie, où l'on rencontre une agréable société anglaise, la Sicile, Corfou et Athènes, puis une partie de la Suisse pendant la belle saison.

Certes, Rome et Florence leur plaisaient délicieusement ; mais tous préféraient encore la France, et les deux familles firent, tout près de Cannes, l'acquisition d'une villa si spacieuse, qu'elle avait deux entrées et pouvait loger indépendamment les Harrisson et les Merreot.

On y passa les hivers et on la nomma la villa Margarita, en l'honneur de Marguerite qui eût voulu en faire la villa Muriel.

Ici, les deux jeunes filles terminèrent leur éducation sous l'œil vigilant de Mlle Gordrax et sous la sage et intelligente direction de lord Harrisson.

Robert, plus âgé qu'elles, venait de passer de brillants examens, et comme on peut toujours s'instruire et que l'étude est meilleure à l'homme que l'oisiveté, il continuait à apprendre de nouvelles choses par de sérieuses et intéressantes lectures faites seul ou avec son précepteur.

Les après-midi étaient consacrées aux promenades, soit en voiture, soit à cheval, puis à d'énormes parties de lawn-tennis, où excellaient les trois amis et où l'on invitait parfois les jeunes gens des villas voisines.

Puis, les deux familles dînaient ensemble, ou bien l'on se réunissait le soir pour prendre le thé, travailler à l'aiguille pour les dames, jouer au billard pour les messieurs, et surtout faire de la musique.

Sous la direction de M. Gordrax, avec l'émulation de Muriel, et très encouragée par son père, Marguerite Harrisson avait fait de grands progrès sur le piano, et quand on passait à Paris un certain temps, lord Harrisson lui faisait donner quelques leçons d'un maître renommé.

Yanid, lui, se roulait au soleil comme un petit lézard, et grandissait à vue d'œil. C'était toujours un joli bébé très brun, aux yeux de gazelle et aux lèvres rouges, mais c'était aussi un fameux gamin, aux réparties très drôles et au caractère nettement dessiné.

Lord Harrisson et Marguerite devaient lutter beaucoup contre Mika, la femme de couleur, qui continuait à gâter et à adorer son nourrisson, et qui l'eût rendu insupportable si l'on n'y avait mis bon ordre.

Cramoizo s'épanouissait dans une douce quiétude, ne sachant lequel il chérissait le plus, de son commandant ou de Miss Margaret, mais bien partout, au midi comme au nord, pourvu qu'il y fût avec eux.

Régulièrement toutes les semaines il écrivait à Cannes, quand on était loin du Connaught, une lettre dont la teneur ne variait guère :

« Ma bonne vieille Mamie, la présente est pour vous informer qu'on est tous bien, depuis mon commandant jusqu'à notre demoiselle, depuis le petit môme Yanid jusqu'à votre serviteur.

« Pourtant l'autre jour mon commandant avait le pouce droit un peu endommagé, et notre demoiselle a eu un petit mal de tête qui l'a rendue un brin pâlotte pendant quarante-huit heures.

« A part ça, c'est toujours la plus jolie fille du pays, avec Miss Muriel.

« Chez les Merreot aussi on va supérieurement : Miss Muriel est tombée de cheval, mais sans se faire de mal, et M. Robert a eu du chagrin, rapport à un jeune chien qu'il aimait et qu'il a perdu.

« M. Thistle et Mlle Gordrax vous envoient bien leurs amitiés, ainsi que toute la maisonnée.

« Mlle Margaret s'informe si vous soignez bien son chat blanc, *Snow*, en même temps que vos rhumatismes.

« Lord Harrisson demande si on a remis les châssis à la serre et si sa jument noire est guérie de sa jambe.

« Ici on est si tellement bien que j'ai engraissé de six livres ; déjà que je n'étais pas maigre avant.

« C'est Mika qui devient si tellement phénoménale que si elle embarque avec nous sur le canot de mon commandant, on craint toujours de chavirer.

« Y a eu l'autre soir un feu sur l'Estérel, que c'était beau à voir, mais que ça n'a pas dû amuser les propriétaires à qui étaient les bois qui flambaient !

« Nos petites demoiselles sont allées au bal à Nice, chez des lords Kingtwall. Elles étaient plus jolies que des petites corvettes de guerre neuves, toutes pavoisées de fleurs et de rubans ; Miss Margaret portait une robe en machine bleu clair avec des astiquets tout blancs, qu'on aurait dit des blancs d'œufs battus en mousse.

« Tous les danseurs ont dû tourner le gouvernail vers elle ; elle est trop modeste pour me le dire, mais je devine.

« On lèvera l'ancre vers le mois d'avril.

« Soignez bien vos rhumatismes, ma bonne vieille, et à la revoyure au printemps.

> « Votre vieil ami,
>
> > « CRAMOIZO,
> >
> > *« ancien matelot du Warior.*

« *P.-S.* Ce post-scriptum, comme on dit, est pour vous annoncer, de la part de vos jeunes maîtresses, une grande caisse d'oranges et de bonbons tendres comme vous les aimez. Mangez-les à leur santé. »

Les jours où Mamie recevait de ces missives, étaient des jours de fête, et elle relisait maintes fois les nouvelles que lui donnait Cramoizo.

Son existence était douce à Harrisson-Castle ; les dames O'Méana venaient la voir de temps à autre, et les Moore lui amenaient souvent les petits.

Et quelle joie quand les châtelains annonçaient leur retour ! Toute la maison retentissait de chants et de voix joyeuses, et les domestiques s'escrimaient avec amour à frotter, cirer, épousseter et faire les appartements très beaux pour recevoir les meilleurs maîtres du monde.

C'était en général l'été que les Harrisson et les Merreot passaient dans le Connaught ; quelquefois l'automne à cause de la chasse ; et puis, Muriel et Marguerite aimaient à prolonger leur séjour jusqu'à Noël.

Cette fête était pour elles une occasion de grandes libéralités dans le pays, et les pauvres gens en gardaient toujours un souvenir reconnaissant... et utile.

Certes, lord Harrisson possédait en Angleterre de nombreux amis, dont l'affection lui avait été précieuse au début de sa disgrâce, et qui le suppliaient de les honorer de sa visite au moment des chasses aux grouses et au renard en hiver, au lièvre et aux oiseaux en automne.

Plusieurs fois il avait accepté ; mais, outre que, depuis sa disgrâce, il n'aimait pas se montrer beaucoup à Londres, il ne pouvait se décider à abandonner longtemps sa Marguerite chérie.

Rien ne lui était plus doux que la vie du *home* avec elle ; et cependant, cet homme instruit et sérieux, quoique de caractère enjoué, aurait pu se plaire davantage dans la société de gentlemen de son âge et de ses goûts ; de même, Marguerite ne trouvait pas de plus grande joie que de converser avec lui, ou de se promener à pied avec lui, quoiqu'elle jouit beaucoup de la présence presque quotidienne de ses amis de Dunbroke. Ah ! comme elle était différente du temps où elle vivait à Paris, sous l'égide de sa tante de Millerey !

XXXII

ENCORE LA LOUVE.

Elle s'était égarée dans le bois de Dunbroke, la pauvre Louve ; n'y étant jamais allée, elle ne retrouvait plus son chemin, et la patience lui échappait.

On touchait à novembre et les feuilles jaunes jonchaient le sol, formant un tapis qui craquait sous les pieds et se soulevait au vent.

Tout à coup, elle entendit le pas vibrant d'un chasseur.

« Mon Dieu, pensa-t-elle, on va me trouver dans ce bois privé ; que va-t-on me dire ? On va me prendre pour une vagabonde, une voleuse peut-être... Fuyons ! »

Et, joignant l'action à la pensée, elle courut en avant, dans le sens opposé à celui du promeneur ; par malheur, la frayeur la troublait ; elle ne vit pas une racine qui sortait de terre et, y accrochant son soulier, elle tomba tout de son long sur le sol.

Un faible cri lui échappa ; une douleur atroce lui fit perdre connaissance. Quelques minutes après, Robert Merreot et master Thistle, munis de fusils, arrivèrent dans la clairière peu après la chute de la Louve.

Ils n'avaient rien entendu.

— Tiens ! une femme ! s'écria le bossu en apercevant Christia étendue à terre.

— Elle est blessée, sans doute! dit le précepteur en se baissant pour l'examiner.

— Mon Dieu ! tout à l'heure j'ai tiré et manqué un chevreuil, reprit Robert avec angoisse. Pourvu que je ne l'aie pas atteinte !

— Non, il n'y a pas trace de sang sur elle, dit master Thistle qui poursuivait toujours ses investigations.

Les faiblesses de la Louve étaient de courte durée : elle rouvrit bientôt les yeux et murmura :

— Dieu ! je crois que j'ai la jambe cassée : que vais-je devenir ?

Puis, elle aperçut les deux hommes, et ses grands yeux bleus s'emplirent d'épouvante.

— Ils vont m'arrêter, pensa-t-elle. Je suis sur leurs terres.

Mais l'accent très doux de Robert s'éleva :

— Nous sommes là pour vous secourir, Mademoiselle, ne craignez rien.

Jamais, à part Dunstan, on n'avait parlé à Louve avec autant de douceur et de politesse; ses yeux farouches devinrent plus tendres et plus émus.

— Est-ce moi qui vous ai blessée ? continua Robert avec inquiétude.

Elle se hâta de le rassurer :

— Non, non, ce n'est pas vous. Je m'étais égarée dans ce bois, je ne savais par où en sortir, quand tout à coup j'ai entendu parler et marcher : j'ai eu peur, j'ai cru qu'on me poursuivait parce que j'étais dans une propriété privée...

— Non, nous ne sommes pas si méchants que cela, fit le jeune Merreot en souriant.

— Je le vois bien, à présent; mais alors je ne le savais pas, répliqua-t-elle. Alors j'ai couru pour vous échapper; je suis tombée et... et je crois bien que je me suis fait beaucoup de mal, ajouta-t-elle en un soupir.

— Vous croyez ? Essayez de vous mouvoir un peu.

La Louve obéit; c'était une fille énergique, qui méprisait la douleur physique ; mais sa souffrance fut telle, que ses lèvres pâlirent de nouveau et que sa tête retomba pesamment sur le bras de master Thistle qui la soutenait.

— Il faut qu'on la transporte au château, dit Robert.

— Sachez auparavant qui elle est, insinua le précepteur.

— Elle nous le dira plus tard. Pour le moment, elle a besoin d'un médecin au plus vite.

Ce disant, Robert tira de sa poitrine un sifflet d'argent, et en sortit un son aigu et prolongé. Quelques minutes après, le garde parut, accompagné de son fils aîné.

En voyant cette femme étendue, il crut à une arrestation et allait prononcer quelques paroles sévères en rapport avec son métier de gardien du bois ; mais le jeune lord les arrêta sur sa lèvre.

— Brown, dit-il, il y a eu ici un accident ; il faudrait transporter cette jeune femme chez vous d'abord, chez moi ensuite.

Le garde allait se mettre à l'œuvre et former une civière avec les fusils et des branches entrelacées, lorsque, jetant les yeux sur Christia qui demeurait immobilisée par la douleur physique, il s'écria :

— Mais c'est la Louve !

Robert tressaillit ; il y avait longtemps qu'il désirait connaître cette fille farouche qui dédaignait les bienfaits de l'Anglais et nourrissait, à elle seule, toute une nichée de bambins affamés.

— Ah ! c'est la Louve ? murmura-t-il. Eh bien ! tant mieux ; nous lui ferons du bien forcément, et peut-être perdra-t-elle ses préjugés sur notre compte.

On se mit à l'ouvrage, et, la civière dressée, on y déposa la Louve avec beaucoup de précautions ; puis on l'emporta à la maison du garde, qui n'était pas éloignée.

Là, Christia se reposa et but un peu d'une liqueur réconfortante, pendant que le fils de Brown courait au château demander une voiture bien suspendue et miss Gordrax.

L'institutrice et le véhicule ne tardèrent pas à arriver, et les soins d'une femme furent plus doux à la blessée.

Toutefois, elle s'agita en voyant qu'on l'emmenait au château des Merreot.

— Où me conduit-on ? demanda-t-elle avec inquiétude. N'est-ce pas chez moi ?

— Chez vous, ce serait trop loin et vous risqueriez d'avoir le médecin beaucoup trop tard, répondit Mlle Gordrax. Au château vous serez bien soignée et vous serez examinée par le médecin de lord et de lady Merreot, qui est un docteur habile.

— Et je retournerai ensuite chez moi ?

— Cela dépend de ce qu'il dira. J'espère qu'après sa visite vous le pourrez.

La Louve souffrait tellement qu'elle se soumit sans résistance à tout ce qu'on exigea d'elle.

Arrivée au château des Merreot, elle fut transportée dans une bonne chambre, déshabillée et couchée avec des précautions infinies.

Le fils du garde ramena le médecin de Dunbroke (le médecin de la maison), qui examina la blessée et secoua la tête en murmurant :

— Mauvaise fracture du tibia, mais nous allons arranger cela ; et, grâce à Dieu et aux bons soins qu'elle va recevoir ici, cette belle fille ne boitera pas ; ce serait, d'ailleurs, grand dommage.

La pauvre Christia souffrit le martyre pendant qu'on remit sa jambe démise ; mais elle était courageuse et ne proféra pas un cri ; seulement sa faiblesse était grande et l'expression farouche revint sur son visage lorsque le médecin, après avoir posé l'appareil qui devait maintenir pendant un mois le membre brisé, dit en prenant congé de la malade :

— S'il survient un peu de fièvre, ne vous inquiétez pas : c'est la suite inévitable de l'accident. Je recommande le repos le plus absolu jusqu'à mon retour, c'est-à-dire pendant vingt-quatre heures.

Et quand il se fut éloigné, la Louve dit hâtivement à Mlle Gordrax et à Muriel qui s'asseyaient à son chevet :

— Maintenant, vous qui avez été si bonnes, si bonnes pour moi, vous voulez bien, n'est-ce pas, me prêter encore une fois votre voiture pour que je retourne chez moi?.

— Retourner chez vous? Mais vous n'y pensez pas! s'écria Muriel, tandis que son institutrice secouait doucement la tête en souriant. Ce serait détruire tout l'ouvrage du docteur; ce serait provoquer un accident plus grave encore que le premier.

— C'est de l'impossibilité la plus absolue, ajouta Mlle Gordrax avec autorité et bonté tout à la fois. Allons, mon enfant, soyez raisonnable, ne parlez plus de cela.

Jamais on n'avait témoigné autant de douce bienveillance à la pauvre Louve; si on lui eût parlé durement, elle se fût emportée et fâchée; mais elle fondit en larmes, en s'écriant douloureusement:

— C'est que vous ne savez pas que j'ai quatre petits frères à la maison, qui n'ont que moi au monde. Que voulez-vous qu'ils deviennent sans moi? Il y a encore un peu de pain dans la huche; mais ensuite qui gagnera leur vie? Et puis, ils m'aiment tant, les mignons! Quand ils ne me verront pas revenir, ils seront inquiets; je les connais, Tommy et Ethel iront à ma recherche et ils s'égareront dans la campagne.

Mlle Gordrax pressa doucement le front brûlant de Christia de sa main fine et satinée, et se contenta de dire en souriant:

— Se peut-il que vous ayez si peu de confiance en nous! Ne devinez-vous pas que nous avons pensé à tout? Vos quatre petits frères sont en route pour venir vous embrasser ici. N'ayez aucune crainte: votre maisonnette sera bien fermée en votre absence.

La Louve eut dans les yeux un éclair de gratitude infinie, en même temps que de surprise intense.

— Se peut-il aussi qu'il y ait des êtres si bons que vous! murmura-t-elle en attirant à elle, pour les baiser, les mains de Mlle Gordrax et de Muriel.

« Car enfin, ajouta-t-elle après une pause, je ne suis qu'une pauvre fille, une pauvre paysanne. »

— Eh ! qu'importe cela ? s'écria Muriel ; ce que nous ferions pour l'un des nôtres, nous devons le faire pour vous ; pourquoi ferions-nous une différence ?

— Je ne savais pas les riches... et surtout les Anglais, si bons que cela, soupira la Louve.

Puis ce fut une irruption de quatre gentils garçonnets (page 256).

— Il y a des Anglais au cœur dur et il y en a d'humains et de justes comme partout ; comme il y a des Irlandais honnêtes et laborieux et des Irlandais buveurs et paresseux.

— C'est vrai, dit Christia.

Elle ne pouvait s'endormir ; au bout d'un instant elle poursuivit :

— Et mon pauvre Caraï, il va donc rester tout seul là-bas ?

— Qui est Caraï ? demanda-t-on.

— Un pauvre chien que j'ai recueilli il y a deux ou trois ans ; cet animal nous est fidèlement attaché...

— Ne craignez rien, vous reverrez Caraï avec vos petits frères.

— Oh ! merci ! Mais comment saviez-vous l'existence de ma petite famille ? Je n'en avais pas parlé.

— Le garde vous connaît un peu.

— Il vous a dit que je suis la Louve ! fit-elle avec amertume.

— Il nous a dit que vous étiez une honnête et courageuse fille, un peu sauvage peut-être ; mais la sauvagerie n'exclut pas la fierté, loin de là. Maintenant tâchez de dormir, mon enfant, dit Mlle Gordrax ; si vous parlez trop, vous aurez la fièvre.

La Louve était trop heureuse et trop reconnaissante pour ne pas se soumettre à tout ce qu'on exigeait d'elle ; seulement elle n'eut pas le temps de laisser venir le sommeil, car on entendit aussitôt un bruit de roues grinçant sur le gravier, et, peu après, un autre bruit : celui de petits sabots d'enfants le long de l'escalier de pierre.

Puis, ce fut une irruption de quatre gentils garçonnets, une pluie de baisers, de questions et même de larmes, car on voyait la grande sœur malade.

Elle les embrassa, les caressa, les rassura, et Muriel les emmena, sous prétexte de les faire goûter, mais en réalité pour laisser en repos la blessée.

Caraï lui-même était de l'expédition, et Christia était toute honteuse de le voir poser ses pattes boueuses sur les beaux tapis du château.

Mais ces tapis en avaient vu bien d'autres, et les chiens favoris de Muriel et de Robert ne se gênaient souvent pas pour entrer dans la maison.

Christia put dormir quelques heures, et pendant ce temps, Muriel et son institutrice s'occupèrent des quatre enfants et les firent luncher et jouer.

Le soir seulement, avant de les coucher, on les ramena dans la chambre de leur grande sœur qui ne souffrait plus de sa jambe, mais qui avait un peu de fièvre.

— Christia, dit Tommy, si tu savais comme on est bon pour nous !

— Nous dormirons chacun dans un beau lit, avec des couvertures et un tapis par terre, ajouta Ethel.

— On nous a raconté des jolies histoires, fit Edward.

— Et nous avons mangé des choses excellentes, dit le plus petit avec enthousiasme ; des gâteaux et de la crème, et puis des plats que nous ne connaissions pas.

— Et des pommes de terre si tellement bien arrangées, que nous croyions que ça n'en était pas.

— Et c'est beau, si beau ici !... on dirait qu'on est transporté chez des fées.

— Caraï a fait un dîner comme jamais il n'en a fait, sœur. Aussi, vois comme il remue la queue et comme il a l'air content !

— Si seulement tu n'avais pas de mal, on serait si heureux ! soupira Edvard.

— Si je n'avais pas de mal, vous ne seriez pas ici, mes chéris, soupira la Louve.

— Tu sais que tu es très belle comme ça dans ce beau lit blanc, avec ce linge brodé, fit Tommy qui avait du goût pour le beau.

— Et nous sommes venus ici dans une jolie voiture, attelée d'un cheval qui allait beaucoup plus vite que Palikare !

— C'est vrai ! et Palikare ? s'écria Christia, soudain alarmée. Qu'en a-t-on fait ? Il va mourir de faim là-bas.

— N'aie pas peur, sœur : le monsieur qui est venu nous chercher lui a donné à manger pour deux jours, et il a dit qu'il chargera un homme de prendre soin de l'âne.

— Eh bien ! mes chéris, dit Christia qui se sentait fatiguée, puisqu'on est si bon pour vous et pour moi, il faut vous montrer très reconnaissants et très discrets ; soyez bien élevés, ne criez pas, ne vous disputez pas ; ne soyez ni gourmands, ni querelleurs, ni colères. Si vous voulez que je guérisse vite, obéissez-moi.

— Nous voulons bien que tu guérisses vite, dit Pawel le Benjamin, qui écoutait de toutes ses oreilles, un doigt fourré dans sa bouche rose ; mais nous voudrions bien ne pas nous en aller trop vite d'ici.

Tout le monde se mit à rire, et Muriel emmena les mignons, après avoir affirmé à leur grande sœur qu'ils s'étaient admirablement comportés, et après lui avoir fait compliment de l'éducation qu'elle leur donnait.

La pauvre fille en rougit de plaisir. Elle se croyait si ignorante, si incivilisée, si... *louve*, disons le mot, qu'elle ne savait pas si elle faisait bien ou mal.

Et voilà qu'on la félicitait, elle, leur seconde mère, et qu'on louait leur bonne tenue et leur sagesse !

C'est que la pauvre fille, ignorante certainement sous bien des rapports, incivilisée également sous d'autres côtés, avait cet instinct du cœur qui guide sûrement, élevant les chers petits par la douceur plus que par les taloches, et leur apprenant ainsi à être doux eux-mêmes.

Ensuite, sa tenue naturellement digne et noble se reflétait aussi sur eux, et son langage, comme le leur, n'était pas incorrect pour une fille de la campagne.

Son grand-père, qui avait été maître d'école dans un village du Leinster, avait communiqué cette pureté de langage à sa fille qui, à son tour, l'avait donnée à Christia.

La nuit s'écoula assez bonne, malgré une fièvre assez forte.

Le lendemain, Christia commença à s'inquiéter sérieusement, non de son état qui s'améliorait, mais de sa présence et de celle de ses frères dans la maison.

N'était-on pas fatigué déjà de ces quatre petits êtres bruyants et oisifs?

Et pourquoi la gardait-on elle-même, la pauvre blessée, qu'on aurait si bien pu porter à l'hôpital ?

Elle s'en ouvrit à ses deux garde-malade : Muriel et Mⁿᵉ Gordrax.

Celles-ci la rassurèrent promptement : pourquoi s'inquiéter quand on était heureux de la garder à Merreot-Castle, quand les quatre petits garçons étaient si gentils, si doux, si affectueux ?

Et puis, dès qu'elle pourrait s'occuper sans fatigue et travailler dans son lit, on lui donnerait de l'ouvrage ; ainsi, quand elle retournerait chez elle, les petits frères se trouveraient habillés de pied en cap, et elle-même emporterait, outre un bon trousseau, une petite somme pour recommencer sa vie modeste et laborieuse.

On devine que Muriel et son amie Mlle Gordrax profitèrent du séjour des enfants sous leur toit pour leur enseigner ce que tout garçonnet doit savoir à leur âge : les principes immuables et éternels de la religion, un peu de lecture, d'écriture et de calcul.

Tommy, l'aîné, et Edward, le troisième, montrèrent de telles aptitudes qu'ils firent d'énormes progrès.

Quand la petite famille quitta le château, Muriel se dépouilla en leur faveur de toute sa bibliothèque de fillette qui ne lui servait plus, et les deux frères devaient passer pendant plusieurs années des heures délicieuses à lire et relire les jolis contes et les charmantes historiettes.

Enfin le jour vint (et au bout de huit semaines) où Christia, pleurant de joie et de reconnaissance, emmena ses petits frères et regagna son *home*, comblée des bienfaits des Merreot, adoucie, transformée et rapatriée avec l'Anglais jadis abhorré.

Quand elle ouvrit sa maisonnette inhabitée depuis si longtemps, au lieu de la trouver froide et humide, elle y vit un bon feu clair allumé et le buffet regorgeant de provisions.

L'âne, Palikare, se mit à braire de joie à la vue de ses amis recouvrés, et le chien Caraï, engraissé et magnifique, lui souhaita la bienvenue à sa manière.

Le soir, en regardant dormir dans leurs lits chauds les quatre garçonnets joufflus et roses, tandis que le vent d'automne gémissait au dehors, Christia sentit son cœur s'émouvoir d'une gratitude immense envers Dieu et ses bienfaiteurs. Peut-être pour la première fois de sa vie, elle se dit que l'humanité est souvent belle et bonne, et que l'existence peut avoir de douces heures même pour les plus misérables.

XXXIII

« C'est une énorme lettre cachetée de rouge et couverte d'adresses, papa », disait Marguerite Harrisson à son père en apportant le courrier du matin à la villa Margarita, un beau jour de mars, pendant que le petit Yanid s'amusait à arracher au jardin les boutons des rosiers, au grand désespoir du jardinier.

— Tiens! fit lord Harrisson en changeant de couleur, ce message vient du *Fleet-Office* ; que peut-on me vouloir là-bas désormais ?

Marguerite regarda son père avec inquiétude : quoique lord Harrisson en parfaitement pris son parti de sa disgrâce depuis des années qu'elle durait, il éprouvait néanmoins toujours un certain trouble devant tout ce qui lui rappelait ce triste événement de sa vie passée.

Il décacheta lentement la lourde lettre et la parcourut des yeux. Un peu de rougeur remplaça sa pâleur, et une ombre de sourire parut sur ses lèvres ; il relut la page écrite en larges caractères anglais, puis la tendit à sa fille.

Ils se communiquaient mutuellement leur correspondance, ce père et cette fille si unis, si aimés, qu'il n'y avait jamais un secret entre eux, jamais une pensée qu'ils n'exprimassent l'un devant l'autre.

Marguerite prit connaissance à son tour de la lettre qui venait, en effet, du ministère britannique, mais non certes en droite ligne, car

elle avait cherché le destinataire à Oughterurd d'abord, puis à Paris,
puis à Cannes. On annonçait à l'ancien marin qu'on avait reconnu,
hélas ! un peu tard, l'injustice de sa disgrâce et l'erreur grave qui avait
brisé sa carrière.

L'homme qui le jalousait autrefois et qui l'avait calomnié un jour,
était mort en faisant des aveux complets, et le cabinet de la Flotte
(*Fleet-Office*) s'était ému à la pensée de cette disgrâce imméritée. La
reine elle-même joignait ses instances à celles du ministre pour supplier lord Harrisson de reprendre sa charge, si toutefois sa santé le
lui permettait, car on n'avait oublié ni son amour pour sa carrière, ni
son dévouement au pays, ni sa loyauté et sa bravoure.

Non seulement son grade lui serait rendu, mais on lui promettait un
avancement rapide et de multiples faveurs.

Cependant la jeune fille flottait entre la joie de voir son père enfin
apprécié comme il l'avait toujours mérité, et la crainte de le voir renouer
sa carrière brisée.

— Eh bien, mignonne, que dis-tu de cela ? demanda lord Harrisson,
joyeux décidément, car il est toujours doux de se voir rendre justice,
quelque mépris que l'on professe pour l'opinion publique.

— Mais, mon cher papa, je suis bien, bien heureuse.

— Tu dis cela d'un air dubitatif ; tu as une pensée de derrière la tête
(pour parler comme la vieille Mamie), que tu me caches.

— Eh ! oui, papa, j'ai... j'ai peur que vous ne vous remettiez à aimer
la mer et votre ancien métier de marin.

Lord Harrisson se prit à rire.

— Comment peux-tu supposer cela, mignonne ? Si j'étais seul au
monde, oui peut-être, car j'ai follement aimé la vie du bord. Mais quand
on a une fille... comme ma Margaret, est-ce qu'on peut la quitter,
voyons ?

— Oh ! papa ! mon cher papa, merci !

Et, soulagée d'un grand poids, la gentille enfant se jeta au cou de son
père et l'embrassa éperdument.

Il lui rendit ses caresses, se moquant doucement de son appréhension. Non, certes, il ne reprendrait plus la mer, il avait trop pris goût au « plancher des vaches » maintenant.

Lord Harrisson avait à cette époque près de quarante-cinq ans : sa disgrâce avait donc duré près de dix années ; sa belle moustache blonde grisonnait vers les pointes et son grand front se dégarnissait ; mais il conservait sa magnifique prestance, sa taille fière et son grand air.

Marguerite n'était plus une enfant, mais une jeune fille comme Muriel, en robes longues, fort jolie et encore plus simple et bonne.

Quand il la regardait ou l'écoutait parler ou chanter, lord Harrisson sentait se gonfler d'orgueil son cœur paternel ; d'ailleurs, tout le monde lui vantait la grâce et le charme de sa fille, et il savait bien que son affection ne le rendait pas aveugle, comme cela arrive souvent, même aux parents les plus modestes.

— Papa, permettez-moi d'aller annoncer la bonne nouvelle à Robert et à Muriel, s'écria Marguerite, quand elle vit lord Harrisson se disposer à répondre au ministère anglais par un merci noblement exprimé, mais par le refus de reprendre sa place sur le *Warior* ou sur quelque autre navire de *Royal-fleet*.

— Oui, mignonne, tu le peux, répondit-il, heureux de sa joie.

En route, elle saisit dans ses bras le petit Yanid qui portait maintenant des culottes « comme un homme », disait-il, et elle entra dans le petit salon où Muriel, excellente musicienne à présent, déchiffrait la partition de la *Valkyrie*.

Appuyé au piano, non loin d'elle, Robert chantonnait les paroles, de sa jolie voix peu étendue mais très sympathique.

— Chut ! arrêtez-vous ! cria impudemment Yanid aux musiciens. Marguerite, elle va vous dire quelque chose.

— Quoi ? firent ensemble le frère et la sœur avec curiosité.

— Devinez ! cria le petit bonhomme qui ne savait pas lui-même de quoi il s'agissait.

— Oui, une grande nouvelle qui nous rend bien heureux, papa et moi.

— Bon ! je vois ce que c'est ! s'exclama Muriel toute rose d'émotion.

— Parbleu ! c'est facile à deviner : elle se marie, gronda Robert en tordant sa moustache blonde sur son doigt fin.

Il avait eu la même idée que sa sœur ; comme elle aussi, il essayait de sourire, mais il ne parvenait qu'à faire une assez laide grimace.

— Oh ! que tu es vilain comme ça ! cria Yanid, l'enfant terrible.

Marguerite, elle, riait si fort, qu'elle ne pouvait dissuader ses amis.

— N'est-ce pas, c'est cela ? répéta Robert avec une sorte de courroux, pendant que Yanid s'échappait pour aller raconter à Mika et à toute la maisonnée que Marguerite allait avoir un mari et qu'on mangerait alors des dragées.

— Mais vous n'y êtes pas du tout, mes amis, dit enfin Miss Harrisson en recouvrant son sérieux. Il ne s'agit pas du tout de moi, quoique, en définitive, tout ce qui touche mon père bien-aimé me touche également.

— Ah ! tant mieux ! soupira Robert, à qui il sembla qu'on ôtait un poids de cent livres de dessus le cœur.

— Alors qu'est-ce ? dis-le donc enfin ! fit Muriel, impatientée.

Marguerite déploya alors à leurs yeux ébahis le papier que nous savons et qui leur fit pousser des cris et des hurrah d'allégresse.

Ils coururent féliciter lord Harrisson, puis faire part de la nouvelle à tante Maud, à master Thistle et à Mlle Gordrax, qui se réjouirent comme eux.

Ensuite, on se mit à la recherche de Cramoizo, que l'on trouva frottant à outrance la salle de billard.

Il dut s'asseoir, les jambes cassées par l'émotion, tant sa surprise fut vive ; mais la joie se manifesta chez lui d'une singulière façon, car sa rancune avait été trop forte.

— Ah ! les canailles ! ah ! les gredins ! gronda-t-il en menaçant du poing le cabinet anglais, qui demeurait bien paisible à des centaines de lieues au delà des mers. Est-ce qu'ils ne pouvaient pas s'apercevoir de leur erreur il y a huit ou dix ans ? — C'est bien temps maintenant ! Je vous demande un peu ! prendre mon commandant pour ce qu'il n'est pas, pour ce qu'il n'a jamais été !... Ça, je ne pourrai jamais le leur pardonner.

On rit beaucoup de sa colère rétrospective et l'on se mit ensuite en devoir de faire comprendre à Yanid et aux domestiques qu'il n'était aucunement question de mariage pour personne, mais qu'on pouvait se réjouir quand même, puisque lord Harrisson était rentré en grâce auprès de sa souveraine.

Yanid ne comprit qu'une chose, c'est qu'on boirait du champagne à dîner, et cela lui suffisait, car il était grand amateur de « vin qui mousse » et de bonbons.

Le soir, avant de se coucher, Marguerite embrassa son père encore plus tendrement qu'à l'ordinaire, en lui disant :

— Père chéri, à présent je puis bien vous avouer que je n'ai jamais maudit votre disgrâce, car elle m'a rendu le plus exquis des pères ; et sans vous, je crois que je serais devenue une jeune fille joliment insupportable.

— Moi, mon enfant bien-aimée, je la bénis également, cette disgrâce qui finit aujourd'hui et qui m'a donné une fille telle que je la désirais. Va, repose en paix, mignonne, et que Dieu te garde en ton sommeil !

XXXIV

ENCORE PÉRÉQUIEL.

Il se rassurait un peu, depuis quelque temps, le cher M. Péréquiel : il avait redemandé son changement, et en attendant qu'il pût transporter ses fonctions, ses pénates et sa famille dans un bourg plus agréable, il recommençait à sévir parmi ses administrés, sans doute afin de leur laisser un bon souvenir de lui.

« Il faut, disait-il à sa femme, châtier ces gens-là, si l'on ne peut les mâter haut la main. Je ne veux pas avoir le dernier avec eux. »

En conséquence de quoi, il se mit à persécuter les pauvres Irlandais avec un redoublement de dureté.

Les plus résignés murmuraient :

« Heureusement que c'est la fin et que nous serons bientôt débarrassés de ce méchant homme ; mais pourvu que son successeur vaille mieux que lui ! »

Les moins patients lui montraient le poing, dans la rue... quand il avait le dos tourné ; enfin, les Compagnons de la Chaîne d'Acier formaient maintenant un petit complot « pour lui servir un plat amer avant son départ », disaient-ils.

L'association avait beau ne plus subsister, les anciens camarades se revoyaient souvent.

Et puis, le vent avait tourné en faveur de lord Harrisson : on l'aimait à présent, et peut-être aussi un peu parce que l'attorney ne pouvait pas le voir, même en peinture.

On se rappelle que le châtelain lui avait reproché un jour sa rudesse envers les habitants du district ; or, Péréquiel n'aimait pas les conseils.

Ensuite il était assez humilié de ce que sa femme et sa fille n'étaient pas invitées à Harrisson-Castle, quand ce bavard d'O'Méana l'était avec Mᵐᵉ O'Méana et les trois jeunes filles.

Enfin, le méchant attorney n'ignorait pas la disgrâce de l'ancien officier de marine, et il répandait sur son compte les propos les plus venimeux.

Seulement on ne le croyait pas, ou, du moins, bien peu ajoutaient foi à ses racontars.

Comment croire, en effet, qu'un homme si loyal et si bon eût commis une trahison envers son pays ? Ce n'était pas possible.

Aussi, lorsque parvint à Oughterurd la nouvelle de la rentrée en grâce du châtelain, ce ne fut qu'un cri de triomphe dans toute la ville et même dans la campagne, et l'on se moqua impitoyablement du calomniateur.

Celui-ci se sentait horriblement honteux ; mais il se félicitait intérieurement de l'absence de Cramoizo.

Il se doutait bien que celui-ci, étant à Oughterurd, recueillerait au moins les échos des diffamations prononcées contre son maître si cher ; et Cramoizo, qui cognait fort quand il voulait, n'eût pas épargné même la personne sacrée de M. l'attorney. D'autres se chargèrent de venger le châtelain, et parmi ceux-ci, d'anciens amis de Dunstan, des ex-compagnons de la Chaîne d'Acier.

« Nous allons le faire danser ! » dirent-ils.

Ce fut encore une lettre que reçut Péréquiel, mais non de la même teneur que celle du 1ᵉʳ avril ; elle était ainsi conçue :

« MONSIEUR PÉRÉQUIEL,

« Je ne sais si vous vous souvenez de moi ; mais moi je ne puis oublier un service que vous m'avez rendu il y a quelques années, dans un jugement que l'on prononçait contre moi... Or, je suis sur le point de rendre mon âme à Dieu ; je voudrais vous voir auparavant et vous remettre, à titre de souvenir reconnaissant, le peu que je possède et qui est enfermé dans une cassette de bois.

« Je suis seul au monde, je n'ai pas d'héritiers : il est donc tout naturel que je préfère savoir cette petite somme entre vos mains, que de la voir aller au gouvernement anglais.

« Je vous attends avec une vive impatience et suis avec bien du respect, Monsieur l'attorney,

« Votre serviteur reconnaissant.

« M... »

Suivait une signature illisible que Péréquiel déchiffra ainsi :
« Bouskara ou Binshora ».

D'un geste joyeux et attendri il referma la missive, qui était accompagnée d'une adresse très lisible et très claire, par exemple.

Puis, il fouilla sa mémoire.

— Je ne me rappelle pas avoir jamais rendu service à personne, murmura-t-il avec une naïve sincérité... Non... à personne, sauf un jour à ce jeune lord écossais... Mais je savais que la somme que je lui prêtais me serait rendue à dix pour cent, ce qui est arrivé, en effet... Quant à un Irlandais... un homme du peuple, non, je ne me rappelle pas... Tiens ! il me confond peut-être avec mon prédécesseur. Ah ! ce serait trop bon, cela !... Je me garderais bien de le détromper et je profiterais de la bonne action de mon collègue.

Là-dessus, Péréquiel, en proie au fou rire, se roula sur son canapé, à l'idée de cette excellente affaire.

« Soyons sérieux, reprit-il en se tamponnant les yeux avec son vaste mouchoir à carreaux. J'ai envie de raconter ça à Mme Péréquiel... Non, au fait, et pour plusieurs raisons :

1° Les femmes jasent trop ; elle n'aurait qu'à raconter ça à Mme O'Meana et celle-ci à son mari, tout le pays le saurait, et j'aurais les voleurs et tous les mendiants à mes trousses, car le bonhomme a la langue bien pendue.

2° Me voyant à la tête d'une somme inattendue, ma femme et ma fille me demanderaient cette année un supplément de toilettes ou un petit voyage à Londres ou aux eaux, et... M'est avis que l'argent est meilleur à conserver qu'à dépenser.

3° Elle a quelquefois de ces idées de l'autre siècle, Mme Péréquiel, et si c'est à mon prédécesseur qu'est destiné le legs, elle me conseillerait peut-être...

Non, décidément, mieux vaut ne rien dire. Je vais seulement lui demander si elle a souvenance d'un service quelconque rendu à un individu du nom de... du nom de... Bouskara, je crois.

Le fait est que le moribond a joliment raison de me donner son petit bien de la main à la main : d'abord parce qu'il vaut mieux que je l'aie que le gouvernement qui est assez riche, et puis parce que, ainsi, je n'aurai pas à payer de droits de succession. »

Sur ce, Péréquiel appela son épouse qui accourut, docile, et il lui demanda d'un ton péremptoire :

— Vous rappelez-vous si j'ai rendu service à quelqu'un depuis notre mariage ?

Mme Péréquiel n'eut pas même besoin d'interroger sa mémoire :

— Non, répondit-elle, du moins pas que je sache.

— Ça suffit, je ne m'en souviens pas non plus.

Il la renvoya d'un geste noble et se prépara à se rendre à Dunkey-bridge, lieu où s'élevait la maisonnette de Bouskara ; il en avait juste le temps avant la nuit, ne voulant plus s'aventurer dans l'obscurité, comme le certain soir où il avait été lié à un arbre dans le bois de Woodgall.

Il ne prit ni cheval ni voiture, jugeant inutile d'ébruiter l'affaire ; aller jusqu'à Dunkeybridge n'est, en définitive, qu'une promenade, et la cassette qu'il rapporterait ne serait sans doute pas d'un poids excessif.

Il partit tout guilleret, ce bon M. Péréquiel, en se frottant les mains, par un beau temps très frais, mais non pluvieux.

La maisonnette du faux Bouskara se trouvait immédiatement après le pont qui traverse le tout petit cours d'eau : le *Quiet*... En le franchissant, s'il n'eût été si préoccupé de ses propres affaires, l'attorney eût pu voir deux ombres qui se mouvaient sous la passerelle.

Il entra dans la demeure indiquée et qui était si simple, presque si pauvre, que l'Anglais murmura entre ses dents :

— Diable ! le bonhomme ne parait pas rouler sur l'or : le magot ne sera pas gros, sans doute.

Mais ses yeux tombèrent sur une cassette de jolies dimensions, qui était posée sur une chaise à côté du lit.

— Après tout, pensa-t-il, il y a des avares qui vivent sordidement et qui, après eux, laissent de bels et bons billets de Banque dans leur paillasse.

Une femme s'avança vers lui : elle avait la tournure d'un homme, les jambes longues et un bonnet sous lequel passaient de grosses mèches de cheveux gris.

« Est-ce que la maritorne va assister à l'entretien ? » se demanda Péréquiel, inquiet.

— C'est vous qu'attend mon maître, je suppose ? demanda cette femme d'une voix très masculine. Ah ! bien, vous arrivez à temps : le pauvre cher homme n'a plus que le souffle.

Péréquiel fut saisi d'une très grande crainte : celle d'arriver trop tard et de manquer son héritage.

— Alors éloignez-vous, ma bonne femme, dit-il impérieusement ; j'ai à causer avec votre maître.

— Oh ! à causer ! gronda la mégère, je crois bien que vous ferez tous les frais de la conversation.

Et elle se retira.

Pas une minute il ne vint à l'esprit de Péréquiel qu'il pouvait être le jouet d'un nouveau tour fourni par ses ennemis ; non qu'il fût d'une naïveté extrême, mais ceux-ci jouaient si bien leur petite comédie qu'il pouvait s'y tromper.

Le prétendu moribond demeurait le nez enfoui dans ses couvertures, et il prononça à peine quelques paroles, mais ce peu de mots remplirent de joie l'estimable Péréquiel.

— Vous êtes l'attorney... Bien, très bien ! Vous avez bien fait de venir... Il n'est que temps... Merci pour la petite chose, autrefois, vous savez...

— Oh ! ce n'est pas la peine d'en parler, fit modestement Péréquiel.

— Si, si, je veux vous remercier, mais hélas ! pas comme je le voudrais... Voici l'argent... Malheureusement pas grand'chose : 2,200 livres sterling, moitié en or, moitié en banknotes.

Cinquante-cinq mille francs !... Péréquiel ne s'attendait pas à tant que cela.

Il réprima un tressaillement de joie et étendit la main vers la cassette.

— Oui, prenez, prenez, acheva Bouskara d'une voix affaiblie, et laissez-moi ; d'ailleurs il se fait tard, et il n'est pas bon de voyager à des heures indues avec un magot dans les bras, si petit qu'il soit. Adieu donc et bonne chance !

Le sentiment de la prudence rendit des ailes à Péréquiel : il enleva le coffret et tendit la main à son obligé d'autrefois qui n'eut pas la force de retirer la sienne de dessous le drap.

Enchanté de voir terminé un entretien qui, en se prolongeant, eût pu démontrer à Bouskara son erreur, l'attorney gagna la porte, puis le pont, sans voir la grimace comique que faisaient derrière son dos le prétendu moribond et sa garde-malade.

Ceux-ci, une fois la porte refermée sur l'attorney, se livrèrent à une sarabande folle, tout joyeux d'avoir « roulé le vieux singe », comme ils disaient.

Bouskara avait sauté hors du lit où il s'était caché tout habillé, enlevant prestement la farine qui blanchissait son visage et le bonnet de coton qui couvrait sa tête chevelue.

De son côté, la maritorne dépouillait sa robe grossière et sa coiffe, pour paraitre dans le costume naturel à son sexe.

— C'est pas le carnaval, dit sa grosse voix mâle ; mais on s'amuse rudement tout de même.

— Là ! fit l'autre, le v'là puni d'avoir fait empoigner mon gamin de fils qui lui avait simplement fait un pied de nez. Mais... écoutons !

Ils prêtèrent l'oreille : des cris de détresse s'élevaient au dehors avec des appels au secours.

Deux amis de nos farceurs d'Irlandais, charpentiers de leur métier, avaient doucement sapé une des planches maîtresses de la passerelle, de sorte que l'attorney, en la franchissant quelques instants après, sentit le plancher fléchir sous ses gros pieds, et, lâchant sa chère cassette et les soi-disant 2,200 livres sterling, il tomba dans le *Quiet*, fort peu profond en cet endroit, mais glacé en diable par cette température hivernale.

Hâtons-nous de dire que, cette fois encore, les Irlandais n'en voulaient pas à la vie de l'attorney, quoique un bain froid en cette saison ne fût pas une chose excellente pour la santé.

Quand ils l'eurent laissé barboter quelques minutes dans l'onde glaciale, les quatre hommes, passant sur le bord d'un air indifférent et candide, firent mine de l'apercevoir enfin et se mirent en devoir de le retirer de la rivière.

— Ah ! pauvre M. Péréquiel !... que vous est-il arrivé ?... s'écrièrent les loustics qui riaient dans leur barbe.

— Voyez... dans l'eau... la passerelle... planche pourrie... Chose effroyable !... n'arrive qu'à moi... Retirez-moi... Je gèle... je suis mort...

Ses dents claquaient avec un bruit de castagnettes tout à fait réjouissant ; son visage était vert pomme, ses vêtements ruisselants, ses membres grelottants, sa fureur extrême ; mais il ne savait contre qui la tourner ; il ne pouvait, naturellement, pas se fâcher contre *ces braves gens* qui venaient à son secours.

On le sortit de l'eau dans un état d'autant plus piteux que le ruisseau courait sur un lit fangeux et vaseux, à Dunkeybridge ; le pauvre attorney exhalait une odeur nauséabonde, et surtout il ne se réchauffait pas du tout.

— Il va attraper le mal de la mort, pour sûr, dit l'un des Irlandais. Faut qu'il remue.

— C'est une fluxion de poitrine, au moins, qui lui pend à l'oreille, ajouta un autre avec un grand sérieux.

Ils avaient raison d'ailleurs : la situation du pauvre Anglais était critique.

— Mes amis, ré... ré... réchauffez-moi, je vous en supplie! gémit Péréquiel en joignant ses mains glacées. Réchauffez-moi, ou bien je vais mou... mourir.

— Oh! bien volontiers! s'écrièrent les quatre farceurs qui se regardèrent du coin de l'œil en riant. Mais que donnerez-vous pour la peine?

— Je vous donnerai... je vous donnerai... dix pennies...

— A chacun ?

— Non, à vous partager.

— Hou! l'avare! hou! le grigou! crièrent-ils en chœur. Dix pennies entre quatre!...

— Alors faites... faites votre prix... bégaya l'infortuné que le froid gagnait de plus en plus.

— Un shelling à chacun, proposa l'ex-Bouskara.

— A chacun ? Jamais de la vie !

— Alors, bonsoir, et bien du plaisir.

Ils faisaient mine de s'en aller ; désespéré, l'attorney cria :

— Soit, un shelling à chacun! Mais, pour Dieu, réchauffez-moi ou je vais rendre l'âme.

Aussitôt commença une scène burlesque s'il en fut : dépouillé de ses vêtements trempés et revêtu de la simple chemise qu'un des Irlandais avait été chercher dans la maisonnette voisine, le pauvre Péréquiel fut tellement brossé, frotté, bastonné, massé, frappé, moulu, renvoyé comme une balle de l'un à l'autre, qu'il demandait grâce, suppliait qu'on s'arrêtât et se fâchait tour à tour.

Enfin on le laissa, suant, suffoquant et geignant, mais amplement réchauffé.

— A présent, prenez vos jambes à votre cou, et rentrez chez vous en
courant, si vous ne voulez pas reprendre froid, suggéra l'un des loustics.

Péréquiel regarda piteusement sa chemise :

Avec répugnance Péréquiel endossa les loques (page 274).

— Moi, que je ?...

— Oui, je sais bien, dit un autre, c'est pas drôle de rentrer chez soi
et de traverser tout le bourg en tel équipage, surtout quand on est
M. l'attorney, mais quand il le faut!...

— Mes amis, je vous en supplie, allez me chercher une voiture! supplia Péréquiel.

— Oui, et comme vous ne l'aurez pas avant quinze ou vingt minutes, vous raccrocherez une pleurésie. Pas la peine que nous vous ayons tant frictionné, alors.

Ce mot de « frictionné » fit blêmir le patient : pour un empire il n'aurait voulu recommencer ce jeu.

— Alors prêtez-moi des vêtements.

Un des compères lui tendit un affreux pantalon et une blouse en loques.

— Moi!... Moi l'attorney, que je mette ça ?... proféra Péréquiel en reculant.

— N'y a que ces nippes; c'est à prendre ou à laisser.

— Allons! puisqu'il le faut!... soupira l'avare. Je courrai de toutes mes forces, et j'espère que personne ne me reconnaitra.

Avec une répugnance visible, Péréquiel endossa les loques, puis il se mit en marche.

— Et notre salaire, donc? crièrent les quatre *masseurs* qui riaient à se tordre.

Péréquiel essaya de regimber, mais bon gré mal gré il dut s'exécuter, sous peine de recommencer « la danse », et il extirpa de sa bourse quatre pièces d'argent, en même temps qu'un gros soupir de ses poumons.

Mais la vue de la monnaie lui remit en mémoire la fameuse cassette.

— O mes amis, mes enfants! supplia-t-il en retournant au bord du *Quiet*, j'ai laissé tomber là-dedans une boite...

— Pour ça, tant pis! dit un des hommes, nous n'allons pas nous jeter à l'eau pour une bagatelle; c'est bien assez de vous en avoir retiré, M'sieu Péréquiel, vu qu'il ne fait pas chaud...

— Seigneur! il appelle *une bagatelle* cinquante-cinq mille francs! pensa l'attorney qui se garda bien d'apprendre à ses sauveurs ce que contenait la fameuse boite.

Dame ! on n'aurait eu qu'à aller la repêcher, mais sans la lui rendre !...

— C'est donc bien précieux, ce qu'y a dans votre carton ? demanda celui qui avait joué tout à l'heure le rôle de garde-malade.

— Au fait... non..., vous avez raison, mes amis, cela ne vaut pas la peine qu'on le regrette. — Des papiers d'affaires, des comptes rendus sur le district... Je les récrirai, voilà tout ! répondit Péréquiel qui pensait :

« Comme cela je n'excite pas leur avidité ; ils n'iront pas plonger au fond du Quiet pour en rapporter des écrits ministériels, et dès demain matin je reviendrai ici avec deux de mes policemen les plus robustes, afin de ravoir mon bien. Diable ! ça vaut la peine de risquer un bain, certes ! et je l'aurai bien gagné, cet argent, avec ma misérable aventure de ce soir !... »

On se sépara là-dessus, et Péréquiel, qui recommençait à grelotter, prit ses jambes à son cou, ainsi qu'on le lui avait recommandé, et quoiqu'il fût tout moulu et brisé de son « réchauffement. »

Mais le malheur voulut qu'il eût fort mauvaise mine sous ses vêtements d'emprunt : la vase du ruisseau et la boue dont *ses sauveurs* l'avaient barbouillé à plaisir, le rendaient méconnaissable.

De plus, son bain prolongé et ensuite une séance dans l'air humide et en costume léger lui donnaient un enrouement qui changeait tout à fait sa voix.

Il eut la chance de ne rencontrer, en atteignant son *home*, qu'une dame myope, un vieillard et trois enfants qui le dévisagèrent et ne le reconnurent pas.

La dame murmura que maintenant le pays était plein de gens de mauvaise mine, de rôdeurs et de malfaiteurs, et que M. l'attorney devrait bien y mettre bon ordre.

S'il n'eût été si angoissé, affamé, transi et fatigué, Péréquiel eût bien ri.

Quant aux enfants, ils se bouchèrent le nez à son passage, en faisant la remarque, plus sincère que polie, que ce vilain homme avait dû passer la journée au milieu des « pigs ».

En anglais, les pigs sont les porcs. Ah! s'ils avaient su de qui ils parlaient !

Mais hélas ! les mésaventures du pauvre attorney n'étaient pas finies.

Quand il sonna à sa propre porte, heureux de se voir enfin au bout du voyage, la servante qui lui ouvrit referma aussitôt la porte à son nez en poussant des cris d'effroi.

— Madame ! Madame ! appela-t-elle, un voleur ! un assassin !

On entendit la voix de Mme Péréquiel qui répondait avec terreur :

— N'ouvrez pas, Betsy, n'ouvrez pas, surtout !

— Ah! Madame, je m'en garderais bien. N'y a pas de risque !

Pour comble d'infortune, Péréquiel, comme nous l'avons dit, était affligé d'enrouement, ce qui dénaturait sa voix.

Aussi, il eut beau crier en frappant la porte du poing et des pieds :

— Mais ouvrez donc, sacrebleu ! Ouvrez donc, je rentre chez moi, que diable ! Betsy ! voyons, Betsy ! pas de bêtises !... C'est ridicule de me laisser à la porte de chez moi !... Ouvrez, je le veux. Je suis votre maitre ; vous ne me reconnaissez pas, parce qu'il m'est arrivé...

— Taisez-vous ! cria Betsy irritée ; taisez-vous, ou bien vous aurez affaire à M. l'attorney.

Péréquiel essaya de rire ; mais il était navré de demeurer sur le palier, quand il lui eût été si doux de rentrer chez lui, de se coucher dans un bon lit, de boire un grog un peu fort et de dormir dans la tiédeur des draps, en rêvant à sa fortune accrue aujourd'hui.

Au lieu de cela, il grelottait, ses pieds glacés sur la dalle froide, se demandant quand finirait cette épreuve.

« Eurydice ! appela-t-il enfin avec désespoir, Eurydice ! Eurydice ! »

Mme Péréquiel s'appelait Eurydice, mais elle n'eut garde de répondre à cet appel, par la raison qu'elle s'était retirée dans son appartement avec sa fille.

Le malheureux attorney s'en donna à cœur-joie à essayer d'enfoncer la porte, si bien que la servante, pâle d'effroi, alla de nouveau prévenir sa maîtresse.

— Nous avons affaire à un malfaiteur ou à un fou de la pire espèce, dit celle-ci en se levant.

« Reste ici, ma chère enfant, ajouta-t-elle en faisant signe à sa fille de ne pas la suivre; je vais simplement appeler le policeman qui se promène dans la rue et, avec l'aide d'un de ses camarades, il tiendra ce misérable en respect. C'est que ce bandit finirait par enfoncer notre porte ! Quel malheur que ton père ne soit pas de retour !... sa présence seule imposerait à cet individu; mais je ne sais où il a pu aller ce soir... Sans doute prendre le thé ou souper chez les O'Méana; au moins il aurait bien dû m'avertir. »

En effet, par la fenêtre qu'on ouvrit sur la rue, on appela à l'aide.

Deux policemen montèrent et s'emparèrent du soi-disant fou ou malfaiteur que la colère, le chagrin, l'émotion, la rage et la fatigue combinée avec le froid, venaient de plonger dans un évanouissement profond.

On le transporta au poste de police, croyant avoir affaire à un simple ivrogne (chose peu rare en Irlande) qui dormait d'un sommeil... naturel.

Mais, quelques heures plus tard, revenu de sa torpeur, Péréquiel se démena comme un possédé, en hurlant de sa voix enrouée qu'il était l'attorney. Comme, de son côté, Mme Péréquiel s'inquiétait fort de l'absence prolongée de son mari, l'un des policemen de garde cette nuit-là dit à ses camarades :

— Tout de même, si c'était lui ?

— Qui ça, lui ?

— Le patron, l'attorney.

— Allons donc ! fit l'autre en secouant les épaules ; sous ce costume-là ? ivre comme un demi-cent de grives et furieux comme un possédé ?

— Oh ! furieux ? c'est pas l'embarras : il l'est douze heures sur vingt-quatre. Mais, écoute-le, ce diable d'homme, Whitegrass : c'est pas sa voix, pour sûr, mais c'est sa manière de parler.

— Et de jurer ; mais ça ne veut pas dire que ce soit lui. C'est lui faire injure que.....

— Tu entends, pourtant, il appelle sa dame : mistress Péréquiel se nomme bien Eurydice.

L'autre policeman se mit à fredonner à mi-voix ce refrain bien connu :

« J'ai perdu mon Eurydice. »

— Tais-toi, fit Whitegrass en lui mettant la main sur la bouche. Tais-toi ! si l'on t'entendait !

Aussitôt l'accent enroué de Péréquiel appela rudement :

— Whitegrass, Browny, Jérémy, Fully, Bullonn, tas d'imbéciles ! vous me revaudrez cela.

Tous les hommes se redressèrent à l'énoncé de leurs noms, l'oreille tendue, l'œil étonné.

— Bigre ! Ma bouchal ! (expression irlandaise) c'est bien le patron, puisqu'il nous appelle tous par nos noms.

Et, devenus soudain timides et craintifs, ils se penchèrent sur la pail-lasse infecte où le faux ivrogne reprenait haleine.

— Il a le visage rudement noir, tout de même..... mais y me semble que je reconnais son nez biscornu, dit Browny très sérieux, et ses petits yeux vairons.

— Et sa vilaine bouche mal meublée.

— Ben ! si c'est lui, c'est pas de sa dignité de s'aller ballader dans ce costume et à ces heures de nuit, fit Whitegrass scandalisé.

— Dis donc, lui glissa à l'oreille son voisin dans un rire silencieux, le plus drôle, c'est sa dame qu'a pas voulu le reconnaitre ! Vrai de vrai, c'est à payer sa place.

— De l'eau ! donnez-moi de l'eau, tas de fainéants ! hurla Péréquiel.

On lui apporta un verre d'eau, moitié craintivement, moitié par con-
descendance.

— Et une serviette, tas de muffles ! ça n'est pas pour boire ; est-ce
que je bois jamais de l'eau ? j'en ai assez absorbé aujourd'hui, Seigneur
Dieu ! vous allez voir si je suis ou non votre maître !

Ce disant, il se débarrassait la figure de la boue qui la couvrait, et la
tête de Péréquiel, jaune et grimaçante de fureur, apparut aux yeux
épouvantés des policemen.

— Vous serez tous punis ! cria-t-il avec rage. Il fallait me croire
quand je vous disais qui j'étais ; est-ce ma faute si ma voix s'est enrouée ?

Tous demeuraient immobilisés par la stupeur ; seul, Whitegrass osa
parler.

— C'est pas non plus la nôtre, faut le reconnaître, M'sieur l'attorney ;
et puisque madame Péréquiel elle-même, elle ne vous a pas reconnu,
ça nous était permis. Nous avons fait notre devoir et nous ferons notre
rapport... En ce cas, je ne sais pas ce qu'on dira de M. l'attorney courant
les rues le soir, habillé comme un voyou.

— Bien parlé, Whitegrass, dirent les autres.

En définitive, Péréquiel n'était aimé de personne, ni de ses administrés, ni de ses subalternes, ni de ses égaux, et ses supérieurs faisaient
à peine attention à lui.

Il n'osa souffler mot à cette réponse, sentant que l'homme avait raison et qu'il venait de se couvrir de ridicule par son équipée de ce
soir-là.

Avouons que tout n'était pas de sa faute.

Malgré la suite d'aventures peu ordinaires qui venaient de se succé-
der, depuis la réception de la fameuse lettre de Bouskara jusqu'à sa
capture par ses propres policemen, l'attorney croyait encore comme
en l'évangile à l'histoire de la cassette et du legs du mourant, ne se
doutant pas du tout qu'on s'était moqué de lui dans les grands prix
et que le pont sur le *Quiet* avait été sapé exprès.

Dès qu'il fut lavé et rhabillé, après qu'il eut raconté ses aventures en amplifiant beaucoup et en se donnant le beau rôle, comme de juste, mais toujours sans parler de sa cassette pleine de banknotes et de soúverains d'or, Péréquiel regagna son logis, un peu clopin-clopant.

Ici, nous renonçons à peindre l'aimable scène qu'il fit à sa digne épouse pour n'avoir pas répondu à ses appels réitérés, quand il frappait à sa propre porte, et, plus encore, pour avoir appelé les agents de police à l'aide contre son infortuné mari.

La pauvre femme eut beau jurer ses grands dieux qu'elle ne pouvait reconnaître sa *douce moitié* dans le voyou qui criait d'une voix dénaturée, Péréquiel l'accabla de reproches aussi sanglants qu'injustes, d'épithètes mal sonnantes et de compliments amers.

Mistress Péréquiel quitta la chambre de son digne époux en versant d'abondantes larmes, et elle alla, de ses mains résignées et dévouées, préparer le thé et les rôties au jambon de cet homme terrible.

Péréquiel s'étendit dans son lit avec une béatitude que nos lecteurs concevront facilement, après les agitations de la soirée précédente.

Une chose le consolait cependant et apaisait sa rancœur : l'idée de la cassette demeurée au fond du *Quiet* et contenant une petite fortune.

« Dès demain matin j'irai la chercher, se disait-il, et alors peu m'importe que l'on me change de district; si je me déplais dans ma nouvelle place, j'en attendrai une meilleure dans le repos d'un bon congé.

Sur cette douce] perspective il s'endormit d'un sommeil délicieux, après avoir recommandé qu'on ne l'éveillât pas trop tard.

Hélas ! il comptait sans son hôte, c'est-à-dire sans un rhumatisme sérieux qui lui prit les deux jambes et le cloua dans son lit pour trois jours.

Il enrageait, et sa cassette lui trottait par la tête, ce qui ne contribuait pas peu à le fatiguer, on le conçoit.

Enfin, n'y tenant plus et craignant qu'on ne lui volât l'objet de ses plus doux espoirs et la cause de tant de mésaventures, il fit appeler deux des agents dont il était le plus sûr, et leur donna ordre de se rendre à Dunkeybridge, au pont, et de fouiller le lieu, peu profond d'ailleurs, où le pont avait fléchi ; ils devaient y trouver une cassette qu'ils rapporteraient immédiatement.

Les deux policemen s'inclinèrent passivement, tout en se disant que la commission n'était ni drôle ni agréable, puis ils se rendirent au pont.

La même main qui l'avait brisé la veille l'avait remis en état la même nuit, d'abord pour que le tour joué à l'attorney ne portât pr éjudice à personne en provoquant une nouvelle chute et un nouveau bain ; puis, afin qu'en le raccommodant, on ne s'aperçût pas que la brisure avait été faite à dessein. Les malheureux plongèrent, fouillèrent, cherchèrent et… ne trouvèrent rien, par la raison que ceux qui avaient joué leur petite comédie le jour précédent, les avaient devancés, reprenant la cassette qui ne contenait que des cailloux blancs.

Les deux agents revinrent donc bredouilles chez Péréquiel qui les invectiva rudement et les accusa d'avoir été boire du gin au lieu de remplir leur devoir.

— M'est avis, dit l'un d'eux à son camarade en quittant le logis de l'attorney, que le patron a un grain au plafond, comme on dit. .

— Je te crois, répondit l'autre, y a longtemps que j'y pense, et depuis toutes les histoires d'hier, mon idée se confirme .

— Heureusement qu'il va s'en aller ! conclut le premier agent.

— Et si on ne se dépêche pas de nous le changer, nous avertirons l'administration qu'il se passe ici des choses intol érables.

— C'est cela.

Le malheureux Péréquiel demeurait convaincu qu'il était la victime d'un vol odieux, que les 55,000 francs légués à lui par un moribond reconnaissant étaient maintenant entre les mains d'un Irlandais, peut-être entre celles des hommes qui l'avaient si bien tiré de l'eau, puis « réchauffé » la veille.

Il fit faire des perquisitions minutieuses, non seulement tout le long du lit du *Quiet*, mais dans les chaumières, les fermes et les cottages ; on ne retrouva rien.

Il fit battre le tambour dans les rues d'Oughterurd et de Dunbroke, promettant récompense à qui mettrait la main sur ladite cassette et la rapporterait à la maison de l'attorney.

Tout fut vain.

Et Péréquiel continua à se croire la victime d'un rapt et à voir un ennemi dans tous ceux qui le regardaient en souriant.

Le fait est qu'il amusait beaucoup le pays, maintenant, et l'on faisait des gorges chaudes à ses dépens à qui mieux mieux.

Et puis, la zizanie entra dans le ménage Péréquiel.

Madame, qui ne pardonnait pas à son mari les amabilités dont il l'avait comblée le soir de sa baignade et de son arrestation, lui reprocha amèrement d'avoir manqué de confiance en elle, de lui avoir caché l'objet de sa course à Dunkeybridge.

— Si vous aviez agi autrement, dear, lui dit-elle avec une froideur marquée, je vous aurais accompagné et il ne vous serait pas arrivé la moitié des malheurs que vous avez subis.

Enfin le jour vint où Péréquiel dut changer de district.

Quelques précautions qu'il prit pour ne pas ébruiter son départ, à l'heure où il se rendait à la gare, assez éloignée de sa maison et où sa femme et sa fille l'avaient précédé, une foule compacte d'Irlandais en liesse lui chanta à tue-tête la complainte suivante dont nous donnons un aperçu ; elle contenait vingt-quatre couplets, tous aussi flatteurs les uns que les autres pour l'attorney ; un brave homme de Dunbroke, maitre d'un joli petit revenu, l'avait fait imprimer à ses frais et distribuer dans le pays ; nous ne garantissons pas la pureté des vers en lesquels nous la traduisons.

COMPLAINTE DU PONT SUR QUIET

1er COUPLET

Bon voyage, cher attorney !
En partant vous faites un nez,
Mais nous sommes dans l'allégresse :
Nous gardons de votre rudesse
Le souvenir plus qu'éternel.
Bon voyage, cher Péréquiel !

2e COUPLET

Vous emportez un rhumatisme
Pour prix de votre rigorisme ;
Faites-vous frotter d'arnica
Et rappelez-vous Bouskara.
O cent fois naïf légataire,
Votre histoire en est légendaire.

3e COUPLET

On sait qu'au pont sur le Quiet,
Tout joyeux et d'un pas discret,
Vous reveniez chargé d'un coffre,
Quand sous vos pas l'abîme s'offre...
Vous tombez, le nez en avant,
Jurant (car vous jurez souvent !).

4e COUPLET

On vous retira de là, maître,
Afin de sécher sans soleil,
Inondé du crâne à l'orteil.
Comme l'enfant qui vient de naître,
Ou comme l'âne qui va paître,
Candide, vous crûtes à tout.

5e COUPLET

Mais nous ne sommes pas au bout.
Pour vous réchauffer, coup sur coup,
Chacun vous roule, vous fustige ;
Vous sortîtes de Dunkeybridge
Plus bleu que le ciel assombri.
Mais aussi combien l'on a ri !

6° Couplet

Coiffé d'un grand masque de vase,
Chez vous, vous courûtes sonner,
Tremblant jusques en votre base,
Car on oublia d'ordonner
De chauffer le bain, mon pauvre homme,
Et d'avoir du sirop de gomme.

7° Couplet

Votre servante, ô Péréquiel !
En levant les bras jusqu'au ciel,
Vous prit pour l'évadé du bagne.
Il n'est jusqu'à votre compagne
Qui vous ferma la porte au nez,
O trop malheureux attorney !

8° Couplet

Plus de trois heures dans la geôle
Où vous nous mîtes trop souvent,
Exposé tout le soir au vent,
Au froid, aux rats, à la rougeole,
Vous dûtes ronger votre frein
Et tout subir d'un front serein.

Nous ferons remarquer à nos lecteurs que cette exquise poésie perd beaucoup à la traduction ; nous ne savons si Péréquiel en comprit bien toute la portée, toujours est-il qu'il arriva à la gare plus rouge qu'une tomate crue.

Là, il reçut une députation d'Irlandais qui lui remirent la fameuse cassette tant cherchée depuis le jour du legs que nous nous rappelons ; Péréquiel ne la prit qu'avec une certaine défiance, car la complainte lui avait ouvert les esprits ; pour plus de sûreté, il la confia à sa femme et ne l'ouvrit qu'une fois installé en wagon.

Elle ne renfermait que plusieurs spécimens imprimés de *la complainte du pont sur Quiet*, bien couchés sur un lit de cailloux blancs.

Si Péréquiel n'en fit pas une maladie, c'est que sa santé était solide.

L'histoire fut racontée à Cramoizo, lorsque, l'été venu, le châtelain

reparut à Oughterurd, et elle l'amusa tellement qu'il mouilla trois mouchoirs de larmes... de rire.

Il la répéta à son maître qui, s'il n'approuva pas la vengeance des
Irlandais trop farceurs, ne put s'empêcher de rire beaucoup, lui aussi.

XXXV

C'était à Paris, cette fois, et chez lord Randoce, le tuteur des jeunes Merreot, ou plutôt l'ancien tuteur, puisque ceux-ci étaient maintenant majeurs.

Malgré cela, ils gardaient la même déférence envers le vieillard qui avait si longtemps veillé à leurs intérêts et géré leur fortune avec habileté.

De plus, ils conservaient auprès d'eux master Thistle et Mlle Gordrax, l'un parce que Robert l'aimait beaucoup et se plaisait infiniment en sa compagnie, l'autre, parce que Muriel la chérissait également et qu'elle lui était nécessaire pour sortir et aller dans le monde.

Quant à tante Maud, elle vieillissait doucement et en paix, plus sourde que jamais, auprès de ses chers neveux.

Or, lord Randoce, voyant son pupille parvenu à l'âge d'homme, fort bien élevé et possesseur d'une grande fortune, ne songeait plus qu'à une chose : le marier.

Robert, lui, n'y songeait guère, et, dans sa modestie parfaite, il ne se croyait pas « mariable », comme il disait, à cause de sa difformité physique.

Cette difformité, pourtant, n'était pas aussi grande ni aussi visible qu'il se le figurait : elle consistait plutôt en une épaule plus forte et plus haute que l'autre ; un excellent tailleur corrigeait facilement ce défaut, et ceux qui y étaient accoutumés ne le voyaient plus du tout.

D'ailleurs, depuis son enfance, c'est-à-dire depuis que sa croissance s'était accomplie, facilitée par beaucoup d'exercices de corps (master Thistle y avait beaucoup veillé), ce défaut avait diminué au lieu de s'accentuer.

Aussi Robert Merreot, d'une figure agréable, d'un esprit vif, d'une érudition soignée, était-il fort apprécié dans le monde et surtout par toutes les mères de famille.

— Tu es en âge d'être marié, Bob, lui dit un jour lord Randoce en lui frappant amicalement l'épaule. On m'a parlé d'une jeune fille, une vraie perle, qui ne demanderait sans doute pas mieux que de devenir lady Merreot.

— M'a-t-elle vu ? demanda Robert.

— Je ne crois pas ; mais l'occasion se présentera de faire connaissance, ou bien nous la ferons naître, et je suis sûr que tu trouveras cette jeune fille charmante.

— Oh ! c'est convenu : les jeunes filles à marier sont toujours charmantes. En tous cas, si je me mariais, je ne voudrais pour femme qu'une jeune fille que je connaitrais de longue date, que je saurais par cœur ; toute autre me cachera soigneusement ses défauts et ne me montrera que ses qualités.

— Pourquoi dis-tu : *si* je me mariais ? fit l'oncle, inquiet. Avec ton nom, ta fortune et... ta personne enfin, tu ne vas pas rester célibataire, j'espère bien ?

— C'est singulier, répliqua Robert avec un peu d'impatience, comme autour de moi on oublie facilement que je suis bossu.

— Oh ! bossu ! riposta l'oncle presque en colère. Va dire cela à d'autres. Est-ce qu'on s'en doute seulement, que tes deux épaules ne sont pas égales ?

— Vous qui y êtes habitué, vous finissez par l'oublier, mais les étrangers...

— N'y verront pas davantage. Et d'ailleurs, qui n'a un défaut physique, voyons ?

— Oui, mais une bosse ! murmura Robert avec un soupir.

— Laisse-moi donc tranquille avec ta bosse ! puisque je t'affirme que
tu exagères et fais une gibbosité d'une petite inégalité. — Décidément,
veux-tu voir ma jeune fille ?

— Oh ! je ne refuse pas de la rencontrer dans le monde, si le hasard
nous met en présence, répondit Robert en riant ; mais je ne veux pas
l'épouser, votre jeune fille, votre perle.

— Retirons le mot perle, s'il t'agace ; mais je te ferai observer que pas
plus tard que avant-hier tu t'en servais pour qualifier Miss Harrisson.

— C'est qu'il était bien appliqué alors : Marguerite est sans défauts,
et si jolie ! répliqua Robert en devenant cramoisi.

L'oncle ne vit pas sa rougeur, mais il s'écria, sans aucune malice :

— Alors épouse-la. Non, au fait, elle est presque ta sœur ; vous vous
connaissez trop ; les mariages entre amis d'enfance, c'est si rare !

Robert ne répliqua pas, mais il retint un gros soupir.

Ce même soir et pour la dixième fois peut-être de l'hiver, lord Harrisson proposait un mari à sa fille.

— Un Français, cette fois, mignonne, et j'espère que tu ne le repous-
seras pas comme les autres ; tu n'aimes pas les Anglais, soit ; mais
celui-ci...

— Je n'ai jamais dit que je n'aimais pas les Anglais, papa, rétorqua
la jeune fille, si vivement que son père, étonné, la regarda avec plus
d'attention. Je n'aimais pas ceux qui ont sollicité ma main ; mais tous
ne sont pas de même.

— Tiens ! tiens ! tiens ! pensa lord Harrisson qui resta songeur.

— D'ailleurs, reprit Marguerite toujours véhémente, j'aime trop
Oughterurd pour l'abandonner : j'y veux vivre une partie de l'année ; or
je ne crois pas qu'aucun de ces messieurs y eût consenti ; quand on n'est
pas du pays même.....

— Mais alors, mignonne, tu l'aimes donc réellement beaucoup, ce

« pays de loups », comme tu disais autrefois ? fit malicieusement lord Harrisson.

— Oh ! papa, ne soyez pas méchant, ne vous moquez pas de moi !

— Je ne me moque pas, je te demande ton sentiment.

— Père chéri, n'aime-t-on pas toujours les lieux où l'on a été heureux ?

— Oui, en général.

— Eh bien ! moi, j'ai été si heureuse à Oughterurd !

— C'est pourtant le Connaught ! soupira l'ancien marin.

— Mais le Connaught a ses beautés comme tout pays. Ensuite, je suis bien partout quand je suis avec vous, papa.

— Et avec d'autres, pensa lord Harrisson en retenant un sourire, car il pensait à Robert Merreot.

— C'est aussi pourquoi, continua la jeune fille, je ne voudrais pour mari qu'un jeune homme qui vous admire et vous respecte comme un fils et qui consente à ce que vous viviez toujours avec nous.

— Mais, ma mignonne, ce n'est pas facile à trouver, un gendre comme cela ! C'est un merle blanc, un phénix que tu rêves. Jamais ton mari ne consentira à vivre à Oughterurd une partie de l'année, ou tout au moins près d'Oughterurd, ni à m'accepter sous votre toit.

— Si, papa, cela peut se rencontrer.

— Quelqu'un qui me connaitrait de longue date, peut-être ? dit lord Harrisson avec intention.

— Justement, papa, répliqua Marguerite sans baisser les yeux sous le regard fouilleur, inquisiteur de son père.

Tous les deux se comprirent et s'embrassèrent en riant.

Ni l'un ni l'autre n'avait eu vent des projets de lord Randoce ; celui-ci n'en avait parlé à personne, d'abord parce que cette idée venait seulement de le prendre ; puis, il ignorait encore si les deux jeunes gens se conviendraient.

Il espérait bien vaincre peu à peu les répugnances de son neveu pour le mariage, se disant qu'il était assez jeune, certes, pour changer de sentiment.

Quant à Marguerite, elle ne voyait rien au-dessus de ses amis, Muriel et Robert.

Ne l'avaient-ils pas puissamment aidée, par leurs conseils et leur présence, à devenir meilleure et à supporter, au début, ce qu'elle appelait « l'exil d'Oughterurd » ?

Elle ne se souvenait plus, sans rougir d'elle-même, de ce temps où, poseuse et égoïste, elle était arrivée à Harrisson-Castle qu'elle avait trouvé si froid, si triste, si peu élégant ! Dieu ! les toilettes ridicules qu'elle voulait étaler en Connaught !... Dieu ! de quel œil dédaigneux elle regardait ces pauvres paysans rustiques qu'elle aimait tant aujourd'hui !

« Oh, pensa-t-elle, que serais-je devenue si je n'avais eu un père comme celui que j'ai et des amis comme Muriel et Robert Merreot ?... Quelle sotte fille je ferais à l'heure qu'il est, et comme mon père, si fin, si intelligent, si instruit et si distingué, aurait droit d'avoir honte de moi ! Et j'irais l'abandonner et m'en aller sur le continent toute l'année avec un mari qui ne penserait pas à lui, quand il s'est dévoué à moi à ce point depuis dix années ? Oh ! non ! »

XXXVI.

Lord Randoce, l'aimable mais trop entreprenant tuteur, avait le tort de parler souvent trop haut.

Dans sa conversation sur le mariage avec son neveu Robert, il ne s'était pas aperçu que le petit Yanid, en apparence très occupé de ses soldats de plomb, ne perdait pas un mot de l'entretien.

Yanid, que tous aimaient beaucoup et qui amusait tout le monde, partageait son temps et les faveurs de sa petite personne entre les Harrisson et les Merreot.

Quand il rentra avec sa bonne à son domicile habituel, chez lord Harrisson, il n'eut rien de plus pressé, le petit bavard, que de courir à son confident accoutumé, Cramoizo, qui faisait reluire des couteaux d'argent à l'office.

Comme il passait chaque année une partie du printemps à Paris, lord Harrisson avait loué un appartement boulevard Malesherbes, et les Merreot en avaient fait autant à deux pas de là, rue de Prony.

— Camoizo, dit le bébé qui, en sa double qualité de bambin et de créole, ne pouvait prononcer les *r* dans certains mots ; Camoizo, tu ne sais pas ?

— Non, mignon, je ne sais pas.

— Devine une nouvelle.

L'ancien matelot se gratta le menton avec perplexité.

— Voyons, dit-il, c'est un cadeau qu'on vous a fait, je suppose.

— Non, tu y es pas !

— Un cheval que vous aurez vu tomber dans la rue ?

— Pas ça non plus.

— Alors, je renonce à chercher. Mais vous ne m'avez pas dit si la nouvelle était bonne ou désagréable.

— Plutôt pas bonne, tu vas voir.

— Je tremble d'avance, fit Cramoizo en plaisantant.

— On va marier Bob.

— Bob ? milord Robert ?

— Oui, et c'est son oncle, M. Randoce, qui a cette drôle d'idée-là.

— L'idée n'est peut-être pas mauvaise, Monsieur Yanid ; ça dépend avec qui on marie notre jeune Monsieur, dit l'ancien matelot d'un air fin.

— On le marie avec une perle, répliqua très gravement le petit bonhomme.

— Avec une ?

— Perle. Je t'assure qu'il a dit ça, l'oncle de Bob.

— Oh ! alors je devine qui c'est.

— Ah ! En ce cas, Camoizo, tu es plus savant que Bob, qui verra demain ou ce soir la demoiselle pour la première fois.

— Hein ? que dites-vous ? gronda Cramoizo.

— Je dis bien : le cousin Bob ne connait pas encore sa perle ; même qu'y n'avait pas l'air très content, mais il a fini par dire à M. Randoce : « Je veux bien la voir. »

Cramoizo laissa tomber à terre une boîte de couteaux qu'il s'apprêtait à raffiler.

— Juste ciel ! C'est-y, Dieu, possible de faire une pareille bêtise ? murmura-t-il, consterné, en joignant ses grosses mains.

Yanid était ravi, lui, du succès de son petit bavardage.

— Pas, que c'est bête, ça ? reprit-il pour forcer Cramoizo à parler.

— Ah ! oui, cria le brave homme ; moi qui rêvais tout autre chose !
Yanid ne comprenait pas, mais il continua tout de même :

— Une fois que Bob sera marié avec sa perle, nous ne le verrons
presque plus. Quand nous irons en Connaught, il restera à Paris.
N'est-ce pas, Cramoizo, c'est comme ça quand on se marie ?

— Oui, gémit le matelot sans l'écouter et tout à ses propres regrets.

— Y ne voudra plus jouer au cheval avec moi, une fois marié à la perle.

— C'est probable.

— Y ne me racontera plus des jolies histoires ?

— Ma foi ! non.

— Y ne me gâtera plus, enfin ?

— Surtout si vous ne le voyez plus, mon mignon, conclut Cramoizo
qui ramassa ses couteaux en poussant un soupir gros comme une mon-
tagne.

Yanid enrageait ; le doigt dans sa bouche, il réfléchissait profondément.

— Si on les empêchait de se marier ? s'écria-t-il enfin.

— C'est sûr, murmura le matelot ; mais voilà, c'est qu'on ne peut pas.

— Tu crois ?

— Eh ! non, m'sieu Yanid ; vous n'êtes qu'un petit garçon, je ne suis
qu'un domestique ; est-ce que ces choses-là nous regardent ? Et puis,
pourquoi que nous serions contre une union qui réjouirait m'sieu
Robert ?

Décidément, la conversation de Cramoizo était trop sérieuse, à présent ; Yanid le quitta pour courir chez « sa petite maman Marguerite »,
où il regarda des images et oublia pour un moment sa préoccupation.

Demeuré seul, Cramoizo mit de côté sa peau de chamois et son argen-
terie et il se frotta le menton.

« J'ai peut-être été bête de croire ce que dit ce moutard, murmura-t-il
entre ses dents jaunies par la pipe.

Ça n'a pas huit ans et ça écoute tout ce qu'on raconte, et ça jase ensuite. Mâtin ! qu'il faut faire attention à sa langue avec ce galopin-là.

Après tout, y n'a peut-être rien compris à ce qu'on a dit. Pourtant, y n'aurait pas eu tout seul cette idée de mariage, ce gamin.....

Ah! ben, par exemple, si notre m'sieu Robert s'en va t'épouser une Parisienne ou bien une Anglaise... autre que notre petite demoiselle Marguerite, veux-je dire ; c'est une fière boulette. — Sans compter qu'y z'ont du sentiment l'un' pour l'autre, j'ai bien vu, ça, et qu'elle aura du chagrin..... A moins qui n'aient des raisons, ou ne se plaisent plus... Après tout, moi je ne sais pas... mais le bon Dieu aurait bien dû arranger ça ; d'abord, mon commandant, il aurait toujours eu sa fille avec lui, tandis que si on nous la marie en France ou à Londres, bernicle ! Dieu sait quand nous la verrons ! — Et la maison sans elle, c'est plus rien !

Quand on se mit à table, Marguerite dit en approchant la chaise de Yanid de la sienne :

— Je pense que nous verrons les Merreot ce soir, à moins que demain...

— Oh ! mais non ! s'écria vivement le bavard petit homme, puisque M. Randoce doit présenter à Bob une demoiselle perle.

— Qu'est ce que tu dis de lord Randoce ? demanda lord Harrisson qui, pas plus que sa fille, n'avait compris Yanid.

— Je dis qu'on va marier Robert à une demoiselle perle ; c'est très vrai, ils l'ont dit devant moi.

— Quelle histoire racontes-tu là ? fit à son tour Marguerite en riant.

— Une vraie histoire. M. Randoce, il a demandé à Bob : J'ai une perle dans ou sous la main : veux tu te marier ? je te la montrerai.

Bob, y ne voulait pas d'abord, et puis il a bien 'voulu. L'oncle lui a même dit : « Ça vaut mieux de ne pas connaître que de connaître depuis longtemps. »

Un silence suivit l'assertion du petit bonhomme qui, ne se tenant pas pour battu, et prolixe de son naturel, rouvrit la bouche pour recommencer son discours.

— Tais-toi, lui dit sévèrement lord Harrisson. Outre que tu n'es pas éloquent, loin de là, tu répètes à tort'et à travers ce que tu entends et interprètes mal. C'est ridicule et indiscret.

Le bambin baissa le nez sur son assiette et se tint coi.

Mais ses petits cancans, assez justes au fond, n'étaient pas tombés dans l'oreille de sourds.

Comme Cramoizo tout à l'heure, Marguerite se disait que Yanid n'eût pas inventé cela et que, si altérée que fût la vérité par l'ignorance du petit garçon, c'était tout de même la vérité.

Trop discrète pour interroger Yanid sur ce qu'il avait entendu, elle réprima son inquiétude'; mais elle souffrit au fond de son cœur.

Lord Harrisson devina sa pensée, mais il ne chercha pas à l'en consoler ni à l'en dissuader, car, sans ajouter beaucoup de foi aux rapports de Yanid, il se disait que tout peut arriver et que, après tout, Robert ne lui avait jamais fait de confidences.

Le dîner fut morne et silencieux : Yanid boudait ; Marguerite eût voulu faire effort pour causer, et elle ne le pouvait, et son père demeurait préoccupé.

Pour comble d'ennui, les Merreot ne vinrent point passer la soirée chez lord Harrisson ce soir-là, soit qu'ils fussent allés au théâtre, soit que lord Randoce les eût emmenés ailleurs.

XXXVII

CHANGEMENT D'IDÉE.

« Nous quittons Paris mercredi, dit Marguerite avec tristesse à Robert qui venait lui apporter de la musique nouvelle. Je ne sais donc pas quand je te reverrai, mon pauvre Bob ! »

Il demeura atterré.

—Comment ! vous avez décidé de partir mercredi et vous ne m'en avez rien dit ? Vous ne nous avez pas prévenus, quand nous avons coutume de repartir ensemble ? s'écria-t-il ; à moins que vous ne vous rendiez pas tout droit à Oughterurd ?

— Mais si ; que ferions-nous ailleurs ?

— Je ne vous comprends plus, alors !

— J'ai pensé que vous resteriez à Paris jusqu'au Grand Prix, cette année, balbutia Miss Harrisson un peu confuse.

— Pourquoi cette idée? En tous cas, nous vous aurions prévenus, puisque nous nous faisons un plaisir, chaque été, de faire la traversée ensemble et d'entrer le même jour triomphalement, vous à Harrisson-Castle, nous à Dunbroke.

Marguerite, toute rougissante, baissa la tête pour répondre :

— Je pensais aussi que vous resteriez un peu ici à cause de..... à cause de.....

— Eh ! de quoi donc ?

— De... ce mariage.

— Quel mariage, donc ? fit Bob sincèrement étonné. Nous connaissons quelqu'un qui se marie ?... Je ne vois pas... ajouta-t-il en recueillant ses souvenirs.

— Mais... le tien.

— Moi, je me marie ?

Et il ouvrit des yeux si grands, que si Marguerite avait eu envie de rire, elle eût ri.

— Tu plaisantes, mignonne, reprit-il, ou bien tu te moques de moi.

— Je croyais que ton tuteur devait te présenter à une jeune fille accomplie qu'il désirait te faire épouser.

— Ah ! au fait, c'est vrai. Comment as-tu appris cela ? En effet, le pauvre oncle a mis dans sa tête de me marier. Moi, j'ai commencé par lui résister...

— Et puis tu as cédé, Robert ?

— Et puis, voyant que ça lui faisait plaisir, je me suis laissé emmener chez un de ses amis où j'ai vu, en effet, une jeune fille charmante...

— Ah ! tu vois bien ! Elle t'a plu et tu l'épouseras.

— Elle m'a plu comme peut me plaire une personne qui m'est et me sera toujours entièrement indifférente.

— Que dis-tu ?

— La vérité pure. On peut convenir qu'une jeune fille est jolie et bien élevée sans avoir envie de l'épouser, n'est-ce pas ? Aussi ai-je déclaré à mon bon oncle qu'il doit renoncer à son rêve.

— Alors, tu ne te marieras pas, Robert ?

— Je n'ai pas dit cela, fit-il un peu gêné. Seulement, ma pauvre petite sœur, toi qui vis depuis longtemps avec nous et qui es accoutumée à mes défauts physiques, tu oublies que la nature m'a gratifié d'une infirmité déplaisante.

— Ne parle pas de cela ! s'écria Miss Harrisson avec véhémence. Tu te figures ce qui n'est pas. Oui, c'est vrai, je ne pense plus à ce léger défaut de conformation que tu appelles à tort une difformité, non parce que j'y suis habituée, mais surtout parce que c'est à peine visible. Tout est très beau en toi, Bob : le visage, le cœur et l'âme. Qui pourrait ne pas t'aimer ?

Un éclair de joie immense brilla dans les yeux du jeune lord.

— Ainsi, dit-il, la voix tremblante, tu crois qu'une jeune fille qui éprouverait pour moi une sincère affection, fermerait les yeux sur ce....

Elle ne le laissa pas achever.

— J'en suis sûre, dit-elle simplement.

Les chers enfants ! ils avaient si bien coutume de ne se rien cacher, de lire mutuellement dans leur pensée, que Robert ne put mettre en doute une seule minute les paroles de Marguerite.

A ce moment, Muriel entra, toute rose et souriante : elle avait entendu la fin de l'entretien et dit malicieusement à son frère qu'elle embrassa avec plus de tendresse encore qu'à l'ordinaire :

— Eh ! bien cher, tu n'as plus qu'une chose à faire après cela : c'est d'aller trouver ton tuteur et lord Harrisson ; celui-là sera très étonné, celui-ci beaucoup moins, je crois.

— J'y cours, s'écria Robert qui abandonna le petit salon, laissant Marguerite toute rouge d'émotion et sa sœur toute joyeuse.

Les deux amies causèrent avec abandon.

— Mon bon oncle, je voudrais épouser Marguerite Harrisson, dit le jeune lord en entrant chez son ex-tuteur qui fumait, à la fenêtre de son fumoir, un excellent cigare.

— Hein ? qu'est-ce ? fit celui-ci en dressant l'oreille.

— Je voudrais épouser Marguerite Harrisson.

— Oh ! tu... Marguerite... Parfait !... Harrisson ? très bien, mon garçon.

— Alors vous m'approuvez ?

— Ma foi, oui. Mais et l'autre ?

— L'autre ? ah! oui, la perle précieuse ? Eh bien, mon bon oncle, nous la laisserons à un autre.

— Au fait, oui. Tiens, mon Bob, tu es assez grand pour agir tout seul et tu connais lord Harrisson d'assez longue date pour cela : tu vas faire ta demande toi-même et tu reviendras pour m'apporter la réponse.

Le jeune lord avait laissé sa sœur chez les Harrisson et franchi en deux minutes l'espace compris entre leur maison et la rue de Prony ; il refit le chemin, en sens inverse, avec encore plus de célérité, et tomba sur lord Harrisson au moment où celui-ci s'apprêtait à sortir.

— Un mot, de grâce, un mot seulement, lui cria Robert qui referma la porte de la chambre sur eux et ajouta sans coup férir :

« Voulez-vous de moi pour fils ? »

Très ému, lord Harrisson ouvrit ses bras tout grands et serra le jeune homme sur sa poitrine.

— Que cette heure soit bénie, mon enfant chéri ! dit-il, il y a longtemps que je l'attendais. Oh ! toi, je suis bien sûr que tu rendras ma Marguerite heureuse, et vous êtes si bien faits l'un pour l'autre !

On alla ensuite retrouver les jeunes filles et se réjouir avec elles du grand bonheur qui entrait dans la maison.

Ensuite, on retourna en bande rue de Prony, recevoir les félicitations du flegmatique tuteur, les bénédictions de tante Maud, et annoncer la grande nouvelle à master Thistle et à Mlle Gordrax, qui sourirent doucement et ne s'étonnèrent pas beaucoup.

Il y eut bien d'autres personnes qui ne s'étonnèrent pas beaucoup ; on avait vu les Harrisson et les Merreot unis d'une si étroite affection ! on trouvait Marguerite et Robert si bien assortis, si bien faits l'un pour l'autre, comme le disait l'ex-officier de marine !

Naturellement, le séjour à Paris fut prolongé, car il y avait la corbeille à choisir, le trousseau à commander et une quantité d'achats à faire ; on devait réserver un certain nombre d'emplettes pour Dublin ; Robert Merreot voulait se montrer généreux aussi envers la pauvre Irlande.

Mais tous les deux désiraient que le mariage eût lieu à Oughterurd, parmi la dévouée population de « ce pays de loups » que Marguerite aimait tant aujourd'hui et où les deux fiancés, riches et pleins de libéralité, devaient faire tant d'heureux.

Lorsque Cramoizo apprit la nouvelle, il ne put se défendre d'un haussement d'épaule à l'adresse du petit Yanid, ni s'empêcher de se traiter lui-même d'imbécile pour l'avoir écouté.

Mais sa joie ne connut pas de bornes à l'idée que Miss Margaret ne quitterait pas le Connaught (sauf, naturellement, pour les absences annuelles) ni, pour ainsi dire, son père ; que l'on continuerait à la voir et à l'entendre, et enfin qu'elle aurait le plus exquis des époux.

« Y a longtemps que je pensais à ça sans rien en dire, murmurait-il tout seul à l'office, après qu'il eut tourné son compliment à sa jeune maitresse.

« Et, ce n'est pas pour nous vanter, mais milord Robert n'aurait pu trouver sur toute la terre une femme qui vaille notre petite demoiselle. Elle était un peu fiérotte il y a dix ans, quand elle est arrivée en Connaught et que mon commandant était disgrâcié, mais comme elle a vite changé, et quel bijou d'enfant c'est devenu quasi tout de suite ! Bon Dieu de bon Dieu ! qu'on va-t-être heureux ! »

Il prit sa plus belle plume pour écrire à la vieille Mamie l'épître suivante :

« Ma bonne Mamie, cette fois-ci vous nous verrez revenir à Oughterurd plus tard que d'ordinaire, mais rudement contents.

« Devinez ! Depuis la rentrée en grâce de mon commandant, je me suis jamais senti si joyeux.

« Devinez, Mamie, que je vous dis !

« Celle que vous appelez l'enfant de votre cœur se marie.

« Là, êtes-vous contente ?

« Et pas avec un freluquet de Parisien, comme vous pourriez le croire, ni avec un grand diable d'étranger, mais avec...

« Mettez vos lunettes, Mamie, ma vieille commère.

« Avec notre très aimé lord Robert Merreot, qui est quasiment aussi gentil qu'elle est gentille.

« Hein ! que c'est bien trouvé !

« Vous pouvez aiguiser votre langue, bonne Mamie, et répandre la nouvelle dans le pays où n'y aura qu'un cri de joie, car nos bons Irlandais savent qu'avec Milord Robert et Miss Margaret y n'auront jamais lourd de misère.

« Après ça, que vous dire ? Nous courons les magasins (pas moi, quand je dis nous, vous me comprenez) pour acheter des tas de fanfreluches, et bientôt je ne sais pas où qu'on mettra tous les paquets et les caisses qui arrivent à chaque instant.

« Monsieur Robert a fait cadeau à notre demoiselle d'une bague qu'est un vrai feu d'artifice à elle seule, quand elle brille dans l'ombre ou sous la lumière.

« Adieu, vieille Mamie, réjouissez-vous et préparez vos forces pour une noce à tout casser.

« Je vous invite pour la contredanse, et vous danserez ; c'est moi qui vous le dis.

« Bien des amitiés en attendant. Notre demoiselle va vous écrire demain ou après-demain, et faut lui en savoir très-gré, car elle est fort occupée.

« CRAMOIZO. »

Ce fut, ainsi que l'avait prévu l'ancien serviteur, une joie universelle quand le bruit se répandit à Oughterurd et à Dunbroke que le jeune lord épousait Miss Harrisson.

On se réjouit chez les riches, on se réjouit plus encore chez les pauvres, qui entrevoyaient de longs jours de bien-être et de bénédictions.

Master O'Méana, qui mariait aussi justement Ophélie et Clara, à peu près à la même époque, en profita pour faire d'interminables discours, trop fréquemment répétés, sur la douceur de la vie conjugale, quand les époux sont assortis, et sur les devoirs d'une bonne ménagère.

Hélas ! O'Méana devenait le point noir de la famille Harrisson au milieu de son allégresse : il serait, naturellement, des nombreux dîners que lord Harrisson donnerait à son retour à Harrisson-Castle : quels longs *speechs* les malheureux hôtes devraient subir !... On y rêvait d'avance ! On entendait sa voix fatigante mais infatigable, on devinait ce qu'il dirait.

— Si on l'étranglait auparavant ? suggérait Cramoizo d'un air féroce qui faisait pâmer de rire le petit clan des Harrisson-Merreot.

Mais le moyen était peu praticable et peu charitable, disons-le.

Enfin, tous les achats étant faits et les préparatifs achevés, on s'embarqua pour Holyhead et Dunbroke, les jeunes gens ayant hâte de se retrouver dans le calme exquis de l'été, à Oughterurd où à Merreot-Castle.

Tandis que le bateau fendait les flots très paisibles alors et bleus comme la mer, Marguerite s'écria tout à coup :

— Dis donc, Robert, et toi aussi, Muriel, vous rappelez-vous notre premier voyage à Holyhead, de compagnie, quand je ne connaissais encore pas le Connaught ? Etais-je égoïste et poseuse, alors, mon Dieu ! Etais-je sotte !

— Tu avais des défauts comme on en a toujours à ton âge, répliqua Robert, mais tu avais aussi des qualités.

— Oh ! des qualités, pas beaucoup.

— Et puis, tu avais été mal élevée par ta pauvre tante ; ce n'était guère ta faute, dit Muriel.

— Et tu as tellement changé depuis ! ajouta Robert.

— Dieu merci ! Je ne pouvais rester telle que j'étais ! ce serait affreux, murmura Marguerite en souriant. Et vous avez joliment contribué, mes chers amis, à me corriger de mes travers.

— Bah ! la vie en commun forme les caractères.

— Regarde Muriel : a-t-elle jamais été ce que j'ai été ? demanda Marguerite.

— Peut-être aurais-je eu un mauvais caractère, si je n'avais eu une institutrice à la fois ferme et douce pour me diriger, riposta vivement Miss Merreot.

— Quand je pense aussi, reprit Marguerite après un instant de silence, combien j'ai trouvé froide et terne la vie à Oughterürd au début !... Je ne voyais pas les beautés de la campagne, pas les douceurs du *home*, et je me semblais fort à plaindre.

— C'était, dit Robert, chose naturelle à une fillette un peu trop gâtée, qui changeait subitement de vie et quittait le petit nid chaud, confortable et luxueux de Paris. En somme, notre pays de Connaught ne plaît pas au premier abord, à cause de sa tristesse et de sa pauvreté, mais on l'aime tant lorsqu'on le connaît !...

— Et surtout quand on y a fait le bien que tu y as fait, conclut Marguerite en serrant la main de son fiancé.

Non, cher, ce n'est pas cela qui a changé mon cœur ; c'est toi, c'est Muriel, c'est mon père adoré, ce sont enfin tous les bons conseils et les bons exemples que j'y ai reçus.

Ils se turent et achevèrent le voyage en rêvant à de douces choses et en regardant la proue fendre la vague bleue.

Ils rentrèrent en Connaught par une ravissante journée de juillet, alors que les prés étaient verts, les champs couleur d'or, le ciel couleur de saphir, le soleil brillant, les parterres étincelants de fleurs et tous les visages épanouis et souriants.

XXXVIII

YANID FAIT ENCORE OPPOSITION.

— Qu'on la marie avec Bob ou avec un autre, c'est toujours nous la prendre, disait Yanid à sa nourrice qui, elle, acceptait toutes choses avec une résignation admirable.

— C'est certain, répondit la femme au madras; mais il faut bien toujours se marier.

— Mais je ne suis pas marié, moi, Mika.

— Parce que tu es trop jeune, mon trésor ; mais plus tard...

— Plus tard non plus, va ! affirma Yanid de très bonne foi en ce moment. C'est trop ennuyeux de courir les magasins pour acheter des affaires. Et puis, tu n'es pas mariée, toi, nourrice.

— Mais si, mon Yanid ; je l'ai été, du moins.

— Ah !... fit l'enfant, profondément étonné. Et où il est, ton mari ?

— Il est mort, répondit tristement Mika.

— Ah !... mort, comme le petit chat Toto ?

— Oui, mais pas de la même manière.

Yanid demeura silencieux un instant, puis s'écria soudain :

— Et lord Harrisson ?... Tu vois bien qu'il n'est pas marié, lord Harrisson ?

— Il l'a été également, ma colombe; mais sa femme est morte.

La conversation en resta là, mais le petit cerveau de Yanid travaillait.

Dans l'après-midi, il alla trouver Cramoizo et lui dit :

— Camoizo, puisque ta femme est morte, tu devrais...

— Mais ma femme n'est jamais morte, puisque je n'en ai jamais eu, fit le matelot en riant.

— Tu en es bien sûr ?

— Absolument sûr. J'ai pas beaucoup de mémoire, mais je me souviendrais de ça, allez, mon mignon.

— Alors, qu'est-ce que Mika, elle, me dit donc, que tout le monde est ou a été marié ?... Elle a perdu son mari; lord Harrisson a perdu sa femme... J'ai cru que toi aussi...

— Ça n'est pas une raison, m'sieu Yanid; moi, je me suis pas marié parce que j'en ai pas eu le temps. Les marins, vous savez !...

— Oui, fit le bambin très pensif; je comprends.

Après une minute de réflexion profonde, il s'écria :

— Tu pourrais te marier avec Mika !

Le matelot fit la grimace.

— Ben non, voyez-vous, m'sieu Yanid, j'aimerais mieux pas. D'abord je suis trop vieux aujourd'hui pour songer au mariage, et puis... une femme de couleur...

— Mais Mika est très jolie! s'écria le petit bonhomme, indigné qu'on pût dédaigner sa nourrice.

— Je ne dis pas le contraire ; mais pour mon goût, voyez-vous, je préférerais une blanche.

Yanid se retira un peu fâché, tandis que Cramoizo riait de tout son cœur.

L'enfant rencontra Marguerite, à laquelle il battait froid depuis ses fiançailles.

— Tu sais, chérie, lui dit-il, si tu voulais ne pas te marier, tu me ferais joliment plaisir.

Miss Harrisson retint un rire légitime pour répondre avec le plus grand sérieux :

— Et pourquoi cela, s'il te plaît, mon Yanid ?

— Parce que... parce que... fit le petit bonhomme un peu honteux de son égoïsme, une fois mariée et à Dunbroke, tu ne seras plus ma grande sœur, ma petite maman.

— D'abord, mignon, dit Marguerite en le prenant dans ses bras, je t'aimerai toujours autant, crois-le bien. Ensuite tu grandis, nous ne devons pas te gâter autant que nous l'avons fait jusqu'à présent ; autrement tu ne deviendrais jamais un homme. Et puis, mon pauvre papa ne m'aura plus tout le temps auprès de lui... Je ne serai pas bien loin, c'est vrai ; mais enfin, pendant la saison d'été, j'habiterai plus souvent Dunbroke qu'Harrisson-Castle.

— Tiens ! pourquoi ?

— Parce que Dunbroke est la demeure de mon mari et que je dois le suivre. Or, mon pauvre papa sera un peu seul, parfois. Veux-tu que je te le confie ?

— Oh ! mais oui, je veux bien, répondit l'enfant qui se redressa, très fier à cette idée. Mais qu'est-ce que j'aurai à faire ?

— D'abord, tu seras très obéissant et très sage ; tu ne lui feras jamais de peine ; tu seras son petit compagnon.

— Alors je monterai à cheval avec lui et je me coucherai tard, conclut le rusé qui ne rêvait que cela.

— Tu feras toujours ce qu'on te dira, mon mignon, te rappelant que tu n'es qu'un enfant qui ne peut faire tout ce que font les grandes personnes, mais qui peut se rendre utile ici.

— Bon, je t'obéirai ; mais ce sera ennuyeux de ne plus te voir si souvent, soupira Yanid.

Marguerite l'embrassa et le laissa aller, mais le bambin courut après elle en criant :

— Et si je me mariais avec Muriel, est-ce qu'elle viendrait habiter Harrisson-Castle ?

Marguerite se mit à rire.

— Va le lui demander, mignon, répondit-elle, très amusée.

Festival sous les arbres du parc (page 309).

Quand Yanid revit Miss Merreot, son premier soin fut de lui poser cette question :

— Muriel, veux-tu te marier avec moi ?

Miss Merreot, qui était fiancée à un jeune et aimable Français obligé d'attendre un an avant de se marier, à cause d'une mission qu'il avait à remplir aux colonies indiennes, se mit à rire à son tour et eut quelque peine à faire comprendre au petit homme que c'était chose impossible.

Yanid se consola, d'abord en se disant qu'il serait le compagnon et la consolation de lord Harrisson, ensuite par la perspective des jolies fêtes qui se donneraient bientôt à Oughterurd.

En effet, le mariage, qui eut lieu dans le courant de septembre et auquel assista presque tout le district, donna lieu à de nombreux dîners et à plusieurs bals ou soirées.

Le temps était magnifique et l'on put convier le bon peuple irlandais à un grand festival sous les arbres mêmes d'Harrisson-Castle.

Il y eut bien par-ci par-là quelques buveurs trop enthousiastes de la bonne *ale* ou du *gin* du châtelain ; mais Marguerite et son père, avec les Merreot, purent voir combien ils étaient aimés, par les témoignages de gratitude et de respectueuse affection qu'ils reçurent en cette occasion.

Ajoutons que Yanid se comporta fort bien et ne se donna pas d'indigestion avec les nombreuses sucreries et friandises qu'il engloutit ; que Cramoizo, rutilant des pieds à la tête dans son costume mi-marin, mi-civil, fit danser non seulement Mamie, mais encore Mika, quoiqu'il ne voulût épouser ni l'une ni l'autre.

Enfin, le bon master O'Méana, affligé d'une fluxion et d'un mal de dent assez fort, parla beaucoup moins qu'on ne le craignait.

Tout marcha donc à souhait ; les jeunes époux comblèrent le pays de libéralités, se firent adorer encore plus et partirent le soir même de la fête pour un court voyage en Ecosse.

Ils revinrent bientôt et partagèrent leur temps entre Dunbroke et Oughterurd, de sorte que lord Harrisson n'était jamais longtemps seul.

Souvent Marguerite venait se promener sous les ombrages de son *home* à elle, et se remémorer le passé, ce jour de première arrivée où, par un temps pluvieux et gris, elle avait trouvé Harrisson-Castle si peu confortable et si laid.

Elle se rappelait les douces exhortations de son père, les efforts de Cramoizo pour l'amuser, la distraire, et son indomptable vanité qui la faisait se parer comme à Paris, pour se montrer aux pauvres gens du Connaught, si peu compétents sous le rapport de la toilette.

Et maintenant, après un hiver passé à Nice ou à Rome, et un printemps à Paris, c'était toujours avec un nouveau plaisir qu'elle revenait à Oughterurd et à Dunbroke.

Tante Maud vieillissait beaucoup, et puisque Muriel allait se marier bientôt à son tour, elle conserva auprès d'elle M¹¹ᵉ Gordrax qui faisait tellement partie de la famille, qu'on n'eût pu la voir s'éloigner sans un immense chagrin.

Robert voulut de même garder master Thistle, disant qu'il ne confierait qu'à son vieil ami l'éducation de ses futurs enfants.

Ainsi tout le monde était heureux et remerciait le ciel à Oughterurd comme à Dunbroke.

XXXIX

Ils avaient grandi, tous les petits frères de Christia qu'on ne nommait plus « la Louve » et, grâce à l'influence de lord Harrisson et des
Merreot, ils étaient tous placés soit en apprentissage, soit de manière
à gagner leur vie.

Tommy, même, était groom chez le jeune ménage Merreot, et Ethel le
gourmand, marmiton dans les cuisines d'Harrisson-Castle.

Un peu trop seulette dans sa hutte de Westgall, Christia avait changé
de domicile et même de métier : elle ne ramassait plus de bois mort
dans la forêt, mais elle gagnait plus d'argent à faire des ménages à
Oughterurd, et on l'employait souvent au château les jours de lessive.

Un soir qu'elle rentrait chez elle, un peu lasse de son travail, elle
demeura clouée sur le sol par une violente surprise.

Un homme, jeune encore et mis comme un gentleman farmer, mais
sans extrême recherche, venait à elle, la main tendue.

Elle hésitait à donner la sienne, croyant se tromper.

— Vous ne me reconnaissez donc pas, Christia ? dit le jeune homme,

— Mais... non, ce n'est pas possible ?... Ce n'est pas vous, Dunstan ?

— C'est bien moi, en chair et en os. J'ai donc beaucoup changé ?

— Oh ! oui ; vous avez l'air... l'air d'un monsieur.

— Mais vous aussi vous avez changé, Christia, vous avez beaucoup
embelli, savez-vous ?

— C'est que la vie ne m'est plus dure comme autrefois : mes frères sont tous placés et gagnent leur pain. Moi, j'ai pu mettre un peu d'argent de côté et je ne pâtis plus jamais. Mais dites-moi, comment va votre mère, la vieille Claddys ?

Le visage de Dunstan se rembrunit.

— Je l'ai perdue là-bas, répondit-il en soupirant, il n'y a pas bien longtemps ; elle ne se déplaisait pas en Océanie ; il est vrai qu'ici elle avait tant souffert! Dieu a permis que je lui fasse la vie douce au moins pendant quelques années... Elle est morte si tranquillement, sans angoisse, sans inquiétude même pour mon avenir, car j'avais déjà fait ma petite fortune.

— Alors vous avez eu plus de chance que les Ostriald, qui sont revenus plus pauvres qu'ils n'étaient partis.

— J'ai eu de la chance tout de suite. Un hasard inespéré m'a mis en présence d'un riche Yankee auquel j'ai rendu service et qui m'a généreusement octroyé dix mille dollars que j'ai fait prospérer.

— Et vous revenez au pays, au lieu de rester là-bas où vous vous distrairiez peut-être davantage ? C'est très bien, cela, Dunstan.

Dunstan jeta autour de lui un long et pénétrant regard :

— J'aime mon pays, dit-il, oh! je l'aime tant!... Même malheureux, même millionnaire, je serais revenu y mourir.

— Oh! y mourir, protesta Christia en riant, vous n'en êtes pas encore là. Vous semblez vous porter parfaitement.

— Parfaitement, en effet, et... et je songe même à me marier.

— Oh! vous avez raison, puisque vous êtes jeune et indépendant, répondit-elle avec sérénité.

Elle se préparait à prendre congé de Dunstan, quand il la retint une minute :

— Vous savez, dit-il timidement, je ne suis plus mauvais et ombrageux comme autrefois; ne croyez pas retrouver le Dunstan d'il y a huit ans.

— Ne craignez rien, je vous sais bon et généreux ; je sais aussi que

jadis vous n'étiez mauvais et rageur qu'à la surface, aigri plutôt par le
malheur. En tout cas, maintenant, vous retrouvez le pays très tranquille
et très bon.

— Tant mieux ! oh ! tant mieux ! Aujourd'hui j'aime tant la paix ! Adieu,
Christia, ou plutôt au revoir ; j'aurai besoin de vous demander quelque
chose...

— Dites-le tout de suite, dit Christia en se retournant, souriante.

— Non, non, plus tard, fit-il timidement.

— Comme vous voudrez.

Elle s'éloigna et il demeura sur place, tout songeur.

Quelques jours plus tard, il la revit et lui dit avec une grande douceur :

— Christia, j'ai acheté un petit bien tout près de Dunbroke, un gentil
cottage où la terre est bonne et productive... on y vivrait bien heureux :
croyez-vous qu'une femme honnête et laborieuse consentirait à l'em-
bellir de sa présence ?

— Mais pourquoi pas Dunstan ? Je suis sûre que vous serez un excellent mari.

— Ah ! fit-il tout joyeux, vous pensez cela ?

— Oui.

— Eh bien ! voulez-vous être cette femme ?

— Moi ? s'écria-t-elle toute saisie... Moi, Dunstan ? Mais je ne suis
qu'une pauvre fille sans argent, et sans éducation...

— Que m'importe l'argent, puisque j'en ai pour deux ? Quant à l'éducation, vous en avez plus que beaucoup de vos pareilles mieux huppées
que vous, peut-être. Vous êtes intelligente et vous avez du cœur, cela
me suffit.

— Mais... vous oubliez qu'on m'appelait « la Louve ».

— Ce surnom vous fait plutôt honneur, Christia, car vous étiez farouche, un peu sauvage, et je ne déteste pas cela chez une fille obligée
de se défendre seule contre les rudesses de la vie.

Et puis, voyez-vous, ce que je ne puis oublier surtout, c'est qu'un soir vous avez partagé votre pain avec ma vieille mère qui, sans vous, aurait jeûné pendant vingt-quatre heures.

Une grande joie descendit dans l'âme de la pauvre fille.

— Mais j'ai près de trente ans, objecta-t-elle encore.

— Et moi, je suis plus âgé que vous aussi. Allons, dites-vous que je vous rendrai heureuse, bien heureuse, Christia.

— Laissez-moi la journée pour réfléchir, voulez-vous, Dunstan? Je voudrais consulter lord Harrisson ; sa fille et son gendre ont été si bons pour moi !

— Et pour moi, donc? Ah ! je leur dois tout, et pourtant, ils auraient dû m'en vouloir. Moi aussi, je veux aller saluer notre lord et lui raconter ce que j'ai fait à Melbourne. Alors, à demain, Christia.

— A demain, Dunstan !

En effet, ils se rendirent, chacun de son côté, à Harrisson-Castle, où ils furent reçus avec autant de bienveillance l'un que l'autre.

Lord Harrisson et ses enfants, qui se trouvaient là en ce moment, approuvèrent pleinement le mariage ; ils estimaient beaucoup Christia et sentaient bien que Dunstan n'était plus le même homme qu'autrefois.

Ils s'engagèrent même à fournir à la fiancée son trousseau, l'ameublement du jeune ménage, et à habiller les quatre frères pour le jour du mariage.

Ce furent deux heureux de plus à Dunbroke et tout le pays applaudit à cette union ; on avait fini par prendre en estime « la Louve », dont le courage et la bonne conduite ne s'étaient jamais démentis, et même Dunstan qui revenait de l'étranger riche et assagi.

Ainsi dans ce petit coin de terre pauvre et dédaigné jadis et appelé « pays de loups », le calme et le bonheur régnaient aujourd'hui, parce que la bonté et la charité font parfois des miracles, et qu'ici le riche partageait son bien-être avec l'indigent.

TABLE DES MATIÈRES

TABLE DES GRAVURES

POITIERS. — TYPOGRAPHIE OUDIN ET Cⁱᵉ.

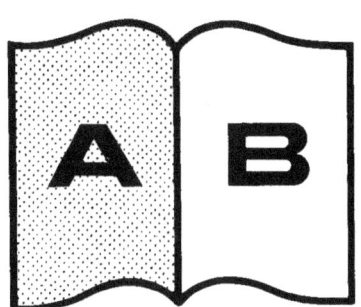

Contraste insuffisant

NF Z 43-120-14

www.ingramcontent.com/pod-product-compliance
Lightning Source LLC
Chambersburg PA
CBHW072105020726
47501CB00003B/716